選擇

CHOOSE ME

TESS GERRITSEN GARY BRAVER

秦絲・格里森 蓋瑞・布拉佛——著 尤傳莉——譯

獻給 Kathleen 與 Jacob

之後

1

法蘭琪

自殺的方法有好幾打，而在法蘭西絲．盧米思——大家都喊她「法蘭琪」——服務於波士頓市警局的三十二年裡，大概全都碰到過了。有個生養了六個小孩的媽媽，被家裡的混亂吵鬧壓垮，就把自己鎖在浴室裡面，割開兩手的手腕，在一缸溫暖的水裡平靜地逐漸失去知覺。有個破產的生意人用他價值五百元的鴕鳥皮腰帶綁在門鈕上，又把皮帶繞住自己的脖子，然後就只是坐下，利用自己的重量，引導自己踏上一條沒有痛苦的遺忘之路。有個過了巔峰期的女演員，很失望自己的戲約愈來愈少，於是吞了一把二氫嗎啡酮，穿上粉紅色的絲睡袍，躺在自己的床上，平靜得就像睡美人。他們選擇私下的、平淡的退場方式，而且很體貼地留下最少的髒亂讓活著的人清理。

不像這個女孩。

屍體已經被法醫處裝袋運走，濺了鮮血的人行道最後會被落下的雨水沖乾淨，但是法蘭琪仍然看得出幾條血水朝水溝流淌。在警方巡邏車的閃爍警燈中，那些小細流像是黑油般發出微光。

現在是清晨五點四十五分，離日出還有一小時。屍體是一位叫車平台Lyft的司機發現的，他的客人三點十五分下車後，他在回家的途中看到人行道上的屍體，然後才明白那不是一堆衣服，於是趕忙報警。法蘭琪很好奇在那個司機發現之前，這女孩在這裡躺了多久。

法蘭琪站起身，在雨中抬頭看著那戶公寓的陽台。往下直落五層樓，顯然高得可以解釋屍體的損傷——摔碎的牙齒，凹陷的臉。那女孩翻過欄杆一躍而下之時，大概從沒想過這些可怕的細節。法蘭琪有一對十八歲的雙胞胎女兒，所以她親身見識過年輕人的衝動具有何等的災難性。但願這女孩跳樓前能暫停一下，想想其他的自殺方法。但願她當時想到自己身體摔在水泥地上會有什麼後果，想到這樣的撞擊會對她漂亮的臉和漂亮的牙齒造成什麼影響。

「我想我們這裡結束了。回家吧，」她的搭檔麥克萊倫說。他拿著一把渦紋圖案的粉紅傘，顯然是他太太的，他縮在滴水的傘下打著哆嗦。「我的鞋子都濕透了。」

「有人找到她的手機嗎？」她問。

「沒有。」

「我們回去樓上，檢查她的公寓吧。」

「又要去？」

「她的手機一定就在這附近。」

「或許她沒有手機。」

「拜託，麥克。她這個年紀的小孩，人人都有支手機黏在手上不放的。」

「或許她手機搞丟了。或者她跳樓後，哪個混蛋經過這裡，把手機撿走了。」

法蘭琪低頭看著那圈逐漸被雨淋得褪色的血，標示著那女孩頭部著地的位置。不像人類的身體，手機有堅硬的外殼，從五層樓高摔下來也可能不會摔壞。或許麥克說得沒錯，或許有個路過的人第一直覺不是幫忙或打電話報警，而是去偷被害人的財物。她不該覺得驚訝；當警察超過三十年，她對人類的信心常常受到考驗。

她指著馬路對面那棟樓房裝設的一個保全監視攝影機。「要是有人真的偷了她的手機溜掉，那個攝影機應該會拍到。」

「是啊，或許吧。」麥克打了個噴嚏，表情顯然淒慘得根本不在乎。「等天亮後，我會去跟他們調監視影片的。」

「我們上樓去吧。看之前是不是漏掉了什麼。」

「你知道我漏掉了什麼嗎？我的床。」麥克抱怨著，但還是認命地跟著她繞過轉角，前往這棟公寓大樓的入口。

電梯就跟整棟樓房一樣老舊，而且慢得要命。往五樓上升時，法蘭琪和麥克都又累又喪氣，半個字也說不出來。寒冷的天氣害麥克的酒糟鼻紅腫，在電梯的刺眼燈光下，他的鼻子和臉頰都紅得發亮。她知道他對這些狀況特別敏感，於是避免去看他，雙眼只是直直盯著前方，心裡數著樓層，直到門終於打開。一個巡邏警員守著五一〇那戶公寓的門口，在這種清晨時分很無聊，他勉強打起精神朝兩名警探揮了一下手。又是一個寧可在家裡睡覺的警察。

在死者的公寓裡，法蘭琪再度搜查客廳，但是這回更仔細，而且帶著母親的精明目光。她早已變得很會看出她女兒們不守規矩的蛛絲馬跡：衣櫃裡的濕靴子表示她們在雨夜偷溜出去過。殘留在一件喀什米爾毛衣上的明顯大麻氣味。家裡那輛速霸陸車的里程表上神秘暴增的數字。雙胞胎女兒常抱怨她不像警察，倒還比較像個獄警，但這大概也是為什麼她女兒可以平安度過騷動的青春期。法蘭琪以前一直相信，要是她能讓兩個女兒活到成年，那麼她就完成了身為母親的責任。不過騙誰啊？父母的工作永遠不會真正結束。即使她活到一百歲，這兩個六十來歲的女兒照樣會害她晚上睡不著。

法蘭琪沒花多久時間，就又搜完了這戶公寓。整個空間很侷促，幾件稀少的家具看起來全都像是二手商店的退貨品。沙發顯然已經換了好幾任主人，木地板上有無數大學生房客拖著家具進出所留下的刮傷和鑿痕。書桌上放著一個空的葡萄酒杯和一台筆記型電腦，法蘭琪已經把電腦開機過，發現有密碼保護。電腦旁邊放著一份聯邦大學的課堂報告草稿：〈地獄怒火也不及：暴力與被蔑視的女人〉。

報告是住在這裡的女孩寫的。那個女孩現在正要被運往停屍間的冰櫃。

法蘭琪和麥克之前已經仔細翻過那個女孩的皮包，在她的皮夾裡發現一張聯邦大學的學生證、一張緬因州的駕照，還有十八元現金。他們知道她二十二歲，家在緬因州的何巴特；她身高一六八公分，體重五十五公斤，頭髮和眼珠都是褐色的。

法蘭琪轉往廚房，她們稍早在裡頭的微波爐內發現了一人份包裝的冷凍食品，是乳酪通心粉，微溫但是沒打開。法蘭琪覺得很奇怪，這個女孩把一頓飯加熱，但是永遠不會吃了。在這中間發生了什麼事，使得她拋下這頓飯，開門出去陽台，跳下去尋死？是接到了壞消息？還是一通令她痛苦的電話？廚房的料理台上放著一本大學課本，封面畫著一張女人的臉，燃燒的頭髮，張著嘴憤怒地咆哮。

《美蒂亞：神話背後的女人》。

法蘭琪知道自己應該熟悉美蒂亞的神話，但是她讀大學已經是好久以前的事情了，她唯一記得的就是跟復仇有關。在那課本裡頭，她發現有一封信夾在蝴蝶頁之後。那是一封聯邦大學英語系寄的研究所秋季班錄取信。

又一個讓法蘭琪困惑的細節。

她轉向陽台門，現在門關上了。之前這棟公寓大樓的管理員第一次讓他們進入這一戶時，這道門是敞開的，雨夾著雪吹進來。這會兒木地板上還有未乾的晶瑩水珠。法蘭琪打開門，走出去，站在陽台上方的遮蔽物底下。兩輛波士頓的巡邏車停在下頭的馬路邊，警燈的催眠閃光映在對面樓房的窗子上。再過一個小時，天就亮了，那兩輛巡邏車會離開，人行道會被雨水沖乾淨。路過行人永遠不會知道，幾個小時前，有個年輕女性的生命就在他們腳下的那個地點結束了。

麥克也來到陽台加入她。「看起來她是個美女。真可惜。」他嘆氣說。

「如果她很醜，那也還是很可惜，麥克。」

「是啊，好吧。」

「而且她才剛錄取研究所。錄取的通知信就放在廚房的料理台上。」

「狗屎，真的？這些小孩腦袋裡在想什麼？」

法蘭琪望著外頭那片閃著銀光的雨幕。「這個問題我也常常在問自己。」

「至少你那兩個女兒的腦子沒壞掉，她們絕對不會做這種事情。」

是啊，法蘭琪無法想像。自殺是一種投降的形式，她的雙胞胎女兒是鬥士，意志堅強且叛逆。她往下望著街道。「老天，好高。」

「我寧可不要看，謝謝你。」

「她一定是很絕望。」

「所以你準備好判定是自殺？」

法蘭琪凝視著街道，想搞清困擾她的是什麼。為什麼她的直覺在低語：你漏掉了什麼。先不要急著放棄。

「她的手機，」她說，「在哪裡？」

有人敲門。他們兩個都回頭，看到那個巡邏警員的腦袋從前門探入。「盧米思警探？這裡有個鄰居。你要跟她談談嗎？」

站在走廊的是一名年輕的亞裔女子，說她住在隔壁那戶。從她的浴袍和夾腳拖判斷，她才剛下床，而且她不斷朝死去女孩的公寓瞥眼，彷彿那關上的門內藏著某種難以想像的恐怖。

法蘭琪掏出記事本。「請問你的名字是？」

「海倫．吳。我是聯邦大學的學生，跟她一樣。」

「你跟你的鄰居熟嗎？」

「只有打過照面。我五個月前才搬進來的。」她暫停一下，看著那扇關上的門。「老天，我真不敢相信。」

「不敢相信她自殺？」

「不敢相信這事情就發生在我隔壁。等我爸媽聽說這事情，他們一定會瘋掉，逼我搬回去跟他們住。」

「他們住在哪裡？」

「就在南邊的昆西市。他們希望我省錢，每天搭車往返上學，但那樣就不是真正的大學經驗了。不像有自己的住處和——」

「談談你這位鄰居吧。」法蘭琪打斷她。

海倫想了一下，愛莫能助地聳聳肩。「我知道她讀大四，家鄉在緬因州的某個小鎮。她很安靜，大部分時間是這樣。」

「你昨天夜裡有聽到什麼不尋常的嗎？」

「沒有。不過我感冒了，所以睡前吃了兩顆苯海拉明。我不久前才醒的，因為聽到走廊裡的警方無線電。」海倫又朝那戶公寓看了一眼。「她留下了遺書或什麼的嗎？她有說她為什麼要自殺嗎？」

「你知道為什麼嗎？」

「唔，她幾個星期前似乎真的很沮喪，當時她跟她男朋友分手了。不過我還以為她度過了。」

「她的男朋友是誰？」

「叫連姆。他們分手前，我在這裡見過他幾次。」

「你知道他姓什麼？」

「不記得了，不過我知道他跟她是同鄉，也讀聯邦大學。」海倫暫停。「你有打電話給她母親嗎？她知道這事情了嗎？」

法蘭琪和麥克交換一個眼色。這通電話他們兩個都不想打，而且法蘭琪知道麥克會怎麼推掉這個任務。你是女人，對這件事比我擅長是他常用的藉口。麥克沒有子女，所以他自認無法像法蘭琪那樣想像接到這種消息的心碎。但其實他無法想像，對她來說，要打這些電話有多麼艱難。

麥克在旁邊寫下這資訊，然後抬起頭來。「所以這個男朋友叫連姆，家鄉在緬因州，讀聯邦大學。」

「沒錯。他讀大四。」

「要找到他應該不會太難。」他闔上筆記本。「這樣應該可以了。」麥克說，法蘭琪看得出他表情裡的意思。男朋友離開她。她很沮喪。這樣就不需要別的了吧？

❖

離開死亡現場之後，法蘭琪必須回家。她需要沖個澡，吃早餐，然後跟她的雙胞胎女兒說早安——如果她們居然起床了的話。不過開車回到奧爾斯頓她家的途中，她忍不住繞了一下路。只離正常路線幾個街區而已，大部分的日子她都可以抗拒再去看一下那棟建築物的衝動，但今天清晨她的速霸陸似乎自行轉彎，然後她再度發現自己停在派卡角那棟磚造樓房的對街，往上看著那個女人依然居住的那棟四層樓公寓。

法蘭琪知道那女人的名字以及她工作的地方，也知道她有幾張積欠未繳的停車罰單。這些事實她應該不再關心了，但她就是關心。這些細節她沒告訴任何人——無論是她兇殺組的同事，甚至她的女兒。不，這些事情她藏在自己心裡，因為光是她知道這個女人的存在，就已經太丟臉了。

於是在這個下著毛毛雨的四月清晨，法蘭琪獨自坐在車上，觀察著一棟她沒有正當理由監視的樓房，折磨自己。每個人都假設她已經從那個悲劇中恢復過來，繼續過自己的人生。她的兩個女兒都以優異成績從高中畢業，而且在上大學之前休息的這一年，兩個人都愉快且興致勃勃。她在波士頓市警局的同事們不再迴避她的目光，或一副憐憫的表情看著她。那種憐憫是最糟糕的部分——讓她的警察同事們，包括巡邏警員，都覺得為她遺憾。不，她的人生已經恢復正常——或者至少有了點正常的樣子。

然而她卻來到這裡，再度把車停在派卡角。

一個女人走出那棟樓房，法蘭琪猛地恢復注意力。她看著那女人過街，走過法蘭琪的車旁，顯然沒意識到有人正在看著她，但是法蘭琪當然意識到她。那女人的淺色頭髮在冷天中梳到腦後綁起，穿著黑色緊身內搭褲，上身的白色羽絨服頗合身，展現出苗條的腰部和臀部。法蘭琪也曾有過那樣的身材，是在她生雙胞胎之前。後來到了中年，太多時間坐在辦公桌前，太多餐狼吞虎嚥，讓她的臀部和大腿都像吹氣球似的變大了。

從後視鏡裡，法蘭琪看著那女人走過去，朝著地鐵站而去。她考慮著要下車跟蹤她。想著要跟她自我介紹，建議彼此文明地交談一下，女人對女人，或許就在這條街前面的那家咖啡店。但是她無法鼓起勇氣走下車。在法蘭琪當警察的漫長生涯裡，她曾踢開門、追捕兇手，還兩度曾被槍指著，但她卻無法鼓起勇氣面對蘿蓮．康諾維太太，四十六歲，在梅西百貨當店員，沒有犯罪紀錄。

那女人繞過轉角，從法蘭琪的視線消失了。

法蘭琪往後垮在座位上，還沒準備好要重新發動引擎，還沒準備好要面對這一天可能會面臨的其他恐怖。

一個女孩死掉就已經夠糟糕了。

之前

三個月前

2
岱倫

沒有人知道她進去過。從來沒有。

上午九點三十分，二樓的所有房客應該都已經離開了。住二A的阿博奈錫夫婦以前對岱倫總是友善得令人心煩，但現在應該出門上班了，他們兩夫婦都在市政府工作，先生在審計局，太太則是在鄰里發展辦事處。住在二B兩個學工程的研究生此時應該在校園裡，對著自己的筆記型電腦用功。住二C的兩個金髮妞則應該已經從平常的週末宿醉恢復過來，正在聯邦大學裡頭忙著上課。

二D裡面也應該沒人。現在，連姆已經在校園另一頭上他的經濟學課，從這裡走路過去要十五分鐘。經濟學上完是德文三級，然後他會吃午餐，大概跟平常一樣，在學生餐廳裡吃他慣常的潛水艇三明治，裡頭要多加一些墨西哥辣椒，然後去上政治學。岱倫熟悉他每日行程的種種細節，就像她對這戶公寓的每一吋都了然於心。

她轉動鑰匙，悄悄推開門，走進二D裡頭。比起她自己住的那戶有霉味和舊水管臭味的破公寓，這裡要大一些，而且要好太多。在這裡，當她深深吸氣時，聞到的就是他。他早上沖澡過後依然繚繞的柔和蒸氣。他迪奧「曠野之心」的鬍後水柑橘調氣味。他早上向來吃的全麥吐司麵包的酵母香。這些氣味她都好想念。

她目光所及之處，都勾起一段快樂的記憶。那張沙發，他們星期六夜晚總是在上頭度過，看沒水準的恐怖電影，她的頭靠在他肩膀上，他一隻手臂攬著她。還有那個書架，以前他們的合照擺在架上顯眼的位置。那是他們高中畢業那一年夏天拍的，兩人站在禿岩山上，手臂攬著彼此，他的金髮被風吹起，在陽光下亮得像個金色光圈。連姆和岱倫，永遠。那張照片呢？他收去哪裡了？

她走進廚房，想起他們的星期天早晨煎餅和含羞草調酒，本來應該是柳橙汁加香檳，但他們改用便宜的西班牙卡瓦氣泡酒，因為真正的香檳太貴了。廚房料理台上放著一疊昨天寄來的郵件，信封已經拆開了。她閱讀他母親寄來的信，附上他們家鄉報紙的一張剪報。裡頭是連姆的父親霍華．萊利博士獲頒小鎮新的年度鎮民獎，等等。她翻著他的其他郵件——一張房租帳單、一張信封的披薩折價券，還有一份信用卡申請書。那疊信件最下方，是厚厚一本史丹佛大學法學院的簡介手冊。為什麼他會考慮史丹佛？她知道他在申請法學院，但是他從來沒提過要去加州。他們已經講好了，大學畢業後他們都會留在波士頓。這是他們的約定，也是他們向來的計畫。

那只是一本小手冊，不代表什麼。

她打開冰箱，審視著架上的老朋友：是Sriracha香甜辣椒醬、Hellmann's美乃滋醬、Yoo-hoo巧克力飲品。但在這些熟悉的調味醬之間，有個陌生的侵入者：Chobani優格，低脂的。這個不該出現在這裡的。她認識連姆這麼多年，從來沒看過他吃優格。他討厭優格。看到這個反常狀況讓她心慌，簡直懷疑自己是不小心走錯戶、開錯冰箱。懷疑自己走進了一個平行時空，裡頭住了一個冒充的連姆，會吃優格，而且打算要搬去加州。

她心神不寧地走進臥室，在以往的週末夜裡，他們丟下的衣服常常交纏著躺在這裡的地上，像是情人一般，他的襯衫蓋著她的短上衣。臥室裡也有點不對勁。他的床鋪好了，床單整齊地疊起塞妥，是醫院床單摺角鋪疊法，鋪床的正確方式。他是什麼時候學會這種鋪床法的？他什麼時候居然會自己鋪床的？以前向來是她幫他鋪的。

她打開他的衣櫃，看著裡面那排掛在衣架上的襯衫，有些還罩著洗衣店的透明塑膠袋。她拉起一隻袖子，臉貼在那挺刮的棉布上，回想起她以往總是頭靠在他肩膀上的那些時光。但這些剛洗過的襯衫聞起來只有肥皂和漿粉。沒有特色的氣味。

她關上衣櫃門，走進浴室。

在牙刷架上，以前她的牙刷也放在那裡的，現在只剩他的牙刷，孤單而淒涼，失去了同伴。她掀起髒衣籃的蓋子，翻找著那些髒衣服，拉出一件T恤。她臉埋在那件T恤裡，那氣味令她陶醉。他有這麼多T恤；絕對不會發現這件不見了。她把那件T恤塞進自己的背包，留著當她思念連姆時的秘密解決方法，好讓她撐過這段所謂「暫時分手一陣子」的鬧劇。他們的分手當然不會再持續太多時間。他們已經在一起這麼久了，已經成了同一個生物體，他們的皮肉相融，他們的人生永遠相繫。他只是需要一點時間，好明白自己有多麼思念她。

她開門進入走廊，悄悄帶上門。除了偷走他的T恤，他公寓裡的一切都跟她剛進門時一模一樣。他不會曉得她來過；以前也向來如此。

戶外一陣寒風吹過建築物之間，她拉起外套的兜帽，把圍巾繞得更緊。她在這裡逗留得太久了；要是再不快點，去上課就要遲到了。

就是在此時，她注意到樓上窗內朝她注視的那張臉。是二C的金髮妞之一。她為什麼沒去學校？她不是應該在上課的嗎？正當岱倫在連姆的那戶翻找時，這個女人還在家裡。她們望著彼此，岱倫很好奇對方是否聽到她在隔壁房間走動。她會告訴連姆她去過嗎？

岱倫舉步離開時，心臟跳得好厲害。或許那金髮妞沒聽到她。甚至就算聽到了，她也沒有理由去跟連姆說。岱倫以前每個週末都會來跟連姆一起共度，而且來過這棟樓房幾百次了。

不，沒有理由緊張。沒有理由認為他會知道。

她加快速度。要是她快一點，還是可以準時趕到教室的。

3
傑克

她名叫岱倫．摩爾，在這個學期的第一天，她身穿銀色短夾克和亮黑色緊身褲溜進傑克．多里安教授的教室，也走入了他的人生。當時已經開始上課十分鐘了，她喃喃道歉，一路擠過那些塞在小房間裡的其他學生，在會議桌的最後一個空位坐下。她坐進椅子時，傑克忍不住注意到她有多麼迷人，她的身形優美柔軟得像個舞者，被風吹亂的深色頭髮帶著紅色調的挑染。她在一個戴紅襪隊棒球帽的胖男生旁邊安頓下來，把筆記本放在桌上，望著傑克的眼神好坦然，搞得有那麼一瞬間，他幾乎忘記自己正在說什麼了。

修這門課的有十五個學生，剛好可以頗為舒適地坐進英語系狹窄的研討教室裡。而且人數夠少，傑克很快就可以記住他們的名字。

「請問你是？」他問，往下看了他這門「命運多舛的戀人」研討班的學生名單。這堂課的名稱的確是刻意引人上鉤，課程是要探討古今文學中不幸愛情的主題。要引誘那些厭倦的大四學生閱讀《埃涅阿斯紀》、《崔斯坦與伊索德的浪漫愛情》、《美蒂亞》，或是《羅密歐與茱麗葉》，最好的方法，不就是把這些書全都包裝成一個愛、慾望、最終成為悲劇的性感包裹嗎？是什麼不幸的環境造成這些戀人的死？是什麼宗教、政治、社會的力量，使得他們的愛情註定失敗呢？

「岱倫・摩爾。」她說。

「歡迎，岱倫。」他說，在那名字前面打了個勾。他在自己的筆記裡找到剛剛講到哪裡，然後繼續上課，但他還是被桌尾的那位年輕小姐吸引。或許這就是為什麼他避免去看她。即使當時，就在第一天，某種直覺就警告他一定要小心。

上到第四個星期，證明他的直覺是對的。

當時他們正在討論十二世紀阿伯拉致哀綠綺思的情書。阿伯拉年紀較長、是在巴黎聖母院執教的著名哲學與神學學者。哀綠綺思是他天資聰穎的學生。儘管種種社會與宗教禁忌阻止他們的戀情，阿伯拉和哀綠綺思還是成為戀人。哀綠綺思懷了阿伯拉的孩子，在醜聞中退避到一家修女院。她的舅舅對她的情人實施了殘酷的懲罰：他派人去將不幸的阿伯拉去勢，後來他被流放到一家修道院。儘管永遠不得相見，這對戀人還是透過信件維繫彼此的愛情，兩人的情書記錄下這對不幸戀人的心碎愛情。

「他們的信件透露了中世紀修道院生活的有趣細節，」傑克對著全班說，「但讓這些情書深刻而永恆的，是他們悲劇性的愛情故事。悲劇定義了他們，而他們為了愛情而受苦，使得他們成為英雄人物。但是你們認為兩個人的犧牲是平等的嗎？這兩個人之中，哪一個更了不起？」

表情向來嚴肅的貝絲舉手了。「我認為，以當時對女人的種種規範，哀綠綺思特別令人印象深刻的是她持續反抗。」她低頭看了一下課本。「她在修女院繼續寫情書，說其他修女是『嫁給上帝，但我嫁給一個男人』，還說『我只當阿伯拉的奴隸』。這是個心智堅強的女人，她違抗了那個時代的種種禁忌。我認為她是真正的英雄。」

傑克點頭。「而且她從來沒有放棄過對他的愛。」

「她說，她甚至願意追隨阿伯拉進入地獄的火焰中。這是真正的獻身。」

傑森開口了：「我連叫我女朋友陪我去看校隊比賽都辦不到了。」

全班閧堂大笑。傑克很高興看到每個人都熱烈參與討論，不像那些令人氣餒的日子，台上只有他一個人講話，他的學生只是一臉無聊、雙眼呆滯地看著他，像池塘裡的鯉魚。

傑森又繼續說：「我也喜歡哀綠綺思寫到她在望彌撒時有種種性愛幻想。要命，我很有共鳴！希臘教會的連禱文長達兩個小時，都夠我上一打女人了。我是說在我的腦袋裡。」

又是一堆笑聲。此時岱倫吸引了傑克的視線。她一直努力在寫筆記，現在她舉起手來。

「是的，岱倫？」他說。

「我對這個故事有個問題。你要我們閱讀的其他故事，我也有同樣的問題。」她說。

「哦？」

「你到目前為止所介紹的這些故事裡，好像有個共同的主題。這些男人一概背叛了他們聲稱自己深愛的女人。哀綠綺思為愛情放棄了一切。但是大部分學者都頌讚阿伯拉才是真正的英雄。」

他聽到她字句背後的熱情，於是點頭示意她繼續說下去。

「阿伯拉甚至把自己描繪成某種浪漫英雄，因為他受了很多苦。但是我一點都不這樣看他。沒錯，他被去勢很慘。不過儘管哀綠綺思努力維持兩人之間的火焰不滅，阿伯拉最終卻宣布放棄自己對她的愛情，而她則從未棄絕對他的熱情。」

「很棒的觀點，」他告訴她，而且他是真心的。顯然岱倫認真思考過這些作品，而且研究得比其他學生更深入。很多學生只是應付一下，能完成作業就好了。她的領悟和對知識的熱情，讓他覺得教書真是一大樂事。事實上，像她這樣的學生，就是他教書的原動力。他真希望自己能更像她。「你說得沒錯，她的確一直保持熱情，然而他卻選擇步上聖人們的後塵，宣布放棄肉體的歡愉。」

「於是他變得好高貴，」她繼續說，「但是想想哀綠綺思為他放棄了什麼。她的自由，她的青春，她自己的孩子。想一下，當她寫下『我是你一人的娼妓』時，心中的那種絕望。彷彿她明白他拋棄了她，讓她在修女院裡爛掉。」

「啊，拜託！」潔西卡嗤之以鼻。「她會困在修女院裡，是因為社會和宗教的壓力。他又沒叫她去。」

坐在潔西卡旁邊的室友凱特琳也習慣性地點頭贊同。傑克不明白為什麼，但是這兩個女生好像對岱倫敵意很深，每回岱倫發表一些非常有見地的評論時，這兩個女生就老是彼此使眼色、翻白眼。或許是嫉妒吧。

「才不是呢，」岱倫回應。她把自己的書翻到相關的那一頁。「哀綠綺思寫道：『在你的命令之下，我進入了這座修女院。』她去那裡是為了他。她做任何事都是為了他。任何看過這些信的人，都一定看得出來的。」

潔西卡臉紅了。「我看過這些信！」

「我又沒說你沒看過。」

「你剛剛在暗示。」

「聽我說，這些信寫得密密麻麻。或許你只是漏掉了其中的重點。」

潔西卡轉向凱特琳低聲說：「真是個賤貨。」

「潔西卡？」傑克說，「我沒聽錯吧？」

她直視著他，一臉無辜的微笑。「我什麼都沒說啊。」但顯然其他人也都聽到了，因為每個人的表情都很尷尬。

「這個教室裡不允許人身攻擊。我講得夠清楚了嗎？」傑克說。

潔西卡只是沉默地注視前方。

「潔西卡？」

「隨便啦。」

接下來該拋開這個小小爭吵了。傑克轉向岱倫。「你剛剛說，阿伯拉背叛了哀綠綺思。可以再說得更清楚些嗎？」

「她為了他放棄一切。她需要他的安慰、保證他也愛她。但結果他做了什麼？他叫她擁抱十字架。我想他表現出自己是個沒種的混蛋，竟然還宣稱比她受更多苦。」

傑森說：「唔，他的蛋蛋的確是被割掉了啊。」

眾人的笑聲讓剛剛的緊張氣氛得以緩解，但是他注意到潔西卡沒笑。她和凱特琳只是湊在一起咬耳朵。

他需要聽到新的聲音，於是看著一如往常坐在岱倫旁邊的寇迪．艾特伍德。他很害羞，似乎長年躲在那頂棒球帽底下，有時帽簷拉得好低，沒人看得到他的眼睛。「你覺得呢，寇迪？」傑克問。

「我，唔……我覺得岱倫說得沒錯。」

「他向來這樣覺得，」潔西卡說，他轉向凱特琳低聲說：「魯蛇。」

傑克決定算了，因為其他人好像都沒聽到。

「我只是贊同岱倫說阿伯拉是個混蛋，」寇迪說，「他是她的老師，而且年紀是她的兩倍大。所以他更混蛋，這樣佔學生的便宜。」

「同樣的互動，我們在近代的文學作品裡面也可以看到回音。想想菲利普．羅斯的《人性污點》和強納森．法蘭岑的《修正》。而且我相信你們很多人看過吉莉安．弗琳的《控制》。這些作品全都在探索年紀較長的老師怎麼會愛上一個學生。」

「就像《辣給教授看》。」傑森說。

「什麼？」

「啊，只是一部沒水準的青春愛情片啦。」

傑克微笑。「奇怪，我居然沒看過。」

「所以那就是這堂課的真正主題嗎，教授？」潔西卡說，「教授跟很辣的學生上床？」

他瞪著她一會兒，感覺到他們都不小心走進了危險的領域。「我只是指出，這是文學裡面一再出現過的主題。這些故事描繪出一個社會禁止的狀況如何、為什麼會發生。同時也向我們展現出，任何人，即使道德正直的人，都可能被吸引到一樁災難性的性愛關係中。」

潔西卡微笑，眼睛發亮。「你是說任何人，教授？」

「我們在談的是虛構的小說，潔西卡。」

「老實說，老師愛上一個心甘情願的學生，又有什麼大不了的？」傑森說，「十誡裡面又沒有說，你們不能愛上很辣的女學生。」

「不過十誡裡面有一條禁止私通。」貝絲指出。

「阿伯拉又沒結婚，」岱倫說，「總之，我們為什麼一直討論這一點？根本就脫離主題了。」

「我同意，」傑克說，看了一眼時鐘，發現快下課了，他鬆了口氣。「好吧，我還有一件事要宣布，而且我相信你們會喜歡這個的。再過兩星期，波士頓美術館有一個特展，要展出受到哀綠綺思和阿伯拉所啟發的作品。他們同意給我們班一個專屬導覽。所以到時候我們不來這裡上課，而是要去波士頓美術館進行校外教學。記得在你們的日程表上寫下來，我也會寄電子郵件提醒。不過下星期，我們還是跟往常一樣在這裡上課。大家要準備好討論《埃涅阿斯紀》！」

學生們魚貫走出教室時，傑克忙著收拾自己的筆記，放進公事包裡。他沒注意到岱倫就站在他旁邊，直到她開口說話。

「我等不及要去這個校外教學了，多里安教授。」她說，「我在美術館的網站上看過一些作品的圖片，看起來是個很完美的展覽。謝謝你的安排。」

「沒問題。順便講一聲，你上星期的美蒂亞報告寫得很好。是整個學期我所看過寫得最棒的。事實上，那篇報告的嚴謹程度不輸研究生。」

她的臉亮了起來。「真的？你是真心的？」

「沒錯。報告的思慮很縝密，而且鋪陳得非常有技巧。」

她出於直覺抓住他一隻手臂，好像他是個熟朋友那般。「謝謝，你最棒了。」

他點了個頭，手臂往後輕扯一下，她放了手。

他突然注意到潔西卡站在門外觀察，他不喜歡她的那個眼神。他也不喜歡岱倫走出教室時，潔西卡向凱特琳比出的那個性愛手勢，一隻手指朝著另外一手拳頭戳進又抽出。凱特琳咯咯笑，兩個人都走遠了。

潔西卡的報告向來寫得很糟糕，他想到之前在上頭畫個大大的「C⁻」，覺得很痛快。

隨著啪噠一聲，他關上公事包，潔西卡淫穢的手勢讓他困擾的程度超過他願意承認的。直到教室裡面人都走光了，他才終於穿上大衣，獨自走進一月的寒風中。

4

傑克

一如往常，瑪姬遲到了。她六點半多才來到餐廳，看起來飽受煩擾且一頭被風吹亂的頭髮，但是她匆忙趕到他們這一桌時，臉上掛著大大的笑容，給了她父親一個大擁抱，然後朝傑克拋了個飛吻。

「我們這位醫學天才近況如何啊？」她父親查理說。

瑪姬脫掉外套，罩在椅背上，然後像個洩了氣的氣球般垮坐在椅子上。「累死了。我想我整個下午沒有坐下來過。都是現在這個討厭的流行性感冒，每個人都希望我開抗生素，我還得努力說服他們放棄。」她舉手召來女侍，點了一杯夏多內白葡萄酒，然後握住查理的手。「我最愛的壽星近來如何？」

「你到了，我就覺得比較有慶祝的心情了。」

「我們等了四十分鐘了。」傑克說，努力不要一副不高興的口氣。他開車先去接了查理，然後兩人一起來餐廳，接著就一直看著時鐘，努力東聊西扯。眼前這杯葡萄酒，已經是他的第二杯了。

「傑克，她有全世界最棒的藉口啊，」查理說，「那麼多生病的人需要她。」

「謝了，老爸。」瑪姬朝丈夫秀出一個「討論到此為止」的表情。

「你很幸運娶到她，小子。」查理又說，「要是你生病了，家裡就有現成的私人醫生了。」

「是啊，我很幸運，」傑克承認，喝了一口他的黑皮諾紅葡萄酒，平息心中的氣惱。「至少今天晚上，我們可以一起吃晚餐了。」

「說到晚餐，」查理說，搓著雙手。「我們放開來大吃一頓吧，我一整年就盼著這一頓。要是有上帝存在，祂可沒有膽固醇問題。」

每一年，他們三個都會一起慶祝查理的生日，點各式各樣他的醫師不准他吃的菜。迪諾牛排館是家老派餐廳，開業超過半世紀，當波士頓的其他餐廳都轉向高級料理時，迪諾卻沒有那些裝模作樣。這裡依然供應牛排、漢堡，還有令人興奮的特製配菜「小豬棒」——一山炸薯條上頭淋了厚厚的乳酪醬，再加上培根碎片和酸奶油。

「生日快樂，老爸，」瑪姬說。葡萄酒杯碰了一下他的啤酒杯。「看看我送你的禮物。」她從公事包裡拿出一個包著亮紅色包裝紙、繫了一個大大金色蝴蝶結的盒子。

「啊，親愛的，你不該破費的。」他說，但是接過禮物時，他的雙眼發亮。他拆禮物拆得有點吃力，因為不想破壞外頭的包裝紙，還用牛排刀小心割開上頭的膠帶。

「餐廳九點半就打烊了。」傑克提醒查理。

查理低笑一聲，一個俐落的動作揭開包裝紙，滿面笑容望著那個知名糖果店費塔希（Fastachi）的盒子，裡頭的小隔層內放著各種烤堅果。查理很愛吃堅果。他湊過去擁抱瑪姬。「你最棒了，小鬼。而且我的醫師說堅果對我的心臟有好處。」他朝傑克擠了一下眼睛。「但是我不會分給你。這是我的，全都是我的！」

瑪姬的手機發出叮聲，顯示有簡訊傳進來。傑克嘆了口氣。瑪姬是劍橋市奧本山醫院的家醫科醫師，他們從來沒能安靜吃完一頓飯、沒有叮聲或鈴響聲或嗡響聲——如果她難得能趕來吃晚餐的話。

女侍過來幫他們點餐，瑪姬一邊看著她的簡訊，一邊點了特大號沙朗乳酪漢堡。

「那你呢，先生？」女侍問傑克。

「要是你點鮭魚，」查理說，「那就太丟你們亞美尼亞裔的臉了。」

傑克點了中東烤肉串。

女侍轉向查理。「那你要點什麼？」

「我的醫師對我的飲食規定，有五低。」然後他用手指數著。「低脂肪、低鹽、低糖、低肉類，還有低品味。所以給我一份五分熟的小母牛肉，配菜要炸莫札瑞拉乳酪條，旁邊還要融化的培根油讓我當沾醬。」

那女侍偷笑。「恐怕我們菜單上沒有小母牛。」

「那麼給我火烤牛肋排和小豬棒可以吧？啊，還要炸莫札瑞拉乳酪條當前菜。今天是我生日。」

「真的？好，那生日快樂！」

「要不要猜猜我幾歲？」

那女侍皺起臉，不想得罪他。「我看是五十歲，五十五歲。」

「差得遠了。我是三十七。」

那個女侍揚起眉毛。「三十七？」

「攝氏體溫。等你到我這個歲數，你就會改用攝氏了。」他朝那女侍擠了眼睛，女侍轉身離開，還在偷笑。

大部分時候，查理的臉都很難猜透，像個固定且毫無表情的面具，掩蓋了他內心湧動的種種情緒。那是一張偵訊專用的臉。查理本來是牛津市警局的警探，七年前退休了。傑克常常想像，面對著那張不透露表情的臉，被那對毫無情緒的藍眼珠盯著，犯人一定坐立不安——那種不可解的、沒有情緒的臉，就像復活節島上的遠古石像，可以逼得連聖人都招供犯下謀殺。

但今夜的查理滿面笑容，眼睛發亮，跟瑪姬一如慣常地彼此打趣。看著他們父女在一起，傑克想念著他和瑪姬以往的那些夜晚，他們也常常充滿深情地說說笑笑。但是之後，她開始拖著在診間累壞的身子回家，整個人被掏空得無法談話。彷彿還不太久以前，瑪姬和傑克會在大約六點半共進晚餐——一起做飯，或是誰先到家就由誰做。又或者他們會去一家最喜歡的餐廳，或是在溫暖的夜晚開車到里維爾海灘的凱利氏餐廳吃龍蝦堡。但是現在，除了像今天的特殊夜晚，他們晚餐都是去餐廳買外帶，或者各自吃——她在醫院吃，傑克則在他們家那條街上的潛水艇漢堡連鎖店。瑪姬的手機又響了，她皺眉看著螢幕，然後點了一下，讓來電轉到語音信箱。

「或許我們吃飯的時候，你可以關掉手機？」傑克建議，努力不要露出不耐。瑪姬嘆了口氣，把手機放進她的手提包。

「生日快樂！」女侍說，幫他們上菜。

「這真是開心的一天。」查理說，滿面笑容看著面前的盤內，深色牛肋排表面有一層杏黃色的光澤，旁邊是一大缽炸薯條堆得高高的，上頭淋了融化乳酪，撒上培根碎片。

瑪姬看著她盤子上大得嚇人的漢堡，融化的乳酪滲流出來。「爸，自從你上次生日以來，我就沒吃過這種巨無霸了。」

查理咧嘴笑著，把餐巾塞進他的襯衫領口。「我知道吃這些對我的身體不好。所以或許你應該叫一輛救護車在外頭等，引擎不要熄火。要是我心臟病發，我希望那個可愛的小女侍來幫我做嘴對嘴人工呼吸。」他抓起牛排刀，忽然停下來，皺了一下臉。

「你還好吧，老爸？」瑪姬問。

「只是我背部的這個冰錐。」

「什麼意思？」

「感覺上，就好像有人拿著冰錐從我兩邊肩胛骨刺進去。每次都很難受。」

瑪姬放下她的酒杯。「這樣的情形有多久了？」

「幾個星期。」他不在乎地揮揮手。「痛一下就過去了。只是有點煩而已。」

「也許你是在健身房拉傷肌肉了。」傑克說。查理很有規律地在阿靈頓高地的金牌健身房健身，體態向來維持得非常好，只要天氣允許，他每星期都騎腳踏車約一百公里，甚至一百一十公里。他的手臂粗得像火腿。

「你去找你的醫師看過嗎？」瑪姬問。

「他說只是肌肉拉傷。」

「有沒有開什麼藥給你？」

「只有泰諾（Tylenol）止痛藥。或許我應該去找個整脊師看看。」

「老天，不要，」瑪姬說，「你明知道我對整脊師的看法。到你這個年紀，大概是有一兩個退化性椎間盤。你最不希望的，就是某個人去亂扭你的脊椎。你應該去做個核磁造影檢查。」

「會照出什麼來？」

「或許是有個椎間盤突出，壓迫到神經。」

「哼。我猜想只是因為我老了。」

「我會打電話給你的醫師，看他能不能至少幫你拍個X光。」

查理拍拍自己的胸膛。「哎呀，老頭子小心了！那個女侍人呢？我需要嘴對嘴人工呼吸！」

瑪姬嘆氣。「很好笑，老爸。」

雖然瑪姬的手機塞在手提包裡，但是他們全都聽到了鈴聲。她忍不住拿出來，看了來電號碼，立刻站起來。

「抱歉，但是我得接這通電話。」她把電話湊到耳邊，朝餐廳外走去。

「她那些病人真該懂得感激，」查理說，「我想我的醫師連我的名字都不知道。我只是又一個七十歲的白人老頭而已。」

「嗯。」

查理又起一根莫札瑞拉乳酪條，蘸了醬汁後咬一口。「好喪氣的聲音。你怎麼回事，傑克？」

「我什麼都沒說。」

「但是我聽得出你的想法。你們兩個還好吧？」

「什麼意思？」

查理用那種令人心煩的撲克臉看著他。「傑克，我的整個職業生涯，都在跟那些想隱瞞事情的人談話。」

查理就像個地震儀，就連最細微的地殼微顫都能察覺，而且他的目光好專注，傑克幾乎能感覺到那目光鑽進了他的腦子。「都是因為她的工作，如此而已。」

「她的工作怎麼了？」

「太佔用她的時間和精力了。」

「她是奉獻給病人。她才剛開始執業，當然會很忙。」

「我知道，而且我以她為榮。不過最近，感覺上我們只是在夜間交會而過的兩條船而已。」

「這是難免的，」查理說，「跟專業人士的婚姻就是如此。所有醫師都該像她這樣。」

傑克怎麼有辦法反駁？在他們的婚禮上，他的朋友都恭喜他娶到的不僅是一個美女，還是未來的醫師，可以有豐厚的收入。他們不曉得這份工作的工時有多長。最近他們連一起看電視都很難得了。

「或許她可以把工作時間減少一點。」查理說。

「但願可以。但是當病人需要你的時候……」傑克的聲音逐漸消失，沒把句子講完：你的丈夫就只能排第二了。

他在查理的臉上沒看到同情，但是他為什麼應該同情？瑪姬是他完美、聰明的女兒；傑克是偷走她的男人，白天的正職是在教一堂名為「命運多舛的戀人」的課。

瑪姬回來坐下。「抱歉剛剛離開了。」

「一切都還好吧？」查理問。

「我有個病人病得很嚴重。她才四十三歲，三個小孩都還小。而她就快死了。」

「耶穌啊。」查理說。

「卵巢癌最糟糕了。」瑪姬深吸一口氣，一手撫過臉。「這一天過得很辛苦。很抱歉在你生日講這麼掃興的事情。」

「瑪姬，你做什麼事都不會毀掉我的生日。你想談一談嗎？」

「不太想。我寧可談一些開心的事情。」

「你就跟你母親一樣，這個你知道吧？一個喪氣的字都不會講，直到她死的那一天都是這樣。你愈來愈像她。」

傑克看著這對父女在餐桌上握住彼此的手，那種牽繫是早在他認識瑪姬之前許久就已形成。他對他們的親密並不怨恨，但是的確很羨慕。而且他不止一次地期望，有一天他也會跟自己的小孩有這樣的緊密關係。

如果他們會有小孩的話。

那天晚上稍後，他們走出餐廳時，已經開始下小雪了。傑克開車送查理回家，等到他回到自己家時，雪已經變成了凍雨。他發現瑪姬坐在廚房裡，看起來很憔悴，而且遠比她實際的三十八歲要老上許多。

「有關你病人的事情，我很遺憾。」他說，雙手抱住她。他的用意只是要安慰她，但他可以感覺到她的身體僵硬起來。

她抽身。「拜託，傑克，」她低聲說。「現在不行。」

「只是個擁抱。我不是要求你做愛。」

「對不起。我只是再也無法分辨了。」

「如果我真的想跟我太太做愛，有那麼糟糕嗎？我們已經好久沒有——」

「我累了。」她朝廚房外走去。

「瑪姬，是因為我嗎？」他朝她大聲說。「告訴我實話，我可以應付的。是我做了什麼或沒做什麼嗎？」他暫停，很怕問這個問題，但非得知道不可。「是因為有另外一個人嗎？」

「什麼？啊老天，傑克，沒有。不是那麼回事。我現在唯一想做的，就是洗個澡去睡覺。」

她迅速離開廚房，爬上樓梯，上去他們的臥室。

他走進客廳，關掉燈，有好一會兒，他坐在黑暗裡，傾聽凍雨敲擊著窗子。他想起他們結婚那一天，還有他們彼此說的誓詞。一年後，在她的醫學院畢業典禮上，她又發了另外一個誓，說要照顧她的病人。誰優先？

他再也不確定了。

那一夜，躺在他沉睡的妻子身邊，他真希望自己也能睡著。他想著他床頭櫃抽屜裡的那瓶安定文（Ativan），很想吃一兩顆，只是讓自己度過這一夜。但是他晚餐時喝了太多葡萄酒，而上次他喝酒又吃安定文，最後是穿著睡衣褲跑去開車，次日早晨醒來時完全不記得。

他閉上眼睛，渴望著能睡著，但睡眠就是拒絕出現。於是他躺在那邊醒著，吸入瑪姬的肥皂和杏仁洗髮精香味，回想起兩人以前的時光。我想念你，他心想。

我想念我們。

5

岱倫

她愈看他，心中的愛火便燃燒得愈旺……她的目光，她的整顆心，現在全都被他吸引住了……

狄多女王悲劇性的結局是如此開始的，她致命的錯誤就是救了一名遭逢船難的戰士性命。岱倫很後悔打開這本令人憤怒的書，但是「命運多舛的戀人」課程這個星期指定閱讀的就是維吉爾的《埃涅阿斯紀》。多里安教授曾警告他們，說這段戀情以悲劇告終，於是她準備好會看到一個不快樂的收場。她知道埃涅阿斯或狄多女王會有不幸的結局，或者兩人都會有。

她沒想到自己會被結局激怒成這樣。

一整個週末，她都在想著狄多女王和她的戀人埃涅阿斯，這位特洛伊戰士曾經英勇作戰，捍衛他的城市，抵抗希臘人的攻擊。埃涅阿斯被敵人擊敗後，不得不逃離被劫掠的特洛伊，和他的手下乘船航向義大利。但是諸神並不仁慈。他們的船隊被風暴襲擊，埃涅阿斯搭乘的那艘船迷航。勉強保住性命的埃涅阿斯和他的手下被沖上岸，來到一片推羅人的土地，由美麗的寡婦女王狄多所統治。

要是狄多立刻下令用劍刺死埃涅阿斯就好了。或者毫不同情地把他丟回大海淹死。如果她這麼做，她或許就可以活到平靜的晚年，深受臣民愛戴。她本來可以和另一個遠遠更值得她愛的男人共享幸福人生。但是不，狄多太心軟、太信任這些來自特洛伊的陌生人了。她給了他們食物、庇護所和安全。而且最鹵莽的是，她給了埃涅阿斯她的心。她拋開尊嚴，放棄了她貞潔寡婦女王的聲譽，只為了得到一個不忠實陌生人的愛情。

這個陌生人背叛她，又拋棄她。

埃涅阿斯拋下他心碎的戀人，揚帆出海去追求自己的榮耀。狄多哀傷地登上自己之前下令搭好的火葬柴堆。然後抽出一把特洛伊人送給她的劍，死意堅決地將劍插入自己的身軀。

……忽然間，她身體的餘溫散失，她的性命融入風中……

埃涅阿斯在船上，看得到遠處狄多的火葬柴堆所發出的火光，烈火正熊熊燃燒。他一定知道那火意味著什麼。他知道那一刻火焰正吞噬著那個愛他、為他犧牲一切的女人。他可曾感到悲慟？他可曾懊悔地將船掉頭？不，他繼續往前航行，冷漠地去追求財富與榮耀。

岱倫想把這本書撕成碎片，扔進馬桶裡沖掉。或者在廚房水槽點一個小小的火堆，看著這些紙頁燒光，就像可憐的狄多被焚毀那樣。但是他們明天上課要討論這部作品，所以她就把書塞進她的背包。啊，等到上課時，她對埃涅阿斯有很多要說的。有關所謂的英雄們，如何背叛深愛他們的女人。

那一夜她夢到火。夢到一個女人站在火焰中，她的頭髮燃燒，張著嘴巴尖叫。那女人死前痛苦地伸出手，岱倫想要出手相救，把那女人拖離柴堆，把火焰撲滅，但她全身癱瘓，無法動彈。她只能看著那女人被焚燒，身體逐漸變黑且乾枯，化為灰燼。

她猛然驚醒，聽到遠處有一輛救護車的警笛聲，一時之間只是筋疲力盡地躺在那裡，剛剛的夢魘仍讓她心臟猛跳。緩緩地，她聽到了外頭的車聲，看到窗子透進白晝的亮光。然後她看了一眼床邊的時鐘，猛地跳下床。

她趕到多里安教授的課堂時已經遲到了，但是寇迪之前保證會幫她佔個位子。她一眼就看到寇迪垮坐在研討桌另一端的老位置，紅襪隊棒球帽拉得低低的，罩住他的眉毛。她悄悄走進教室內，關上門的咖噠聲讓幾個人轉過頭來看她。多里安教授討論到一半暫停下來，她感覺他的目光跟著她繞過桌子、來到寇迪的旁邊。那段短暫的沉默，使得寇迪拉開椅子的刮擦聲、從旁邊空椅子上拿開羽絨外套的嘶嘶聲顯得更大了。

「你跑去哪裡了？」寇迪低聲說，看著她坐下。「我都已經以為你不會來上課了。」

「我睡過頭了。剛剛上課講了什麼？」

「只是一些概要。我寫了筆記。稍後影印給你。」

「謝了，寇迪。你最棒了。」她是真心的。要是沒有寇迪隨時樂意分享他的筆記和他的午餐，她該怎麼辦？她真的該努力對他好一點。

多里安教授依然看著她，但不是很煩的那種。而是彷彿她是某種詭異的森林動物，不小心跑進了他的教室，他不知道該拿她怎麼辦。然後，他好像忽然想起自己在上課，於是回頭繼續。他轉向黑板，上頭已經寫了四對名字。

傑生與美蒂亞
阿伯拉與哀綠綺思
羅密歐與茱麗葉

「這堂課到目前為止，我們已經談過四對不幸的戀人，」多里安教授說，再度轉身面對著他們，一時之間，她以為他在盯著她。「上星期是阿伯拉和哀綠綺思。現在我們要談另一對以悲劇告終的戀人。而且就像傑生和美蒂亞一樣，埃涅阿斯和狄多女王的故事也牽涉到背叛。」他在黑板寫下這對戀人的名字。「到現在，你們應該都看過《埃涅阿斯紀》了。」他看了一圈，有幾個人點頭，幾個人含糊地聳聳肩。「好的，很好。誰要發表意見？」

接著又是如常的沉默：從來沒有人想當第一個發言的。

「原來埃涅阿斯是建立羅馬的人，我覺得好厲害，」潔西卡說，「我一直以為建立羅馬的，是兩個嬰兒時期吸母狼奶水的傢伙。從來不曉得是埃涅阿斯。」

「總之，那是根據維吉爾的說法，」多里安教授說，「他筆下的埃涅阿斯是特洛伊王子，曾經捍衛他的城市，抵抗希臘人。在特洛伊陷落後，他逃到義大利，成為羅馬的第一個英雄。現在你們讀了《埃涅阿斯紀》，全都同意他是英雄嗎？」多里安看了教室一圈。「有誰嗎？」

「顯然他是個英雄，」傑森說，「特洛伊人是這麼認為的。」

「那他和狄多女王的愛情呢？他拋棄了她、她因此自殺的事實呢？會影響你們對他的看法嗎？」

「為什麼要受這個影響？」路克說，「狄多不必自殺的。那是她的選擇，而且只有她自己能選擇。」

「而且埃涅阿斯有更重要的事情要處理，」傑森說，「他要建立一個王國。他的手下需要領袖。何況無論如何，推羅人的土地根本不是他的家鄉。他不必為那裡效忠。」

聽著其他同學為埃涅阿斯背叛狄多而辯解，岱倫愈來愈惱怒。忽然間，她再也無法保持沉默了。

「他才不是英雄！」她衝口而出。「他是個自戀的混蛋，就跟阿伯拉一樣，跟傑生一樣。我不在乎他後來是不是建立了羅馬城。他拋棄了狄多，所以他是個叛徒。」

教室裡安靜下來。

然後潔西卡發出嘲弄的笑聲。她在課堂上從不錯過任何挑戰岱倫的機會，而且一如往常，她直攻要害。「你又在講以前那套牢騷了，岱倫？你之前也是這麼說傑生和阿伯拉的。你太執迷於背叛女人的男人了。」

「埃涅阿斯正是這麼做，」岱倫指出。「他背叛了她。」

「你為什麼老是糾結著這個主題不放？有男人這樣對你嗎？」

寇迪一手放在岱倫的手臂上，那個意思是：算了吧。她是故意想刺激你。他的想法當然是對的。她這輩子碰到過太多像潔西卡這樣的女生了，生來就是要什麼有什麼的天之驕女。從來沒進過二手商店，因為她們所有的衣服都是買新的。這類女生總是帶著朋友進入岱倫每年暑假打工的冰淇淋店，好得意地站在店裡，看著她為她們服務。

啊沒錯，岱倫認識潔西卡這種人，但她們不認識她。

寇迪的手抓緊她的手臂。她深吸一口氣，默默往後靠坐在椅子上。

「唔，那就是真的了，對吧？」潔西卡說，看了教室一圈。「那就是岱倫的興趣，被背叛的女人。」

「我們往下討論吧。」多里安教授說。

「或許這對她來說是有私人恩怨的，」潔西卡說，「因為很明顯，她好像就是非得要談論那些背叛的男人——」

「我說過了，我們往下討論吧。」

潔西卡噘著嘴。「我只是提出一個觀點而已。」

「別再把岱倫扯進來了。她有權利提出自己的意見，我也很高興她說出來。現在我們回去討論《埃涅阿斯紀》吧。」

他把討論引導到另一個方向時，岱倫注視著剛剛替她辯護的這個男人。她對他幾乎一無所知。不曉得他的背景或個人生活，或甚至他全名傑克．R．多里安的R是什麼的縮寫。她頭一次注意到他今天看起來有多疲倦，或許還有點沮喪，彷彿這些課堂上的爭吵把他給累壞了。他戴著婚戒，所以她知道他已婚。他今天早上跟他太太吵架了嗎？還是跟孩子？他給她的印象就是那種好男人——不像埃涅阿斯、阿伯拉或傑生，而是會支持他所愛的女人。

就像他今天幫她那樣。她應該去謝謝他才對。

研討課結束後，其他學生都魚貫走出門，岱倫還逗留在教室裡，看著他收拾東西。「多里安教授？」

他抬頭看，很驚訝她還在教室裡。「有什麼需要我幫忙嗎，岱倫？」

「你已經幫了。謝謝你剛剛上課時講的話。就是跟潔西卡講的那些。」

他嘆氣。「她的發言後來變得很有敵意。」

「是啊。我不曉得我在這堂課到底做了什麼，讓她看我不順眼，但是我好像光是呼吸都能激怒她。總之，謝了。」她轉身要走。

「啊，我差點忘了。」他翻了一疊紙張，抽出她上星期寫的那篇短文作業，有關傑生和美蒂亞的。「今天上課剛開始時，我把報告發回給大家。當時你還沒到。」

她望著作業上頭寫著的那個 A⁺。「哇，真的？」

「這個成績完全有資格。我看得出你寫的東西投入了很多情感。」

「因為我真的有感覺。」

「很多人都有感覺，但不是每個人都能像你，把那些感覺表達得這麼好。聽過你今天上課講的那些話，我很期待看到你談《埃涅阿斯紀》的文章了。」

她抬頭看著他，頭一次注意到他的眼珠原來是綠色的，跟連姆一樣。他不像連姆那麼高，也不像他肩膀那麼寬，但他的眼神比較柔和。一時之間，他們望著彼此，兩人都想著要說些話，但半個字都想不出來。

他突然別開眼睛，扣上公事包。「我們下星期在美術館見了。」

6

岱倫

「該死，他給你A⁺？」寇迪說，跟岱倫一起走過校舍間的方院。「我為了這篇報告拚了命，結果也只拿到B⁺。」

「或許你對那個主題的感受不夠深。」

「命運多舛的戀人？」寇迪直直瞪著前方。「啊，我感受深得很。」他咕噥著說。

她依然滿面笑容，依然情緒高昂。多里安教授的讚美就像航空燃油注入了她的血管裡，她急著要分享她的喜悅。於是她掏出手機要撥給她母親布蘭達，雖然現在這個時間，布蘭達已經結束她在安養院的大夜班，大概剛爬上床。此時她才發現她母親寄來的電子郵件。那標題讓她站在方院中央不動。

你應該搬回家了？

她點開電子郵件，總共有好幾段。當寇迪看著她時，當其他學生經過她、像一群群魚繞過一根石柱時，岱倫閱讀著她母親寫的信，看完一遍又立刻重新看。不，她母親不可能是認真的。

「岱倫？」寇迪說。

她撥了布蘭達的號碼，但結果電話直接轉到語音信箱，當然了。她母親值完班去睡覺時，向來把手機關靜音的。

「出了什麼事？」寇迪看她掛斷了便問。

岱倫看著她。「我媽說，要是我申請研究所，只能申請緬因州的。」

「為什麼？」

「錢。向來就是錢的問題。」

「搬回緬因州有那麼糟糕嗎？」

「你明知道就是有！連姆和我都已經想過了。我們會待在波士頓。這是我們老早計畫好的。」

「或許他的計畫改變了。」

「別說了。」她命令道。

寇迪被她的嚴厲眼神嚇到了，於是沒再開口。他抬頭看了一眼鐘樓的時鐘，怯怯地說：「我們，呃，上課要遲到了。」

「你去吧。我們下回見了。」

「那些報告的問題呢？我們講好要一起討論的。」

「好吧，沒問題。今天晚上吧。過來我那邊。」

他臉色一亮。「我會帶披薩過去。」

「好的。」她低聲說，但是眼睛沒看他；她還是瞪著自己的手機，甚至沒注意到他離開了。

❖

電話裡，她母親的聲音聽起來很疲倦。現在是下午四點，對於一個在濱海安養院值大夜班的照服員來說，這就等於是天剛亮，但是岱倫急著要跟她講話，再也等不下去了。

「你好像不明白這有多麼重要，」岱倫說，「我不能搬回緬因州。」

「那你畢業之後打算做什麼？」

「我還不曉得，正在考慮要讀研究所。我的分數夠好，我很確定可以申請到這裡的某所學校。」

「緬因州這邊也有很好的學校啊。」

「但是我不能離開波士頓。」她心裡真正想的是我不能離開連姆。

「人生不見得凡事都能如意，岱倫。我一直設法付你的學費，但是你從石頭裡也搾不出血來。要負擔二胎房貸，我就已經夠吃力了。現在我根本沒有東西可以拿去抵押再借錢。而且我已經每天值兩班了。你要懂事一點。」

「現在談的是我的未來啊。」

「我的確是在談你的未來。這些貸款你總有一天要還的，為了什麼？只為了你可以吹牛說你在波士頓讀了所昂貴的大學？那我的退休呢？我一毛退休金都沒存。」布蘭達嘆氣。「我沒辦法再這樣幫你了，蜜糖。我累了。自從你父親離開之後，感覺上我生活裡就只有工作。」

「不會永遠這樣的。我保證以後會照顧你的。」

「那為什麼你不搬回來？現在搬回來，跟我一起住。你在這裡也照樣可以讀研究所。或許打個工，幫忙分擔一下。」

「我不能搬回緬因州。我得——」

「跟連姆在一起。就是這樣，對吧？一切都是為了跟他在一起。待在同一個城市，讀同一所學校。」

「好學校的學位是有差的。」

「唔，他們家讀得起。我們家沒有那麼多錢。」

「總有一天會有的。」

布蘭達又嘆了口氣，這回更深長了。「你為什麼要這樣對自己，岱倫？」

「怎樣？」

「把你的前途賭在一個男孩身上？你這麼聰明。你父親離開時，你難道沒學到任何教訓嗎？我們不能靠男人。我們不能靠任何人，只能靠自己。你愈早覺悟——」

「我不想談這些。」

「怎麼回事，蜜糖？有事情不對勁了。我從你的聲音聽得出來。」

「我只是不想搬回緬因州。」

「你和連姆之間出了什麼狀況嗎？」

「你為什麼會這麼想？你沒有理由這麼想。」

「世上不是只有他一個男孩，岱倫。你凡事都只想著他，這樣是不健康的，還有那麼多其他的——」

「我要掛電話了，」岱倫打斷母親。「有人在敲門。」

她按掉手機，被這回通話搞得恐懼不安。她好想跟連姆談一談，不過她已經在他語音信箱留了三次話，他都沒有回電。外頭開始下雪了，但是她再也受不了關在這個小公寓裡。她得出門走走，讓腦袋清醒一點。

她沒想過自己要去哪裡，但是兩腳就自動帶著她走到那兒，循著她以前走過太多次的路線。她來到連姆的公寓大樓外頭時，天已經黑了。她站在人行道，往上看著他那一戶的窗子。他鄰居的燈都亮了，但他的窗子是暗的。她知道他今天的最後一堂課已經在兩三個小時前結束了，所以他去了哪裡？她現在不敢冒險進去他的住處，因為他隨時可能回來，逮到她在裡頭，但是她好渴望看他一眼，實在沒法離去，至少要等上一陣子才行。

對面有一家果汁店。她走進去，點了一杯巴西莓果汁，然後坐在靠窗的位置。隔著薄紗般飄落的雪，她一直盯著他住的公寓大樓。現在是晚餐時間，他想到他們曾在他公寓裡共度的那些夜晚，大吃著外賣食物。暹羅屋的泰式炒河粉、五兄弟的漢堡。他們會在他的茶几上吃著晚餐，一邊看電視，之後他們會脫掉衣服，上他的床。

我想你。你想我嗎？

打電話給他的誘惑太強了，她無法抗拒。再一次，電話轉到了語音信箱。他一定是正在用功，因為他決心要讀法學院，得為入學考試做準備，所以才會把電話關機。

她又點了第二杯巴西莓果汁，慢吞吞喝，拖著不喝完，免得他們會要她離開店裡。連姆大概在圖書館看書；或許她該去圖書館，在一樓洗手間附近挑一張桌子，把所有的書攤在桌上，寫多里安教授那堂課的報告。連姆去上洗手間而經過時，一定會注意到她。他會很佩服她那麼專心，那麼認真準備自己的作業。她不僅僅是他高中時就認識的那個家鄉的貧家女。不，她是註定要做大事的，而且在各個方面都跟他完全相配。

她的手機響了。連姆。她雙手顫抖著接了電話：「喂？」

「我們不是講好了要去你的公寓讀書嗎？我按電鈴都沒人應。」

她失望地往後垮回椅子上。只是寇迪而已。「啊老天。我忘了。」

「唔，我現在就站在你的公寓大樓外頭，還買了披薩。你人在哪裡？」

「我今天晚上沒辦法跟你碰面。可不可以另外約時間？」

「但是多里安教授的課要交報告，我們要討論那些相關的問題。我把所有的書和筆記都帶來了。」

「聽我說，我現在腦子裡有一大堆事情。我明天再打電話給你，好嗎？」

接下來是一段充滿失望的沉默。她想像他笨重的身軀站在她的公寓大樓外頭，穿著那件龐大的羽絨服，棒球帽上沾著落下的雪。在這麼嚴寒的天氣裡，他為了等她，站在外頭多久了？

「對不起，寇迪。真的很對不起。」

「是啊。」他嘆氣。「好吧。」

「明天再談？」

「沒問題，岱倫。」他說，然後掛斷電話。

她望著對街連姆那戶的窗子；還是暗的。再等一會兒，她心想。我就坐在這裡，再等一會兒就好。

之後

7 法蘭琪

那個男朋友的名字是連姆．萊利，看起來似乎是每個媽媽都希望女兒帶回家的那種男孩。他一頭金髮，身材魁梧，鬍子刮得乾乾淨淨，穿著整潔的卡其褲和牛津襯衫。法蘭琪和麥克走進他那戶公寓時，他禮貌地問他們要不要喝咖啡。現在這個時代，似乎很少年輕人會尊重警察了，而會禮貌到願意提供咖啡的更少。他們三個在連姆的客廳坐下來時，法蘭琪注意到茶几上有一疊法學院的介紹小冊子——另一個讓她印象深刻的小細節。他一點都不像她雙胞胎女兒最近帶回家那些不修邊幅的音樂人，那些年輕小子沒有什麼明確的志向，只關心下一場音樂演出。他們不敢直視法蘭琪的眼睛，因為他們知道她是警察。為什麼她的女兒不能帶像連姆這樣的男孩回家？他是醫師的小孩，殷勤有禮且口齒清晰，而且他告訴他們說他已經被兩所法學院錄取。他沒有被逮捕的紀錄，連一張欠繳的停車費罰單都沒有；另外他前女友之死的消息，似乎真的令他很震驚。

「你對岱倫會自殺，一點預感都沒有？」法蘭琪問他。

連姆搖著頭。「之前跟她分手時，我知道她很不高興。而且沒錯，有時候她表現得有點神經。但是自殺？一點都不像岱倫。」

「你說她『有點神經』，是什麼意思？」麥克問。

「她會跟蹤我。」他看到麥克揚起雙眉。「我說真的，她成了跟蹤狂。一開始是會在各種時間打電話、傳簡訊給我。然後她開始趁我不在的時候，偷跑進我的公寓。」

「你在這裡逮到過她？」

「沒有，但是有天上午，住我隔壁一個女孩看到她離開這棟大樓。當初分手後，岱倫一直沒把這裡的鑰匙還給我，所以她隨時都可以進來。然後我注意到有些東西不見了。」

「什麼東西？」

「一些不值錢的小東西，比方我的T恤。一開始我以為是自己亂放在哪裡找不到，後來我才明白，一定是她拿走的。這樣就已經夠讓人毛骨悚然了。沒想到後來狀況又變得更糟糕。」

「你剛剛提到，她一直打電話又傳簡訊給你。」法蘭琪說。

「最後我只好封鎖她的號碼。但是接下來，她就用另一個同學的手機打給我。」

「所以她確實有手機。」

連姆詫異地看著她，似乎覺得這個問題很荒謬。「是啊，當然有。」

「因為我們始終沒找到她的手機。」

「她當然有手機。她老是抱怨只買得起安卓系統的手機。」

「要是我們能找到她的手機，你知道要怎麼解鎖嗎？」麥克問。

「知道啊。除非她改了密碼。」

「她的密碼是什麼？」

「是……呃……」那男孩別開目光。「我們的週年紀念日。第一次接吻那天。她對這一天特別有感覺，每年都纏著要我跟她一起慶祝，即使後來……」他沒把句子說完。

「你說她還一直傳簡訊給你，」法蘭琪說，「可以讓我們看看那些簡訊嗎？」

他頓一下，顯然是在想他手機裡是不是有什麼不該讓警察看的。然後他不情願地掏出自己的iPhone，解了鎖，遞給法蘭琪。

她往下滑動螢幕，看著那些訊息清單，最後找到了岱倫．摩爾傳來的那一串。是兩個月前的。

你在哪裡？

你為什麼沒出現？我等兩個多小時了。

你為什麼躲著我？

拜託打給我。我有很重要的事！！！！！

在這些簡訊裡，岱倫的急迫感顯然愈來愈明顯，但是連姆完全沒回覆。沉默是很懦弱的解決方式，而連姆就是選擇要這樣。因為他不回覆，於是讓那個女孩對著一片空無嘶喊，沒人聽到。

「我想，你們跟她母親談過了吧，」連姆說，「希望布蘭達沒事。」

「那是一段艱難的談話。」其實是非常痛苦，即使法蘭琪並不是報訊的人。這個不幸的任務是落在一名緬因州何巴特鎮的當地警員身上，他去敲了摩爾太太的門，當面通知她這個消息。幾個小時之後法蘭琪打去，岱倫的母親聽起來哭得筋疲力盡，聲音小得只剩氣音。

「布蘭達向來對我很好，」連姆說，「我覺得有點為她難過。」

「為什麼？」

「她丈夫跟另一個女人跑了，在岱倫十歲的時候。我想她始終沒有從父親離開的陰影中恢復過來。」

「或許這就是為什麼你離開她，她的反應會那麼強烈。」

他聽了皺了一下臉。「我們又沒有訂婚什麼的，只是高中時在一起。除了在同一個小鎮長大之外，我們沒有太多共同點。我打算去上法學院，但是岱倫其實沒有任何計畫。頂多或許打算結婚吧。」

「對。」

法蘭琪又低頭看著連姆的 iPhone。「這是她傳給你最新的簡訊？」

「這些是二月傳的。之後還有別的嗎？」

「沒了。後來我們在一家餐廳大吵之後，就完全停掉了。當時我和我的新女友莉比在那裡吃晚餐。岱倫不曉得怎麼查到我們在那裡，就闖進去，開始朝我大吼大叫，當著所有人的面。我只好把她拖出餐廳，最後一次、清清楚楚跟她說我們完了。我想她終於明白我們之間結束了。在那之後，她就沒再傳過簡訊給我。我猜想她往前走了，或許找個新的男朋友。」

「她母親沒提過她有新男友。」

連姆聳聳肩。「布蘭達未必知道。岱倫不是什麼事都會跟她說。」

法蘭琪想到兩個女兒瞞著她的秘密：她在蓋比內衣抽屜裡發現的避孕藥。西碧兒偷渡帶回臥室過夜的那個男孩，直到那一夜法蘭琪拔出身上的佩槍指著他。沒錯，年輕女生很擅長守著秘密，不讓母親知道。

「她有另一個男朋友嗎？」麥克問。

「我不曉得。」連姆說。

「你看過她和其他男生在一起嗎？」

「只有她那個同學，老是跟她在一起。我不曉得他的名字。」

「你認為她跟他在交往嗎？」

「你的意思是，她的男朋友？」他笑出聲。「不可能。」

「為什麼？」

「如果你看過他，就會明白了。那個男生大得像個飛艇。她大概是因為同情，才會老跟他混在一起。我想不出別的理由。」

「或許是友誼？或是個性迷人？」

「是喔，當然了。」連姆嗤之以鼻，因為他無法想像自己會被一個胖男生取代。他顯然有那種盲目的自信，知道自己長得很帥，從來不會懷疑自己的價值。法蘭琪判定自己其實不喜歡這個男孩。

「你認為她為什麼會自殺，連姆？」

他搖搖頭。「就像我剛剛說的，我們都沒聯絡了。我不會曉得的。」

「她是你的前女友。你們從高中就在一起。她為什麼自殺，你一定有些想法吧。」

他想了一會兒，但也只是片刻。彷彿這個問題沒有重要到值得他苦苦思索。「真的，我不知道。」他低頭看了自己的 Apple Watch 一眼。「我再過二十分鐘有個約。你們問完了嗎？」

❖

「真是個大混球。」法蘭琪說，這會兒她和麥克在波士頓市警局總局的附屬餐廳裡吃中餐。

「含著金湯匙出生的，」麥克說，「我小時候認識幾個這樣的小孩。自大的混蛋。自以為很特別，但其實他們唯一做的，就是中了遺傳基因的樂透彩券。我還真希望我也有一點那種基因。」

「你的基因有什麼不好？」

「你的意思是，除了我有糖尿病、雄性禿，還有酒糟鼻之外？」

「我不認為酒糟鼻是遺傳性的，麥克。」

「是嗎？唔，反正是我媽遺傳給我的。」他拿起手上的火腿乳酪三明治，咬了一大口。以他的體重和高血壓，其實不該吃火腿和乳酪的，不過法蘭琪覺得那個三明治看起來好誘人，比她的凱撒沙拉好多了。法蘭琪根本不喜歡生菜沙拉，但今天早上她在女廁的鏡子裡好好看了自己一眼，確認了愈來愈緊的腰帶早已告訴她的事實。她得繼續吃生菜沙拉，吃到她的長褲不再那麼緊，直到她每回照鏡子不再皺眉頭為止。

「你今天晚上有什麼計畫嗎？」他問。

「我想就是看電視，然後去睡覺吧。」她又起一片蘿蔓萵苣葉送到嘴裡，興味索然地嚼著。

「你問這做什麼？」

「如果你今天晚上沒事，佩蒂想介紹她表哥給你認識。」

「是喔。」

「他六十二歲，有好工作，房子是自己買的。而且他沒有犯罪前科。」

「啊，真是個理想對象呢。」

「佩蒂認為你會喜歡他的。」

「我沒打算找對象，麥克。」

「你沒考慮過要再婚嗎？」

「沒有。」

「真的？有個人每天晚上回家？有個人陪你一起變老？」

「好啦，好啦。」法蘭琪放下叉子。「我的確有想過。但是眼前又沒有羅密歐來敲我的門。」

「這個表哥人真的不錯，而且佩蒂很想介紹你們認識。我們可以輕鬆一點，只是四個人一起吃漢堡、喝啤酒。要是你受不了，隨時給我打個暗號，你就可以先溜掉。」

法蘭琪拿起叉子，沒勁地撥著盤子裡的萵苣葉。「她表哥知道我是警察嗎？」

「知道，她跟他說了。」

「這樣他還是有興趣認識我？因為大部分男人一聽到對方是警察，就會完全失去興趣的。」

「佩蒂說他喜歡堅強的女人。」

「而且還帶槍？」

「不要掏出來指著人就行。就照你平常的迷人樣子，那就很棒了。」

「不曉得，麥克。自從我上次相親之後……」

「你知道那次為什麼不成功嗎？因為你讓你女兒安排。誰會安排自己的老媽去跟一個酒保相親啊？」

「唔，他的確是很性感。而且很會調馬丁尼。」

「要相親，就應該先做背景調查。」他彎腰行禮。「而且沒錯，這點你可以謝我。至少佩蒂的表哥，你從一開始就知道他沒問題。」

沒問題。從什麼時候開始，她對男人頂多只能期望沒問題？她從什麼時候停止尋求荷爾蒙大量分泌和心臟狂跳的興奮感，只要可以過關就行？

「這個表哥叫什麼名字？」

「湯姆。」

「姓什麼？」

「布蘭肯緒。他是鰥夫，兩個小孩都成年了。而且就像我剛剛說的，我已經幫他做過背景調查了。連欠繳的停車罰單都沒有。」

「聽起來真是個一流的約會對象啊。」

❖

今晚不過是去布萊頓大道的一家酒館吃漢堡、喝啤酒而已，那麼她為什麼還要站在衣櫃前，盤算著要穿什麼衣服？她已經好幾個月沒有約會過了，上一次是跟那個性感但是有竊盜前科的酒保。她懷疑今天晚上的下場也不會更好，不過總是有一點機會，有殘酷的希望微光，這個男人會是她的真命天子，而她可不想搞砸了。於是她站在這裡翻衣櫥，想找出適合的衣服。

那件藍色洋裝不行，她的身材已經變大兩號了。她把洋裝從衣架上扯下來，扔在一堆打算送去舊衣回收箱的衣服堆裡。她的綠色洋裝則是腋下有污漬，所以也是要拿去回收的。她被自己這些不像樣的衣服搞得喪氣，最後找出她可靠的黑色長褲套裝。總之這是她的真實本色，褲裝女郎。

終於穿好衣服，準備要出門了，她走進客廳拿她放在門邊衣櫥裡的大衣。

她女兒蓋比正在看雜誌，這會兒抬起頭來，皺了一下臉。「啊，媽。你今天晚上真的要穿那個去嗎？」

「穿這樣有什麼不好？」

「你今天晚上是要去約會，不是要上法庭作證。為什麼不穿洋裝？比較性感的？」

「外頭現在是攝氏零度耶。」

「要性感就得犧牲啊。」

「誰說的？」

「這篇文章說的。」蓋比翻著雜誌，給她母親看一張照片，裡面是個清純臉蛋的模特兒穿著一件紅色迷你皮裙。

法蘭琪瞪著那雙六吋高跟鞋。「是喔。才不要。」

「拜託，老媽，你努力一下嘛。西碧兒和我覺得你穿細跟的高跟鞋，看起來很可口。我的可以借你穿。」

「首先，當女兒的不該在同一個句子裡同時使用可口和老媽這兩個字眼，除非是在講食物。其次，我真的不在乎自己看起來是不是很可口。」

「是真的，你穿了高跟鞋，看起來就是很可口啊。」

「好吧，或許真的是這樣。」法蘭琪穿上大衣。「但不是為了某個我沒見過的男人。」

「等一下。這次相親是麥克安排的嗎？」

「沒錯。」

蓋比嘆息一聲，又回去看她的雜誌。「那你不如就這樣去吧。」

「祝我好運。我可能會晚回家喔。」

蓋比翻了一頁。「我不太相信。」

❖

「……然後我們的小孩還在上高中的時候，她就去上烹飪學校，四十四歲拿到畢業證書，展開了全新的外燴事業。老天，我和小孩們吃得可真好！她在烽火台丘那邊有一大堆客人，包下他們的聖誕派對、新年派對、猶太教成人禮……」

法蘭琪看了手錶一眼，又喝了一大口啤酒，思索著該怎麼優雅地溜出酒館回家。這個男人還可以說多少他的聖人老婆特瑞莎的事蹟？他的亡妻過世至今十七個月了，不是一年半，而是恰恰十七個月，他精準記住身為鰥夫的時間，如同父母記住學步小孩是幾歲幾個月。正足以說明了失去妻子對他仍是新鮮的傷口。

法蘭琪剛進酒館時，看到和麥克與佩蒂坐在一起的那位約會對象，第一眼的印象很好，於是對這個夜晚懷著很高的期望。湯姆瘦瘦的，沒留鬍子，而且頭髮大部分還在。他們握手時，他的手掌結實有力，雙眼看著她微笑。他們點了酒和雞翅。她說她有一對雙胞胎女兒。他說他也有兩個女兒。然後他開始談他的亡妻。

談到現在，他們已經喝完兩壺啤酒了。

佩蒂開心地宣布：「我要去洗手間。」然後她站起來，又戳了一下她丈夫的手臂。

「嗯？喔對了，我再去叫一壺啤酒。」麥克說，順從地也站起來。

法蘭琪很清楚他們為何刻意要讓她跟這位「沒有犯罪前科的湯姆」獨處。在佩蒂眼中，每個沒結婚的熟人都是一種挑戰，而法蘭琪更是其中最棘手的。

這一桌只剩法蘭琪和湯姆，兩個人都尷尬地沉默了一會兒，瞪著那一盤吃剩的雞骨頭。

「真抱歉，」湯姆嘆氣。「我想你完全沒有來電的感覺。」

沒錯，但法蘭琪想要寬容一點。「我看得出現在對你來說太早了，湯姆。痊癒是需要時間的。在痊癒之前，你不該逼自己出來約會的。」

「你說得太對了。這是我第一次約會，自從……」他的聲音愈來愈小。「但是佩蒂跟我唸叨了好幾個月，要我開始去認識其他人。」

「是啊，她的意志力很堅強。」

湯姆大笑。「可不是嗎？」

「但是你還沒有準備好。」

「那你呢？」

「我的傷口沒那麼新鮮。」

他看著她。「對不起，我一整晚一直在談特瑞莎，都沒問過關於你的丈夫。他發生了什麼事？」

「佩蒂沒告訴你？」

「他只跟我說那是幾年前的事情了。」

她很感激佩蒂的謹慎。法蘭琪有那麼多同事知道真相，就已經夠痛苦了。「他心臟病發，完全沒想到。」沒想到的不止一件事。「是發生在三年前，所以我有時間調整。」

「但是我們有辦法真正調整過來嗎？」

她思索著這個問題。想到她丈夫喬剛過世的那幾個月，她夜裡會躺在床上睡不著，被一堆沒有答案的問題折磨，悲慟又憤怒。不，她永遠無法真正調整過來，因為現在她質疑自己曾相信的、曾視為理所當然的每一件事。

「其實，我還沒從他的過世恢復過來。」她承認。

「在某種程度上，我覺得有點安慰，知道我不是唯一覺得難熬的人。」

她微笑。「我想你一定是個非常好的丈夫。」

「我可以做得更好的。」

「如果你以後再婚的話，務必記住這句話。不過現在，我想你應該好好照顧自己。」她伸手拿皮包。「很高興認識你，湯姆，」她說，她是真心的，雖然他們兩個人之間沒有火花，以後大概也永遠不會有。「時間不早，我該回家了。」

「我知道今天的約會不順利，但是改天我可以打電話給你嗎？等到我覺得自己準備好了？」

「或許吧。我會再通知你。」

但是走回家的路上，法蘭琪已經知道他們再也不會見面了。有時候，幸福是沒有第二次機會的。有時候，滿足於自己現有的人生就足夠了。空氣好冷，她覺得簡直像是吸入一堆細針，但這也提醒自己，她還活著。

不像她丈夫。不像岱倫．摩爾。不像她曾看過屍體的其他亡者那樣。

她又深吸一口氣，慶幸那種針刺的感覺，然後一路走回家。

之前

8

岱倫

她真的應該對寇迪好一點，當一個更好的朋友。他在她需要幫忙時總是會接電話，而且會容忍她的壞情緒。他們兩個是被排擠的異類，自從去年他們認識——當時兩人都修西洋文學課，他跑來坐在她旁邊——他們就總是在一起，或許只因為異類總是能認出另一個被排擠的同類人。所以沒錯，她真的應該對他好一點，但是有時候她覺得好煩，他老是黏著她，想要幫忙，想要更深入她的生活。她不是瞎子；她知道為什麼他上課總是會幫她佔位子，為什麼他會分享課堂筆記，還看她餓了就遞給她一根巧克力能量棒。她永遠不可能照他想要的那樣喜歡他，實在沒辦法，他身上有太多讓她覺得不可愛的地方。不光是他鴨子似的搖晃步態，或是他毛衣正面老是黏著的麵包屑。不，惹火她的是他那種需要關愛的程度，即使她明白那種不安全感源自哪裡。就像她一樣，他也是始終無法融入，拚命想要證明自己。

這會兒他們在圖書館裡用功，她看著坐在對面的他。過去一個小時，他一直弓背坐在那裡忙他過兩天要交的報告，但是筆記型電腦上根本沒打幾句。一如往常，他戴著那頂帽舌有油漬的紅色棒球帽，而且拉得好低，她都看不到他的眼睛了。

「你為什麼從來不脫掉那個玩意兒？」她問他。

「啊？」

「你的帽子。我從來沒看過你脫掉帽子。」

「這是紅襪隊的帽子。」

「唔，你至少該拿去洗一洗。」

他摘下帽子，嬰兒般柔細的金髮上留下一個帽子形狀的凹印，然後他低頭微笑看著帽舌。「這是以前我爸帶我去看紅襪隊球賽時，他買給我的。那天他們輸給洋基隊了，但是坐在看台上還是非常棒。吃熱狗和冰淇淋。我爸跟我在一起。」寇迪撫摸著帽舌上的那塊油漬，像是阿拉丁在摩擦他的神燈，希望精靈能出現。「那是我們共度的最後一天。然後……你知道。」

「他現在住在哪裡？」

「亞利桑那州。我聖誕節收到他寄來的卡片。他說或許我這陣子可以撥時間去找他。說他會帶我去露營。」

不，他不會的，她心想。因為離開家人的爸爸從來不會遵守承諾。他們不希望你去找他，不希望想起他們拋棄的孩子。他們希望能忘記這些小孩的存在。

寇迪嘆了口氣，又把那頂紅襪隊的棒球帽戴回頭上。「你後來見過你爸嗎？」

「沒有。好幾年了。他不在乎，我也不在乎。」

「你當然在乎。他是你爸啊。」

「唔，我不在乎。」她把書和紙塞進背包，站起來要離開。「你也不該在乎。」

「岱倫，等一下。」

等到他追上她，她已經走出圖書館，迅速穿過方院，快得他光是要跟上就已經氣喘吁吁。

「很抱歉提到你爸。」他說。

「我不想談他。再也不要了。」

「或許你該談一談他。聽我說，我知道他離開了你們，但是我爸也是。這種事我們就是得應付。很難過沒錯，但是也使得我們更堅強。」

「不，沒有。你知道這種事使得我們怎麼樣嗎？毀掉。使得我們被拋棄。」

她停在方院的中央，轉身面對他。他往後瑟縮，好像她就要打他了，好像他很怕她，而在某種程度上，也的確沒錯。他害怕失去她，或者觸怒他在學校裡的唯一好友。

「當某個人說他愛你的時候，應該是表示永遠不變，」她說，「這應該是你可以仰仗、至死不渝的。但是我爸，他根本不想堅持下去。他離開了自己該愛的家人。我希望他在地獄裡被焚燒。」

寇迪瞪著她，被她的怒火嚇壞了。「我從來沒那樣對你，岱倫。」他輕聲說。

她忽然吐出一大口氣，怒火也隨之消失。「我知道。」

寇迪試探地碰一下她的手臂，彷彿她身上很燙似的。看她沒躲開，他的手臂就攬著她的肩膀。他的用意是要安慰她，但是她不希望他以為兩人之間有什麼可能，總之不會是他希望的那種。

她躲開了。「我今天晚上讀書讀夠了。我要回家了。」

「我陪你走回去。」

「不用，我沒事。明天見了。」

「岱倫？」他喊道，聲音好哀怨，搞得她沒辦法就這樣離開。她轉身看到他獨自站在街燈下。龐然身軀投下一個巨大的影子。「連姆不值得，」他說，「你可以找到更好的，好很多的。」

「你為什麼要提他？」

「因為這一切其實都是因為他，不是嗎？根本不是因為你父親離開你。而是因為連姆忽視你，不理你。你不需要他。」

「你根本不了解我跟他的事。」

「我比你以為的更了解。我了解他配不上你。但我不明白的是你為什麼不肯放棄他，明明有其他男人更適合你、想要跟你在一起。」她不敢直視他棒球帽陰影中的雙眼，但她聽得出他聲音中的渴望。「我知道你們在一起很久了，但那不表示會永遠持續下去。」

「那是我們原來計畫好的，也是我會來讀這個學校的原因。因為我們講好要在一起，無論如何都要相守。」

「那為什麼他現在不在這裡？為什麼你打電話給他的時候，他都不接？」

「因為他在用功。或者在上課。」

「他現在沒在上課。」

她掏出手機，撥了連姆的號碼。電話直接轉到語音信箱。她盯著螢幕，忽然開始領悟了一個可能，那是她之前一直拒絕去想的。

「你的手機給我。」她對寇迪說。

「你的手機有什麼問題嗎？」

「給我就是了。」

他把自己的手機遞過去，看著她撥給連姆。電話響了三聲，然後她聽到：「喂？」

「我打電話找你一整天了。你都沒回我電話。」

接下來是一段很長的沉默。太長了。「我現在不方便講話。岱倫。我正在忙。」

「忙什麼？我得見你。」

「你用的這個電話號碼是哪裡？」

「是我朋友的手機。我一直聯絡不到你。我想或許你不小心封鎖我了。」

「聽我說，我得掛電話了。」

「打給我好嗎？稍後打給我，不管有多晚。」

「好啦，沒問題。」

電話斷線了。她瞪著那手機，很驚訝連姆這麼突然就結束談話了。

「所以他怎麼說？」

寇迪從頭到尾都在觀察她，她不喜歡他那種會意的眼神。她把電話塞回他手裡。「不關你的事。」

9 傑克

「我還在猜，這個背痛只不過是肌肉拉傷而已，」查理說，此時傑克正開車要送他去醫院的約診。「我不曉得拍那些X光有沒有必要。你根本不必開車送我的。」

「沒關係。今天我休假。」

「星期五，嗯？你在那邊工作真不錯。」

「這就是當大學教授的好處。」傑克看了岳父一眼，發現他的臉忽然緊繃著，應該是因為背痛。「又痛了？」

「一點點。」查理揮了一下手。「沒有什麼泰諾對付不了的。總之，隨著年紀愈來愈大，身上的痛就會愈來愈多。等到你七十歲，就曉得光是早上要起床就有多麼困難。瑪姬說，或許我唯一需要的，就是去做物理治療，或者按摩個一兩次。我只希望她不要逼我去上瑜伽課，或那類蠢事情。」

「瑜伽對你有好處的。」

查理哼了一聲。「你能想像我穿著那些緊身服嗎？做那些下犬式還是什麼來著？」他看著傑克。「這個夏天，要是我覺得好一點，或許我們三個可以去西部來個自行車之旅。」他從夾克口袋掏出一本銅版紙印刷的旅遊小手冊。「看看這個。小路旅行社有個布萊斯峽谷國家公園的行程。我希望我們一起去，趁我還可以的時候。畢竟，我都已經是七十歲的老人了。」他說。

「是啊，不過是個年輕的七十歲老人。」

「以前我在劍橋市警局的時候，根本很少度假。我在那些該死的人渣身上花了太多寶貴的時間。那些混蛋，要是他們被子彈轟破腦袋，你也不會覺得可惜。我以前該多花點時間跟安妮去旅行的，去參加她一直想去的阿拉斯加遊輪之旅。耶穌啊，我真後悔。現在我得彌補那些失去的時間。」查理望著傑克。「所以，你去問一下瑪姬六月能不能休假，大約十天。」

「我會問她的。」

「而且這趟旅行我出錢。所有費用都包括在內。」

「真的？為什麼？」

「因為我寧可趁我還活著時好好花錢享受，才不要讓你們繼承了遺產，拿去把屋頂的天溝換新。」

「你太慷慨了。但我們還是需要新的天溝啊。」

「你去想辦法勸她安排休假吧。」他又望著傑克。「一起出去玩，應該對你們兩個都有好處。」

「我們的確需要去度個假。有個放鬆的機會。」

「也可以做其他的事情。」

「其他的事情？」

他擠了一下眼睛。「我還是希望能趕緊抱孫子啊。」

「我也希望，查理。」

「所以什麼時候會有？我希望趁我還丟得動棒球的時候。」

這個生小孩的話題太痛苦了，傑克一時之間沒辦法回答。他只是繼續開車，但願自己不必去想這個問題。

「上回小產之後，她到現在還是很難過，對吧？」查理問。

「她的確很難接受。我們兩個都是。」

「都已經一年了，傑克。」

「那種傷心的程度，還是沒有減少。」

「我知道，我知道。但是你們都還年輕。你們還有很多時間可以生小孩。我的安妮終於懷上瑪姬的時候，都已經四十二歲了。那是上帝給我們最好的禮物。等到你懷裡抱著自己的寶寶時，就會明白我的意思了。」

「我正在努力。」傑克只能想出這句話。

「另外考慮一下布萊斯峽谷，好嗎？你們兩個可以住在浪漫的飯店房間。那會是個很棒的開始。」

傑克的確考慮了。那個下午，他坐在蓋瑞森大樓的當肯甜甜圈店裡，那本布萊斯峽谷的小冊子一直在召喚他。他把一疊學生報告放在旁邊，注視著那本小冊子裡誘人的景色，以及一張張被太陽曬成古銅色的臉。在一個美麗的地方一起度過一星期，正是他們夫妻需要的。或許查理說得沒錯；或許現在該試著再懷個寶寶了。

❖

「多里安教授？」

在店裡顧客嘈雜的交談聲中，他幾乎沒聽到有人跟他打招呼。直到那個人又重複一次，他才終於抬起頭，看到岱倫站在他的桌子旁，一邊肩膀上揹著背包。她把臉上的一綹頭髮拂開，那個動作看起來似乎是緊張，一點都不輕鬆隨意。

「我知道你今天沒課，不過你研究室的人說有可能在這裡找到你，」她說，「可以耽誤你幾分鐘，跟你談一下嗎？」

他把那本小冊子放進公事包，示意對面的椅子。「沒問題，坐吧。」

她把自己的連帽厚夾克套在椅子後方，坐了下來。雖然他們每星期都會在課堂上見面，偶爾還會隨口聊一下，但這是他第一次坐下來仔細審視她。在那張坦然、聰慧的臉上，一對黃褐色的眼珠亮晶晶。她沒化妝，看起來純真又脆弱。她豐滿的嘴唇上方有一條極細的疤，他很好奇她是怎麼受傷的——或許是小時候騎腳踏車跌倒？還是爬樹摔下來？

她拿出筆電，放在桌上。「我剛剛想到一個主題當我的期末報告，想讓你聽聽看。」她說，直接進入正題。「我在考慮要寫狄多和埃涅阿斯，因為我一直在回想他們的故事。唔，總之是她的故事。」

「是啊，在上課時看得出來，你對狄多女王這個人物很有感覺。你的焦點會是什麼？」

「這兩個人顯然都很熱情，但是他們的熱情是相互矛盾的。他比較在意他的公共責任，於是背叛她，以實踐他的天命。她則是把愛情完全投注在他身上，最後還為了愛情而犧牲性命。」

「公共責任對抗個人慾望。責任對抗愛情。」

「一點也沒錯。事實上，這可能是個好標題——責任對抗愛情。」她在筆電上打了一些字。「我讀了其他學者談《埃涅阿斯紀》的文章，讓我反感的是，那麼多人都把狄多當成一個老套的女性——不理性、感情用事，甚至可憐。他們相信她的女性氣質，威脅到埃涅阿斯那種權力、美德、秩序的男性完美典型。」

「而你不這麼認為。」

「一點也沒錯。而且我猜想維吉爾也會同意我。他描繪狄多是一個複雜的女人，是驕傲又有權勢的女王，直到埃涅阿斯背叛她的那一刻。然後她把未來命運抓在自己的手裡，甚至指揮手下建造她自己的火葬柴堆。」

「你認為維吉爾同情狄多？」

「是的，她被誘惑，然後被拋棄。從各自的談話，也可以看出這兩個人明顯的差異。狄多的談話充滿感情。埃涅阿斯則總是在談權威和命運。他缺乏狄多那種充滿人性、充滿真實感的激情。維吉爾讓我們看到，她才是真正的英雄。」

「很有趣的前提。如果你可以把這個連接到你美蒂亞的報告，甚至有一天可以把這個發展成研究生的學位論文──如果你決定要讀博士的話。」❶

聽到這個可能性，她眼睛一亮。「哇，我從來沒想過這個可以當研究生的學位論文，但是沒錯！這篇論文要討論的是，當女人的熱情威脅到男人時，女人要如何付出代價。我們從阿伯拉和哀綠綺思的故事看到了這個主題。從海明威的作品看到了這個主題。女人對愛情的需求，變成了男人難以負荷的重擔。」她的臉色一沉。「在現實中也看得到這種例子。」

他來不及阻止自己就衝口而出，「聽起來，你這是經驗之談。」

她點頭，同時雙眼忽然浮起淚水。她別開眼睛，讓自己鎮定下來。

他不曉得是什麼實際經驗促使她專注於這個主題，但是想起潔西卡曾批評岱倫似乎對背叛女人的男人很執迷。「有時寫作會有療癒的效果。你知道，讓你更有掌控權，去處理傷痛和疑慮。」

她點頭，擦了一下眼睛，讓她看起來更加脆弱──也讓他很想安慰她。但是他忍住了。「這個主題聽起來不錯。我很佩服你對這些題目想得這麼深。」他說，「你父母是學者嗎？」

她尷尬地聳了一下肩膀。「完全沾不上邊。我爸媽在我十歲時離婚了。我媽在安養院當照服員。我們住在緬因州，一個叫何巴特的小鎮。」

「何巴特？我去過那裡。是幾年前，我太太跟我去那裡泛舟。」當時他和瑪姬還會去度假。

「那你就曉得那裡有多偏遠。只是一個工業小鎮。」

「但是那裡顯然孕育出一位新生代學者了。」

她微笑。「我希望能成為學者。我想做的事情太多了。」

「你還修了其他什麼英語課程？」

「十八世紀文學，是麥魁爾教授的課。」

他設法保持面無表情。雷．麥魁爾的研究室就在傑克的隔壁。這個學期剛開始時，他曾跟傑克抱怨現在這一批女學生實在缺乏吸引力。「不過密切注意一個叫岱倫．摩爾的女生。她會害你做春夢的。」

現在他明白雷的意思了。

岱倫站起來，穿上她的夾克。「我要回去認真寫這篇報告了。謝謝。」

「如果你考慮要申請研究所的話，跟我說一聲。我很樂意幫你寫推薦信。」

他們一起走出那棟大樓。微風吹亂了她的頭髮，在陽光下照出深淺不同的紅色與金色，讓她看起來像是前拉斐爾畫派作品裡的賽倫海妖。

「下次上課再見了。」她說，然後輕輕揮一下手。

傑克站在人行道上好一會兒，看著她走遠，覺得像個可悲的老套。他在這裡，只不過是又一個已婚的大學教授，垂涎著一個女學生。多麼渴求，多麼悲慘。

不，他不光是一般教授而已。他是英語系最年輕的教授，而且他熱愛自己的工作，去年還得到了傑出教學獎。此外，他有幸在波士頓教書，這裡是全美最有大學氣質的城市，也是大學教師最嚮往的地點。在麻州東部每一個英文系，只要有教職的缺，都有成群博士擠破頭要申請。而且

❶美國許多大學規定，大學畢業後就可以直攻博士，未必要先讀碩士。

傑克還拿到了終身職，十分令人稱羨，因為其他行業不會給員工終身合約——而你失去這份工作的唯一方式，就是被逮到做違法、或是極其愚蠢的事情。

比方跟學生談戀愛。

他掏出手機，傳簡訊給瑪姬。他設法買到了兩張波士頓交響樂團今晚音樂會的票，問她音樂會前想在哪裡碰面吃晚餐。

五分鐘後，她回覆簡訊了：**沒時間吃晚餐。我跟你在波士頓交響大廳會合。七點在入口碰面！**

即使不會一起吃晚餐，至少他可以跟妻子共度一個夜晚。去音樂會正是他們兩個都需要的。

❖

在這個寒冷的二月夜晚，只有幾個人站在交響大廳位於麻薩諸塞大道外的入口前。今晚的表演曲目是舒曼的大提琴協奏曲，瑪姬的最愛之一，她期待這場音樂會已經好幾星期了。那個熱切的程度，幾乎就像傑克期待著和他妻子約會一樣。

他站在人行道邊緣，等著能看到她，但是到了七點十五分，還是不見瑪姬的蹤影。

到了七點二十分，他看到雷・麥魁爾和他太太茱蒂從交響廳的停車場快步來到人行道。

「你在當乞丐嗎？」雷問他。

「我應該當乞丐的，不然現在薪水這麼少。」

雷大笑，跟傑克握手。「你那位漂亮的賢妻呢？」

傑克看了手錶一眼。「她應該隨時會到了。」

「好極了。我們中場休息時再聊了。」他們爬上階梯，走進廳內消失了。

又等了十分鐘，傑克被寒風吹得臉都僵了，但還是站在人行道邊緣，上下蹦跳著以保持溫暖，手指摸著大衣口袋裡的門票。現在他擔心起來了。她出了什麼意外嗎？他又撥了她的手機，但是轉到了語音信箱。

他留了話：「你沒事吧？你人在哪裡？」

七點四十五分，他的手機終於響了。瑪姬，謝天謝地。

「傑克，真是對不起！我這邊有緊急狀況，現在真的沒法離開。」

「沒有其他人可以頂替嗎？」

「沒有。這個病人沒辦法。」在背景裡，傑克聽到醫療警示的不祥嗶嗶聲。「我得走了，回家再說吧。」她掛斷電話。

他不敢置信地站在那裡，在冷風中顫抖，失望得像是整個人被掏空了。他想著乾脆回家算了，但是這樣就浪費了昂貴的音樂會門票。他走進交響大廳，此時燈光開始閃爍，表示演奏將開始。跟著帶位員沿著走廊往前時，傑克強烈感覺到他是唯一還沒入座的觀眾。那帶位員朝他指著一排幾乎坐滿的座位，只有中間兩個明顯的空缺。傑克坐下來，把大衣放在旁邊的空位上。他右邊的那個女人看了他一眼，顯然是搞不懂為什麼他的同伴是一件大衣。

演奏廳裡的燈光暗了下來，他注意到他左邊的那對男女握著手。前面的其他人則在低聲交頭接耳，一個女人往旁邊靠過去，親了同伴臉頰一下。

老天，他好希望瑪姬能在這裡。他希望她握著他的手，在他耳邊低語，吻他的臉頰。然而此刻，她卻在這個城市的另一邊，照顧著一名需要她的病人。但是我也需要你。而且我想念你。

指揮走上舞台，全場觀眾鼓掌。傑克無法專注在音樂上。他幾乎沒聽進去，直到觀眾再度鼓掌，他才發現協奏曲結束了。

他抓了大衣，沿著走廊走向出口。

他開車到家，駛入車道，把車停在車庫內瑪姬的Lexus車旁時，已經將近十一點了。除了廚房內一盞黯淡的燈之外，屋裡一片黑暗。她一定是上床睡覺了，他心想，所以進屋後，他很驚訝地發現她坐在廚房料理台前，面前放著一杯葡萄酒。她一副筋疲力盡的模樣，臉色蒼白，雙眼深陷在陰影中。

「你還好吧？」他問。「發生了什麼事？」

她喝了一口葡萄酒。「一個住院病人病得很嚴重，我得上場代打。病人還好，但是我實在走不開。音樂會怎麼樣？」

「如果你在的話，會好得多。」

「對不起。」她又喝了一口葡萄酒。「想要抱抱嗎？」

這是她的暗號，表示做愛。「你是指現在？」

「對，現在。」

他緊握住她的手，兩人上樓去臥室。

事後，傑克躺在睡著的妻子旁邊，想著往後會不會都是這樣。會不會他們只是做愛，而不是去處理彼此之間真正的問題。

他往上凝視著黑暗，傾聽著旁邊柔和的呼吸聲。然後一個影像浮現在腦海中。一名黃褐色眼珠的女人，被風吹起的頭髮間閃著一道道陽光。

10

岱倫

一定是連姆出賣她了。這是她唯一想得到的原因，所以她才會被通知來迪肯森大樓一二五室報到。門上的小牌子印著：大學平等與包容辦公室，伊麗莎白．薩柯博士，第九條協調員。

薩柯博士昨天寄給她的電子郵件中，沒提到為什麼要岱倫去見她，不過當然是有關連姆的事。一定是他的某個鄰居，跟他說了她趁他不在時溜進了他的那戶公寓，大概就是隔壁那兩個金髮妞之一說的。或者他厭煩了她一直打電話和傳簡訊，於是去投訴她。其實不必鬧到這樣的。他唯一要做的，就是跟她一起坐下來談。她會提醒他兩人在一起的那些年，他們的美好回憶，他們的人生有太多分不開的地方。他們會彼此相擁，然後一切又會回到從前的老樣子。這只是個誤會；她會這樣告訴薩柯博士的。

岱倫敲了門，聽到裡頭一個聲音說：「請進。」

坐在辦公桌後頭的那個女人表情平靜地招呼她，岱倫從那張臉上看不出什麼，覺得很挫折。

薩柯博士四十來歲，一頭金髮剪齊了，身上那件海軍藍的夾克像是銀行員或公司董事開會時穿的。

「岱倫．摩爾，對吧？」薩柯博士說，一副俐落而有效率的口吻。

「是的，女士。」

「請坐。」她指著辦公桌對面的那張椅子，岱倫坐了。辦公桌上攤著半打檔案夾，岱倫掃視那些標籤，想找連姆的名字，但是薩柯博士迅速把那些檔案夾拿起來放進檔案盒，快得岱倫根本來不及看。

「謝謝你今天過來，岱倫。」

「不曉得你為什麼要找我。電子郵件裡頭沒講。」

「因為這件事必須保密。我是第九條協調員。你知道我這個辦公室是做什麼的嗎？」

「大概吧。我來之前，有上網查過。」

「根據教育法第九條，禁止校園中的性別歧視。我的辦公室就是在執行這些規範。只要有人投訴有關性別歧視或師生性騷擾的，我就有責任要調查。要是我發現投訴屬實，我們就會採取懲戒行動，從強制心理諮商到開除都有可能。如果狀況夠嚴重，我們還會交給執法單位處理。」

開除。她要被退學了嗎？她想著自己所有的學生貸款，還有為了學費而每年暑假打工值兩輪班。然後她想到母親夜裡在安養院換便盆，直到黎明才拖著疲倦的身軀回家，只為了讓女兒去讀聯邦大學。非得是這所學校不可，因為她必須跟他在一起。你真的會這樣對我嗎，連姆？

「每個投訴我們都認真對待，」薩柯博士說，「我必須聽雙方的說法，而且會把一切都記錄下來。所以我們談過之後，我會要求你簽一份供述。」

岱倫的雙手顫抖。她手一直放在辦公桌下方，免得薩柯博士看到，曉得她有多害怕會被開除。她偷溜進去連姆的住處大約六次——好吧，或許十來次吧——但是她從來沒拿走任何貴重的東西。她只拿那些他不會注意的、只對她有意義的東西。或者這次會面是有關她打的那些電話和傳的簡訊？她回想著自己可能做得太過分的幾回，還有她或許不該做的事情，比方偷看他的信件，偷走他的枕頭套，或者在校園裡跟蹤他。但這些其實只不過是一些小小的違法而已。

「……到目前為至，我已經訪談過其他兩位學生，但是我還會再問問班上其他同學，看他們對他的感受是不是一樣。」

岱倫眨眨眼，忽然聽進薩柯博士的字句。她在說什麼？自己一定是聽漏了。「班上？哪個班？」

「命運多舛的戀人。」

岱倫搖頭。「對不起，我不曉得你找我來到底是要談什麼。」

「傑克·多里安教授。你上他的課有什麼感覺？」

她鬆了一口大氣，一時之間，她唯一能做的就是靜坐在那邊，一時間放鬆得無法開口。所以這次會面根本不是有關連姆的，而是完全無關的另外一件事。

薩柯博士皺眉看著沉默的岱倫。「有關他，你有什麼要說的嗎？」

「你為什麼要問有關多里安教授的事情？」

「因為有人投訴他，是他的一位女性學生。」

「誰？」

「我不能透露她的名字，但是她在你們九一五研討課的班上。她投訴的那些互動，你大概也在場。」

「她說發生了什麼事？」

「她說多里安教授講了一些性別歧視和貶低人的言論。她說他特別針對她，但是班上其他女生聽了也同樣不高興。」

「我從來沒碰到過這樣的狀況。」

「或許你那天沒去上課，所以你沒看到。」

「多里安教授的課我沒有缺課過。他是我最喜歡的老師。」

「所以他沒說過任何讓你覺得冒犯的話？」

「沒有。」岱倫暫停一下。「如果他真的做了像這樣的事情，會怎麼處理他？」

「要看他講的話有多過分。可能警告一下就足夠了。但是如果真的很嚴重，我可能會建議採取懲戒行動。」

「會害他失去工作嗎？」

薩柯博士猶豫著。她拿起一支筆，在手指間搖晃。「碰到真的很嚴重的違規，就有可能。現在這個時代，校方很努力謹慎處理學生的需要。要是過去，惡劣行為有可能被忽略，但是現在不同了。每個投訴我們都非常認真對待。」

「投訴的是誰？」

「我剛剛說過了，我不能告訴你任何名字。」

「是潔西卡嗎？」

薩柯博士的嘴唇緊抿成一條線。於是岱倫就確定了。

「所以的確是她，」岱倫冷哼一聲。「唔，我一點也不驚訝。」

「你為什麼這麼說？」

「她在課堂上一直表現得很混蛋，教授曾經當著全班的面糾正她。而且她上次的報告，他給了她C⁻的分數。像潔西卡那樣的女生，你不能這樣對待她的。她一定會報復。」

「她跟我說，多里安教授說了一些性別歧視的評論，讓她覺得是針對個人的攻擊。你看到過這樣的行為嗎？」

「沒有。從來沒有。」

「我引用她投訴的說法，她宣稱他說：『他可以了解一個老師會跟學生有外遇。』」她抬起頭看著岱倫。「他這樣說過嗎？」

岱倫猶豫了。「唔，或許他說過類似的話。不過那是在我們所討論主題的背景之下。當時是談到我們指定閱讀作品裡的人物。」她厭惡地搖頭。「你知道嗎，這個投訴根本是狗屎。潔西卡會對教授不滿，就是因為我。」

薩柯博士皺起眉頭，滿臉困惑。「你？」

「當時潔西卡和我在課堂上起了爭執。後來變得很難看，多里安教授就介入幫我。她很生氣，所以就把矛頭轉向他。」

「我懂了。」

但她真的懂了嗎？她想著老是圍繞著潔西卡的那一幫女生，像一群傻笑的宮廷侍女般跟在她後頭。她們有任何人敢否認她的說法嗎？或者她們全都會證實潔西卡的版本？她可能會是唯一幫多里安教授講話的學生，忽然間，她的說法似乎很重要。他曾經支持她，而現在她也要支持他。

「多里安教授絕對不會騷擾學生的。我不曉得她以為自己在做什麼，但是潔西卡肯定沒有跟你說實話。而且我會在供述上簽名。」

「幫他辯護嗎？」

「是的。我從來沒碰到過教課這麼投入的老師。他談到羅密歐與茱麗葉、或是埃涅阿斯與狄多時，你完全能感受到他們的痛苦。他是全校最優秀的老師之一。如果你們只因為某個被寵壞的賤貨亂講話而開除他，那麼你們就完全搞錯 Me Too 運動了。」

薩柯博士顯然被她的激昂措詞嚇了一跳，一時之間想不出該怎麼回應。她望著岱倫，手上的筆不斷敲著桌子，像個緊張的節拍器。「好吧，」她說，「你給了我一個完全不同的觀點。我會列入考慮的。」

「你需要我在供述上簽名嗎？」

「你剛剛跟我說的，就已經夠了。但是如果我再接到任何有關多里安教授的投訴，我就得再跟你談了。」

岱倫正要走出她的辦公室，忽然停下來轉身。「你會告訴他我說了些什麼嗎？」

「不會。這段談話會保密。」

所以他永遠不會知道捍衛他的人就是她了。這會是她自己的小秘密。

暫時如此。

11 傑克

這個週末，查理又寄來一本布萊斯峽谷自行車之旅的小冊子給瑪姬和傑克，繼續催他們一起參加。小冊子裡頭充滿了誘人的照片，遊客們在峽谷中騎著雙人自行車，或是在團體晚餐上舉起葡萄酒杯。這些遊客有各種年齡，從二、三十歲的人，到貌似與查理年齡相仿的，同時查理還在小冊子上頭寫著：*我們也可以在這些照片裡出現！*雖然七十歲，但是查理的身體狀況非常好，平常不但騎腳踏車，還固定在健身房裡鍛鍊。「為什麼不去呢？」他又打電話勸他們。「我等著跟你們一起報名。趁著還可以的時候，我們就一起及時行樂吧。」

這個星期二，查理的行樂之旅開始蒙上陰影。因為背痛，他沒辦法搬任何重物，於是傑克去他家，幫他家的壁爐準備柴火。

「醫師今天上午打電話給我，」查理說，刻意講得很輕鬆，此時傑克又鋸好了一段木柴。「他想幫我做更多檢查。」

傑克拍掉手上的鋸木屑。「什麼樣的檢查？」

「首先，是核磁造影。」

「為什麼？」

「他說X光顯示我的脊椎有些異常。但是他不肯告訴我那是什麼意思。」

傑克覺得心底一涼。「瑪姬知道嗎？」

「我不想拿這事情煩她。她已經有夠多事情要操心了。」

「可能只是你幾年前騎自行車摔傷的地方，現在又出了毛病。你當時的確摔裂了脊椎。」

「不管是什麼，反正我排了星期四要去檢查了。」

傑克很少去想查理的死亡問題。認識他的這十五年，查理一直都很健康，而他終有一死這件事，感覺上似乎很抽象，是在模糊的未來。傑克開車回到學校，路上不願去想查理的身體可能出了大問題，也不願去想這個消息會讓瑪姬多麼傷心。

他的手機發出叮聲，顯示收到新的電子郵件。

他在一個紅燈前停下時，看了手機一眼，發現電子郵件是某個叫伊麗莎白·薩柯的人寄來的。他沒聽過這個名字，但他看到她的電子郵件網址是學校的。於是打開來，愈來愈驚慌地看著那則訊息：

親愛的多里安教授：

我在校內負責調查所有關於性別歧視的通報，包括性騷擾與性攻擊。我的辦公室最近接獲一份報告，聲稱你違反了教育法第九條的政策。

事件摘要：一位學生聲稱，在英語系三四四〇課程「命運多舛的戀人」的一次討論中，你針對各種文學作品裡有男性教師與學生產生戀情的情節，做出了不當的評論。

本校對這類指控非常重視，我希望能跟你約時間討論這些指控。

請注意，我們歡迎你有顧問或律師陪同出席。另外，建議你不要與任何人討論此事，以保持調查的中立性。

希望能很快得到你的回覆。

他一回到研究室，就查了學校的網頁，果然查到了：伊麗莎白・薩柯博士，第九條辦公室。他只模糊記得學校裡有這麼一個單位，負責處理性騷擾的指控。

這些罪名太荒謬了。他從來沒被指控過言行不當。有好幾分鐘，他坐在那邊，想讓自己鎮定下來再回覆。要是他一副防備的語氣，可能會引起薩柯博士的敵意。要是他語帶輕蔑，她可能會很不高興，認為他沒把這個罪名當一回事。

他擠出一篇不帶情緒的回覆，說他次日有空碰面，看她方便，什麼時間都可以。

下午剩下來的時間，他心底一直有一種無以名狀的罪惡感，想著自己是不是真的犯了什麼嚴重的錯。他腦袋裡不斷編造出種種恐怖的可能性，擔心這個投訴會像雪球一樣，完全不受控制，愈滾愈大。要是薩柯選擇站在學生那一邊，應該是個女學生吧？要是她們拿他當成政治正確祭壇前的獻祭羔羊，那怎麼辦？這真是太諷刺了，因為他向來以身為女權捍衛者自豪。現在他可能會跟好萊塢製片人哈維・溫斯坦那類人混為一談了。也或許他是反應過度了。說不定這只是個誤會，伊麗莎白・薩柯只是盡自己的職責，針對沒有根據的謠言做進一步調查而已。

但是次日上午，當他站在那扇標示著大學平等與包容辦公室的門外時，感覺上好像就要踏入卡夫卡的小說《審判》，裡頭的主角約瑟夫．K有天醒來，發現自己因為不明罪名被逮捕，面對被處決的命運。

他打開門，接待員朝他亮出冷靜的微笑。「多里安教授嗎？」

「是的。」

「薩柯博士正在等你。這邊請。」

……走向砧板。

他本來以為薩柯博士會是個惡魔，但跟他打招呼的那個女人似乎夠客氣，年紀四十出頭，穿著暗灰色的長褲套裝。她的一頭短髮和貓頭鷹似的眼鏡，讓他覺得像個女牧師。

他坐在她對面的椅子，忍著沒有衝口而出：到底為什麼找我來這裡？這個辦公室是處理性別歧視、性騷擾、性侵害的投訴。去年，這個辦公室曾調查了一名女學生被酒醉冰球選手強暴的事件。但比較之下，眼前針對他的投訴似乎實在太荒謬了，他想著會不會只是某個學生不滿他給的低分而報復。

他們簡短寒暄一下，聊了一下最近的暴風雪和新英格蘭地區的天氣有多糟糕。她說她老家在佛羅里達州南部，直到幾年前，她都只在電影裡面看過雪。接下來短暫的兩三次沉默，讓他們意識到寒暄結束。

「我知道這事情可能會讓你很不安。」她說。

「說『不安』就太輕描淡寫了。我一開始還以為你的電子郵件是什麼惡作劇，因為我從來沒被控訴過這類事情。那不是我的為人。」

「我只是想先確認事實，希望能用大家都滿意的方式解決這個狀況。就像我在電子郵件裡面寫過的，你的『命運多舛的戀人』那堂課，有個學生抱怨你的一些評論。」

「什麼評論？」

「你讚許地談到老師跟學生之間的戀情，讓這個學生覺得很不安。這個說法準確嗎？」

「絕對不是！我的評論只是針對小說中的人物。我想我是舉《人性污點》和《控制》當例子。你對這兩部作品熟悉嗎？」

「我看過《控制》的電影。」

「那你就會記得班．艾佛列克的角色跟他的一個學生有外遇。」

「是的，我記得。」

「另外，你熟悉阿伯拉和哀綠綺思的情書嗎？」

「我記得，那是中世紀的一對戀人。」

「他是老師，她是他的年輕學生。我上課時只是指出，哀綠綺思和阿伯拉可能激發了其他當代作家，在小說中探討師生戀。以及這些狀況是如何由人物的種種環境所造成。」

她點頭。「我是主修英語的。我知道你想表達的意思。」

這讓他覺得鼓舞。「這些小說中的男性角色都有缺點，都很脆弱。他們的婚姻不幸福，或者他們很寂寞，渴望有親密關係，於是導致了師生戀。我並沒有鼓吹這類行為，說我有就太荒謬了。我的意思是，哪個老師會這樣鼓吹？」

「是的，我明白。但是你也應該可以理解，鑑於目前社會上的種種狀況，我們對任何的不當性行為特別敏感。」

「當然了。我完全贊成要懲戒性騷擾或性侵害的男人。但是我不敢相信，我的班上居然有人會因為討論虛構的老師角色和虛構的學生有虛構的戀情，而覺得受到威脅。」

她看了自己的筆記。「投訴的學生還提到，當時你說，你了解為什麼這種事會發生。為什麼一個教授會跟學生談戀愛。」她抬頭看著他。

他感覺自己的臉氣得發紅。「我沒有那樣說。事實上──」

「多里安教授。」她舉起一手。「我也訪談了其他幾位學生，其中一位描述這個事件的經過，跟你剛剛講的一模一樣。她非常堅持你只是在討論一本書中的人物，沒有談到別的。」

她。捍衛他的是岱倫．摩爾嗎？一定是。

「所以我認為，這次的投訴只是誤會而已。」

他鬆了一大口氣。「那麼……就這樣了？」

「是的。不過你或許可以考慮，以後在你的教學大綱裡頭加上警語。有的教授已經這樣做了，警告學生說某些課程內容有可能因為暴力、性虐待、種族歧視等等，而令人反感。」

「我知道有其他人這麼做，但是我不贊成這類警語。」

「為什麼？」

「因為大學教育的重點，就是要讓你感覺不舒服──面對人類經驗中種種令人不安的面向。這些二十來歲的成年人，每天在新聞裡會接觸到一大堆更糟糕的內容。我不打算把他們當成兒童對待。」

「我當然不是要告訴你怎麼教書。只是想請你考慮一下。」

他站起來要離開。

「還有一件事，」她說，「對於任何牽涉到第九條調查的人士，校方嚴格禁止予以報復。」

「就算我知道投訴的人是誰，我也不會報復的。」不過他其實知道，或者他猜得到。他腦中浮現出潔西卡的模樣，每回對於他講的話有意見，她就會跟她的室友凱特琳彼此會意地擠眼睛，或者交頭接耳。他也想起自己在潔西卡的報告上寫的那個大大的C^-，這是一個會令她憤怒、質疑的評分。

但是他不會報復。他只會繼續去上課，裝作沒有任何事情發生過。他跟伊麗莎白・薩柯握了手，謝謝她撤銷罪名，然後走出去，感覺卸除了一個重擔。

同時想著：謝謝，岱倫。

12 傑克

「那個學生投訴了什麼？」瑪姬問。此時他們開車要去診所和查理會合。兩個人都對這次約診很焦慮，為了填補路上的沉默，傑克就提起自己和第九條協調員見面的事情。

「課堂上，我們當時正在討論哀綠綺思和阿伯拉的情書。你知道，就是十二世紀的兩個戀人。」他說，好像這樣就可以解釋很多事。但其實沒辦法。

「哀綠綺思和阿伯拉？波士頓美術館是不是有一個關於他們的展覽？我看到過一輛公車上有展覽廣告。」

「對。那個展覽是這星期開幕。」

「所以哀綠綺思和阿伯拉，跟你的第九條問題怎麼會扯上關係？」

他忽然很希望自己沒提起這個話題。既然投訴已經不受理，他覺得校方已經還他清白，他只是被學生報復的受害人。在某種程度上，他以為跟瑪姬說這個狀況，就會消除她可能有的任何疑心。但是另一方面，他覺得自己好像是鹵莽地招供了自己從未犯過的一樁罪行。「當時我跟學生解釋，哀綠綺思和阿伯拉的戀情成了現在某些作品的範本，比方《控制》。」

「阿伯拉不是她的老師嗎？」

「對。」

「而且他年紀比她大很多？」

「對。這段戀情的最後結果是，他被去勢，在一家隱修院裡度過餘生。而哀綠綺思則是待在一家修女院裡。」

「那個學生為什麼要去第九條辦公室檢舉你？」

「只是個無聊的誤會。而且罪名撤銷了。」

「傑克，投訴內容是什麼？你在課堂說了什麼，讓那個學生不高興？」

「我說過了——我跟他們說，一個老師會跟學生發生戀情，可能是有些理由的。」他眼角看到她盯著他看。

「那你有嗎？」

「有什麼？」

「跟學生有戀情？」

「天哪，瑪姬！」他厲聲說，「你怎麼會問這種問題！」他抗議得太過分了嗎？彷彿在他意識的某個黑暗角落裡，他其實是考慮過這個可能性？

「只不過是……」她嘆氣。「我最近工作忙瘋了。要為我們擠出足夠的時間，就變得好困難。」

「我很想念我們以前的生活，你知道。」

「你以為我不想念嗎？」她望著他。「我在努力，傑克。我真的在努力。但是現在有那麼多事情要忙，那麼多人需要我。」

「那如果我們有小孩怎麼辦？他們怎麼排得進你的時間表裡頭？」

她僵住了，別開臉。他立刻後悔提到小孩，知道上回小產對她是多麼大的打擊。他們兩個至今都還無法擺脫失去小孩的陰影。「抱歉。」他說。

她瞪著車窗外。「我也很抱歉。」

❖

查理是葛瑞宣醫師今天的最後一名病人，他們發現他獨自坐在等候室裡，膝上放著一本破舊的《國家地理》雜誌。傑克才幾天沒看到查理，很驚訝他今天看起來老了那麼多，彷彿他沙漏裡的沙子現在漏得更快了。他們走進去時，查理露出微笑，把《國家地理》扔在茶几上的一疊舊雜誌上頭。

「你們來了。」他說。

「我們當然要來，爸。」瑪姬彎腰擁抱了一下父親。「你不必自己開車來，我們可以去接你的。」

「現在就想沒收我的車鑰匙？那你們得等我死了，從我冷掉的手裡挖出來。」他朝傑克點了個頭。「謝謝你過來，陪我一起迎接這個快樂的時刻。」

「應該的，查理。」

「變老真是充滿樂趣啊。」他擠了一下眼睛，在椅子上挪動著。「葛瑞宣醫師非得當面跟我討論核磁造影的結果，顯示接下來還會變得更加有趣。」

「這不見得代表什麼。」瑪姬說，但是傑克知道，查理不太可能相信她的保證。她的那種樂觀的口氣太假了。

「路卡斯先生？」來喊查理的不是護理師，而是葛瑞宣醫師。他站在那裡，拿著一張病歷，表情堅定而冷靜。這是壞預兆，從他臉上就看得出來。

隨著一聲嘆息，查理從椅子上站起來，然後他們跟著葛瑞宣醫師走進一條短廊，來到他的診間。沒有人說任何話；他們全都在為即將聽到的事情做準備。瑪姬和傑克先讓查理坐在一張椅子上，然後他們一左一右坐在兩側，三個人都面對著桌子對面的葛瑞宣醫師。葛瑞宣雙手放在病歷上，深吸一口氣。

另一個壞預兆。

「很高興你陪你父親來，瑪姬。」葛瑞宣說，「要是我說得不夠清楚，你可以幫忙稍後跟他解釋。」

「我不是白痴，」查理打岔。「我當了四十年警察。告訴我實話就行了。」

醫師歉意地點了個頭。「當然了。我想當面告訴你，是因為我恐怕沒有好消息。核磁造影顯示，你的胸椎區有一些蝕骨型病灶，說明了你最近的背痛，而且——」

「蝕骨什麼？」

「骨骼破壞的區域。如果不用放射線治療的話，第五胸椎有塌陷和壓縮的危險，而且會相當快。至於主要——」

「所以是癌了。」

葛瑞宣醫師點頭。「是的。看起來是這樣。」

查理看著震驚得沉默不語的瑪姬。她明白醫師說的每個字，自己卻半個字都說不出來。

「另外左上肺葉和右中肺葉都有一些結節。其中幾個夠外圍，可以用胸腔切片穿刺針。以我的猜測，最可能是肺腺癌。在這個階段，有骨轉移——」

「我還剩多少時間？」查理打岔。

瑪姬伸出手想握住他的，但查理把她推開，想表明自己還是能控制大局。他可不打算扮演溫順的病人，只因為自己不了解這些醫師在講他什麼。

「這個，唔，很難說。」葛瑞宣醫師回答。

「幾個月？幾年？」

「這類事情不可能預測。但是有些第四期病人還可以活一年以上。」

「治療呢？」查理問。他的口氣直率而不帶感情，而瑪姬看起來則像是快崩潰了。

「在這個階段，」葛瑞宣醫師說，「通常採取保守療法。放射線治療骨病灶。鎮靜類藥物治療疼痛。我們會盡一切努力讓你保持舒適，而且盡可能維持你的生活品質。」

「爸，」瑪姬低聲說。她又伸出手，這回他讓她握了。「每一個步驟，傑克和我都會陪在你身邊的。」

「好吧，」查理哼了一聲，「但是要照我的方式處理。要是我非得倒下，那我也要漂亮地倒下。去他娘的癌症！」

他站起來。怒氣讓他忽略疼痛，突然間，他又是傑克熟悉的那個強悍老查理了，不怕在暗巷裡面對惡徒的查理。當他大步走出辦公室時，瑪姬趕緊跟在後頭。傑克聽到外面的門轟然甩上。

「謝了，醫師。」他說著站起來。「很抱歉他有這樣的反應。」

「這樣的消息，任何人都很難接受的。」葛瑞宣醫師搖搖頭。「我很遺憾沒能有更好的消息。接下來幾個月，對你們所有人都會很難熬。請你轉告瑪姬，她隨時可以打電話給我。她會需要各種支持的。」

等到傑克走出診所，他發現查理和瑪姬站在他的車旁。查理滿臉通紅朝她擺著手，顯然非常生氣。

「我可以自己開車回家。」

「爸，拜託。沒關係的，你得讓我們幫忙。」

他搖頭。「我不需要保姆！我要回家，幫自己倒一大杯蘇格蘭威士忌。」他咕噥著上了自己的車，甩上車門。

「爸。」瑪姬敲著車窗，同時查理駛出停車位。「爸！」

傑克抓住她的手臂。「讓他去吧。」

「他不能就這樣走掉。他要——」

「現在他需要的，就是保住自己的尊嚴。我們就讓他去吧。」

瑪姬摀住嘴，忍著不要哭出來。他擁住她，聽著查理車子的引擎聲逐漸遠去。

13
傑克

上午將近十點，傑克抵達波士頓美術館。大門口上方掛著一面巨大的橫幅布幕，宣告著新展覽：**永恆的戀人：阿伯拉與哀綠綺思**，配上這兩個人物熱情擁抱的圖像。他的學生們已經在門前階梯上等著，他到的時候，潔西卡和凱特琳臭臉望著他。他看到岱倫站在這群學生的邊緣，很想謝謝她幫他辯護，反駁第九條的指控，但是他得稍後再私下謝她。而且當然不能有寇迪．艾特伍德站在旁邊，就像眼前這樣。於是他只是朝岱倫微笑點個頭，這樣就足以讓她的臉亮了起來。

「多里安教授嗎？」一個站在入口附近的年輕女人說。

「是的。你一定是珍妮．艾佛森了。」他說。

她點頭。「我是館長助理，負責帶你們班參觀這個新展覽。歡迎各位！」

於是他跟著學生上了大理石階梯，來到二樓，一邊提醒自己不要對潔西卡表現出任何不滿，儘管他很確定她就是投訴他的人。*保持冷靜，傑克。朝那兩個小混蛋微笑就是了。*他們經過拉布展覽廳，經過整個美術館裡瑪姬最喜歡的畫作：雷諾瓦的《布吉瓦的舞會》。他暫停下來欣賞這幅兩人跳舞的畫面，畫中的女人戴著紅色軟布帽，男人戴著草帽，兩人愉快地相愛共舞。十二年前，他就是在這幅畫前向瑪姬求婚的。*讓我們永遠像這兩位一樣，*他當時對她說。

如今他們的生活變得截然不同。

他們來到法拉哥展覽廳，牆上掛著一件件油畫、三聯祭壇畫和版畫，全都是在描繪哀綠綺思和阿伯拉。房間中央有玻璃展示櫃，裡頭陳列著兩人的情書，是十四世紀裝飾華麗的手抄本。另一頭牆上，掛著電影海報和他們故事的晚近譯本——兩人的悲劇故事不受時間影響的證據。

「這個展覽就在接近情人節的時候開展，原因應該很明顯。」艾佛森女士說，「今年最完美的情人節約會，或許不是晚餐和看電影，而是來這個美術館！」

「有史以來最無聊的約會。」傑克聽到潔西卡在他身後咕噥，他決定不理會。

「我知道你們已經閱讀過阿伯拉和哀綠綺思的情書，所以你們知道他們的故事了。一名教師和他聰慧、美麗學生之間的戀情，造成了基督教奉獻精神和熾熱情慾之間的對立。」

他注意到寇迪側眼看著他。

「儘管我們很想相信這是個真實故事，但是這些信件的真實性從來沒被確認過，所以有些學者認為，情書只不過是虛構的。」

「那你認為呢？」岱倫問她。

「這些信件那麼熱情；我寧可相信這些信是真的。」

「或者這些信，可能只是某個好色的隱修士所編造出來的春夢。」潔西卡說。

艾佛森女士緊張地微笑一下。「或許吧。」

「這些信是誰寫的，真的很重要嗎？」岱倫說，「信寫得那麼美好，讓一段註定失敗的愛情成為不朽。我猜想，這些信啟發了其他命運多舛戀人的故事。或許甚至是《羅密歐與茱麗葉》。」

「精采的評論。」艾佛森女士說。

他們繼續看下去，傑克聽到潔西卡跟凱特琳咬耳朵，「愛拍馬屁的小賤貨。」

他們經過一幅前拉斐爾畫派作品的油畫，畫中金髮的哀綠綺思穿著絲質的發亮衣服，阿伯拉是一頭深色捲髮。旁邊的一幅則是完全不同版本的阿伯拉，被描繪成戴著大兜帽的隱修士。他吻著純真的哀綠綺思時，看起來比較像個巫師，而不是老師。

「他看起來像是佛地魔在勾引妙麗。」傑森低聲笑著說。

「或許她是為了拿到A^{+}分數而這麼做。」潔西卡說。

傑克看到寇迪對岱倫皺起眉頭。班上的這些閒言閒語是怎麼回事？他們真以為他和岱倫之間有什麼曖昧嗎？

他希望這趟參觀趕緊結束，但是很不幸，往下碰到了將這對戀人描繪得更加性感的作品。他們停在一件十九世紀的油畫前，畫中阿伯拉握住哀綠綺思的手，緊貼著她袒露的胸部。在他們身後，她那位兇惡的舅舅傅伯特躲在一道陰暗的門洞內。但是吸引傑克目光的，是哀綠綺思胸部的粉紅色光芒，那是尚未被歲月或無情的地心引力所破壞的胸部。他強烈感覺到岱倫就站在他後方，目光也看著這幅畫。她離得很近，足以讓他聞到她頭髮的香味，感覺到她的毛衣擦過他的手臂。

他突然轉身，繼續往前走。

他們來到最後一組畫前，裡頭是描繪阿伯拉的懲罰。

「既然你們看過了他們的情書，那你們就已經知道，」艾佛森女士說，「哀綠綺思的舅舅傅伯特找人將阿伯拉去勢，以懲罰他和哀綠綺思的私情。所以這些作品相當令人不安。」

絕對是。一件十八世紀的黑白版畫描繪阿伯拉躺在一張有罩篷的婚床上，兩名男子按著他的雙腿，同時傅伯特要替他去勢。哀綠綺思站在一旁被人抓著，看著這一幕，驚駭大叫。在另一幅蝕刻版畫中，阿伯拉被人按住，蒙上頭套，同時一個黑袍神父拿著一把刀揮向阿伯拉的雙腿間。最後一件畫作《阿伯拉和哀綠綺思的訣別》，是安吉莉卡．考夫曼的作品，描繪修女們將哭泣的哀綠綺思從阿伯拉身邊帶走，即將永別之際，這對戀人的手伸向對方。

「她進入了修女院，他則是被去勢。」寇迪說，「我想誰比較受罪，是很明顯的了。」

「不是阿伯拉，」岱倫說，「他得到他想要的，即使他的餘生都沒有性生活，而且住在隱修院裡。」

❖

「謝謝你願意跟我談，」岱倫說，一個小時後，她和傑克坐在波士頓美術館餐廳裡的一張餐桌旁。「我其實應該跟你約上班時間的。」

「反正我們都要吃午餐。那還不如就在這裡談好了。」

「是啊，可是……」她看了用餐室一圈，一名侍者托盤上放著四杯葡萄酒輕悄走過。「在咖啡店碰面應該也不錯。」

「這裡的食物要好得多了。」他若無其事地打開餐巾，但其實心中並不平靜。教授常常會跟學生吃午餐，但是跟岱倫坐在這裡，他卻有一種罪惡感。當年他在雷諾瓦的舞會畫作前向瑪姬求婚成功後，就是來這家餐廳慶祝兩人訂婚的。

侍者過來送上飲料，岱倫的是冰紅茶，他的是黑皮諾紅葡萄酒。他喝了一口，好讓自己鎮定下來。

「老實說，」他說，「我猜想這家餐廳會比較有隱私。因為我想謝謝你在那個針對我的第九條投訴中，幫我辯護。」

「你怎麼知道幫你辯護的人是我？」

「伊麗莎白．薩柯跟我說，班上有個女學生替我說話。我覺得一定是你。」

「這個資訊應該是保密的，」她露出微笑。「不過那個投訴實在太荒謬了。我不敢相信會有人被你講的話鼓勵。」

「我也不敢相信。」傑克說。

「有關老師和學生之間的戀情？」

「我是在談一本書，又不是鼓吹這類行為。」

「但是你會嗎？」

「會怎樣？」

「會跟學生談戀愛嗎？」

他覺得自己的心跳慢了半拍。「我已經結婚了。而且校方嚴格禁止師生戀的。此外，我的年紀是這些學生的兩倍大。」

「你講得好像自己有多老似的。」

「比起你來，我是很老。」

她微笑。「但是還沒老到我不願意跟你約會。」

她這番賣弄風情的回答讓他覺得困擾，但是他置之不理。他又喝了一口酒。「先不管校方的規定，我實在就不是會做那種事情的人。因為那是不對的。」

她點頭。「這就是讓你與眾不同的地方。你在乎對與錯，在乎忠誠。現在很多人根本對這些毫不在乎。」她拿起自己的博物館商店購物袋。「想看看我買了什麼嗎？」

「當然想。」他說，為改變話題而鬆了口氣。

她拿出一個盒子，裡頭是一個白瓷的女人塑像，手裡握著一把匕首。塑像的基座刻著名字美蒂亞。

「你沒買任何阿伯拉和哀綠綺思的紀念品？」

「沒有，因為這個女人比較像我。」

「美蒂亞？」

她唸出盒子上的說明。「在希臘神話中，美蒂亞為了懲罰她不忠的丈夫，謀殺了他們的兩個孩子。被不忠所傷、被嫉妒和憤怒蒙蔽的美蒂亞，正在思索著她即將犯下的罪行。」她看著他。「這個人物遠比哀綠綺思要有趣得多，你不覺得嗎？」

「為什麼？」

「因為美蒂亞不被動。她是主動的。她利用自己的怒火，掌控了局勢。」

「藉由謀殺自己的小孩？」

「是的，她所做的事情的確很可怕。但是她沒有把餘生浪費在成天悲嘆我好命苦。」

「你欣賞這樣的行為？」

「我覺得這種行為值得尊敬。」她把瓷像放回盒子裡，塞回她的背包內。「不過男人可能會覺得這個想法很嚇人。」

「很嚇人？」

「女性的怒火。」她直視著他，那種凌厲的目光讓他不安。「這就是我想寫的。中世紀的文學強調女性的被動狀態。規定女人不准做這個那個。當時的女人不可以不謙遜，不可以放縱，不可以叛逆。但是希臘神話頌讚我們女人的力量。想想美蒂亞，還有天后希拉和愛神阿芙蘿黛蒂。她們不會被動地接受男性的不忠。不，她們會反擊，有時還非常暴力。而且她們……」

她忽然停下來，目光不再看著傑克，而是他的肩後。他轉身看是什麼吸引了她的注意力，但唯一看到的，就是一對年輕男女走過帶位台，離開餐廳。她看著岱倫，發現她的臉變得好蒼白。

「你還好吧？」傑克問。

她忽然站起來，從椅子上抓起外套。「我得離開了。」

「那你的午餐呢？還沒上菜呢。」

她沒回答，只是衝出餐廳，此時侍者剛好回到他們的桌旁。

「你們的龍蝦堡。」她說，放下兩個盤子。

傑克望著對面的空椅子。「麻煩你把她點的餐點打包吧。」

「她不會回來了？」

他看了門口一眼。岱倫已經不見蹤影。「應該是。」

14
岱倫

他們領先她半個街區，對她的跟蹤渾然不覺，儘管她狠狠瞪著他們，覺得他們的背部一定能感覺到她目光的熱度。跟連姆在一起的那個女生是誰？他們兩個這樣有多久了？顯然他們之間是有什麼，光是從他攬著她肩膀的模樣，從他們腦袋輕靠在一起，就看得出來。那個女生穿著高跟靴，幾乎跟連姆一樣高，她羽絨大衣緊束的腰帶凸顯了模特兒般的細腰和苗條的臀部。藍色緊身牛仔褲炫耀著她長得不可思議的雙腿。

岱倫胃裡發緊，忽然間她好想吐，於是暈眩地扶著一根路燈柱，低頭面對著水溝，吐出一堆酸水。一時之間，她唯一能做的就是扶著那根冰冷的柱子，同時旁邊人群陸續經過。沒有人問她是不是安好，沒有人停下來朝她說半句溫暖的話。儘管周圍有行人和車子，但她覺得全然孤獨，彷彿自己是個隱形人。

最後她終於抬起頭來時，連姆和那個深色頭髮的蕩婦已經沒了影子。

走到連姆的校外住處只要十分鐘。她抵達那裡，按了樓下門鈴，沒有人回應。她用鑰匙開門進入連姆所住的二D，在裡頭等他。

從進門的那一刻，她就感覺到空氣裡有某種不對勁——聞起來的氣味，環繞她的分子彷彿都帶著靜電。一度屬於她的這個地方，現在成了陌生的異域，被另一個篡奪者搶走了，她一直那麼盲目，現在才看清有多麼明顯。她回想起之前在他冰箱看到那一盒盒陌生的優格，還有他那疊信件裡的史丹佛法學院小冊子，以及他的床鋪得那麼整齊。是她鋪的。那個婊子。岱倫之前設法溜進這裡，卻忽略了所有的訊號。

她坐在沙發上，面對著書櫃，面對著連姆和她的合照以前放的地方。現在那裡沒了照片，而是放了一個小水晶球，她沒見過。水晶球映著透入窗內的冬日光線，她無法別開眼睛。又是另一個原先不屬於這裡的東西。

她雙手麻木，因為寒冷，也因為震驚。她把手塞進外套裡，抱住自己。這裡沒有別人可以擁抱她，因為連姆現在去擁抱別人了。

她等著他，等了一整個下午，然後進入晚上。她聽到其他二樓的鄰居紛紛回家：阿博奈錫夫婦從他們無聊的工作回到他們無聊的生活。那對金髮妞拿出嘩啦響的鑰匙，開門時一邊聊天咯咯笑。走廊對面傳來虛擬劍客打鬥的鏗鏘聲，是那兩個宅男研究生在玩電子遊戲。但是在連姆的這戶公寓裡，只有一片寂靜。

她不記得自己什麼時候睡著的。只知道她在沙發上醒來時，四周一片黑暗，整棟樓房一片寂靜，她的手機電池只剩百分之六。此時是凌晨四點四十五分，他始終沒回家。

他跟她在一起，當然了。待在她家，跟她睡覺。

她離開連姆的公寓，在嚴寒的黑暗中走回自己的住處。她經過一家二十四小時營業的咖啡店，聞到了剛出爐的可頌麵包，但是沒有胃口。她上次吃東西是昨天，感覺上好像是上輩子了。

當時她以為連姆還是她的。

當時那個婊子還沒把他偷走。

等到她回到自己的公寓，已經冷得根本懶得脫衣服，只脫了靴子就顫抖著爬上床。她想著連姆和她。他們在一起那麼多年，這是他第一次出軌。這個新女生對他來說是新的，之所以誘人，只因為她是新鮮的，而且他還不曉得她的缺點。每個人都有秘密，她當然也不例外。曾因為順手牽羊被逮捕？曾墮胎過？其實背著男朋友劈腿？如果她有任何秘密，岱倫都會挖出來的。

而且她知道有個人會幫她。

❖

「我不想做。」寇迪說。

他們坐在學生餐廳裡，寇迪一如往常，午餐的托盤上堆滿了各式各樣他不該吃的東西：三片披薩、一份炸薯條，還有一杯超大號百事可樂。托盤裡看不到綠色蔬菜，除非把凝固的莫札瑞拉乳酪裡的青椒碎粒也算上。岱倫坐在他對面，面前只有一杯咖啡，因為她心情緊張得吃不下任何東西，而且寇迪不肯讓步搞得她很懊惱，真恨不得把他的盤子推下桌子，只為了逼他看著她。

「我又不是要求你什麼大事情。」

「你要我去偵查一個我根本不認識的女生。」

「就是因為這樣，所以才會找你啊。」

「為什麼你自己不去？」

「因為連姆可能會看到我。但是他不認識你。你可以跟蹤他們到任何地方，他們絕對不會注意到你。」

「所以你還要我去跟蹤他們？」

「只有這樣，我才能知道他們在搞什麼鬼。那些《神鬼認證》電影你每一部都看過，這件事就是間諜做的事情。他們會融入人群，像鬼一樣變得看不到。你會成為我的私人情報員。」她身體前傾，聲音壓低為一種親密的耳語。他現在直視著她。他嘴裡或許充滿了披薩，但他的注意力完全在她身上。她看到他想著情報員寇迪．艾特伍德，眼中閃出一絲興奮。他不是《神鬼認證》裡的男主角傑森．包恩，但是她也只有他了。

「你希望我做什麼？」

「查出她是誰。她的名字、她的家鄉，看她是住在宿舍還是校園外。查出她的秘密。」

「我要怎麼查？」

「你是間諜。你應該知道怎麼做。」

他沉默了一會兒，一隻油膩的手搓著下巴，思索著他的英雄傑森．包恩會怎麼進行這個任務。「我想，你會想要她的照片，」他說，「我可以把我的佳能舊相機找出來。」

「太好了。」

「另外我還需要我的望遠鏡頭。」

「你有望遠鏡頭？」

「幾年前我祖父把他的一批舊鏡頭送給我。我好一陣子沒用了，不過我會挖出來。所以我要怎麼找到這個女生？你連她的名字都不知道。我要怎麼找她。」

「從連姆身上開始。」

他嘆了口氣，往後靠坐。那一刻她知道自己就要失去他了，她得趕緊做點事情，好把他再拉回來。

她一手放在他胳臂上。「我就只能靠你了，寇迪。」

「事情其實跟那個女生無關，對吧？真正的重點還是連姆。」

「我得知道她的目的，她的計畫。」

「為什麼？」

「因為我不信任她。而且我得幫我的朋友提防。」

「藉著暗中監視他，還有她？」

「我也會為你這樣做的。如果我覺得你跟不對勁的人攪和在一起，我也會介入，去保護你的。」

「真的？」

「朋友就是要這樣的啊。我們會彼此關照的。」她這是真心話。雖然她不會愛上寇迪，也不受他吸引，但她絕對不會讓任何人傷害他。這是忠誠的問題。

「那如果他們逮到我在監視他們呢？我會惹上麻煩的。」

「你太聰明了。我很確定你會做得很好的。」

他精神來了，成了她胖胖版的傑森．包恩，下巴上有一塊油漬。「你真的這麼想？」

「我一點都不懷疑。」

他坐直身子，深吸一口氣。「那我要去哪裡找到連姆？」

❖

她名叫伊莉莎白．魏禮，住在離校園兩個街區外的一棟公寓大樓。

結果寇迪是個遠超過岱倫期望的間諜，才兩天，他就查到了那個女生的住處。那棟大樓岱倫以前經過很多次，從來沒想到這就是敵人住的地方。那是一棟新大樓，有地下停車場，這表示那個女生家裡有錢。這點連姆會有好印象，而他父母的印象會更好。那個女生苗條、時髦，而且富裕。

她一定有什麼不對勁的地方。

岱倫在那棟大樓對面等，直到她看到一名年輕男子提著一袋雜貨爬上階梯，走向前門。他開門時，她已經來到他後方，兩人都進了門。沒有人會覺得一個年輕美女有威脅性，尤其這個美女朝你微笑。他也報以微笑，兩人都走進電梯，裡頭立刻充滿他那袋雜貨裡冒出來的青蔥和芫荽氣味。到了三樓，他走出電梯，但她還待在裡面，搭到四樓。

這是她的樓層。敵人就住在這一樓。

岱倫．摩爾停在四〇五室外頭，傾聽著。她沒聽到人聲，或是音樂，沒有任何人在家的聲響。但總之她也不打算敲門；反之，她敲了四〇七室，裡頭有電視聲，顯示有人在家。

一個穿著牛仔褲、渾身髒兮兮的女人來應門。她的金髮沒梳，雙眼疲倦無神。在屋裡的某處，一個嬰兒開始大哭。那女人朝屋裡看一眼，然後又看著眼前的訪客。

「抱歉打擾你了，」岱倫說，「你會不會剛好跟你的鄰居很熟？住隔壁的那位？」

「你是指莉比？」

莉比，伊莉莎白的暱稱。「是的。」岱倫說。

「我偶爾會碰到她一兩次。在電梯裡打個招呼。怎麼了？」

「你對她有沒有任何，呃，擔心？」

「你是指比方很吵？」

「或者其他的。」

那嬰兒哭得更大聲了。「失陪一下，」那女人說，跑進一間臥室。她抱著嬰兒回來，那小孩在她懷裡掙扎扭動。她抱著小孩上下搖晃時，一面又問：「莉比有什麼問題嗎？」

「這事情有點，呃，敏感。」

「如果有什麼我該知道的，你真的要告訴我。因為我就住在她隔壁，還有個寶寶。」

「我是在莉比以前住的那棟公寓認識她的。我們對她有些，呃，擔心。你有注意到任何狀況嗎？」

這個引起了她的注意。即使懷裡的嬰兒扭動又哭鬧，那個女人還是認真思索著，無疑是在回想她跟隔壁鄰居的各種互動。「唔，她還算可以。但是我想她不太喜歡小孩。至少，不喜歡我的小孩。」

很好，繼續說下去。

「還有她上個月辦的那個派對。連走廊裡都能聞到大麻味了。有些小孩喝醉了，而且我知道他們有的未成年。派對直到過了午夜十二點好久才結束，我和我先生被吵得睡不著。寶寶也睡不著。」

「這樣真的是太不體貼別人了。」

「就是啊。」那女人才剛開始而已，她一面上下搖晃著安撫嬰兒，一面搜索記憶中每件氣惱的小事。「然後還有她常常帶回來的那個男生。我的意思是，如果他老是在這邊過夜，幹嘛不乾脆搬進來住？不過我猜想，他負擔得起自己租一戶公寓。我上大學時可沒有那種閒錢。」

那個男生。她指的是連姆嗎？

「啊，還有那些聯邦快遞的包裹，從信箱口塞進來，後來就不見了。我們始終沒查出是誰拿的。你們住的公寓大樓也發生過這種事情嗎？那裡也會有東西不見嗎？」

岱倫沒回答。她正想著連姆睡在另一個女生的床上，而那個女生根本沒資格跟他在一起。不，有可能是自己誤會了。她根本不確定那個男生是不是連姆。

「拜託別跟她說我來過這裡。」岱倫說。

「我應該擔心什麼嗎？我應該跟公寓管理員說嗎？」

「先不要，等我有證據再說。」

「好吧。謝謝你警告我。」那女人緊張地朝四〇五室看了一眼。「我會留意她的。」

我也會。

走回電梯的路上，岱倫又再度暫停在四〇五室門外。她想著在這裡等著伊莉莎白・魏禮回家會有多麼容易；跟著她走進她那戶住處、從廚房抽屜拿出一把刀會有多麼容易。她想著要多用力才能把刀子插進肉裡，要插多深才能刺穿心臟。她想著這一切。

然後她離開這棟公寓大樓，走路回家。

❖

星期五晚上七點十五分，她的手機發出叮聲，是寇迪傳簡訊來了。

她打開來看，一開始不明白怎麼回事。那是一張隔著窗戶拍的模糊照片，畫面前景有一半是一名男子的肩膀。然後她焦點轉到坐在背景裡的那對男女。女人背對著鏡頭，但岱倫看得到她有一頭深色長髮，手裡拿著一杯紅葡萄酒。坐在她對面的男人也拿著一杯葡萄酒稍微舉高，像是在敬酒，相機拍到他正在笑。那張臉他太熟悉了，而那個笑容是朝著另一個女人。

她趕緊打字回覆寇迪：**這是在哪裡？**

他回答：**協和街上的艾米利歐餐廳。**

她很清楚艾米利歐在哪裡。大一那年，她曾跟連姆站在這家餐廳外，看著櫥窗貼的菜單流口水。她還記得他當時告訴她，「等到我們有什麼重大的事情要慶祝，我會帶你來這裡。」

結果他從來沒帶她去。但是在這張照片裡，他跟她在裡頭，滿面笑容，喝著葡萄酒。

她又傳簡訊給寇迪：**他們現在就在那裡嗎？**

寇迪回覆：**應該是。我十分鐘前才離開的。**

她腦中忽然轟響起來，於是雙手按住太陽穴，想停止那個聲音，但是沒辦法。那是她的心跳聲，快要心碎了。

走路到艾米利歐餐廳要十五分鐘，從頭到尾她都想著他們吃到哪裡了。此時他們應該吃過麵包和開胃菜了，正在吃主菜。她想像那女人用叉子捲起義大利麵，連姆正在切他一客四十二元的小牛肉。那就是他會點的，菜單上最貴的菜，讓他的約會對象留下深刻印象。她加快腳步，靴子堅定而迅速地敲過人行道。她要趁他們溜走之前，趕到餐廳去堵他們。這事情不能等了，今晚就要說清楚。她雙手緊握成拳頭，準備要戰鬥。這的確是一場戰鬥，她想著阿基里斯和埃涅阿斯，想著斯巴達和特洛伊。特洛伊戰爭是為了一個女人而打。而眼前這場戰爭則會是兩個女人之間的爭鬥。等她踏入艾米利歐餐廳時，她已經被寒風吹得臉上發紅，穿著羽絨夾克的身子冒著汗。在餐廳裡，輕柔的爵士樂背景中，她聽到了瓷器的叮噹聲和歡樂的交談嗡響。在吧檯，一台卡布奇諾機器發出打奶泡的呼嘯聲。

「可以為你效勞嗎？」那個女帶位員問。

岱倫擠過她旁邊，進入用餐室，看到連姆坐在接近窗邊的一張桌子旁。他對面的椅子是空的，但是椅背上掛著一件女性的毛線衣和一個皮包。她去洗手間了，而連姆則忙著滑他的手機，根本沒注意到岱倫出現，直到她來到他的桌旁站住。他猛地抬起下巴，不敢置信地瞪著她。

「岱倫？你為什麼——」

「你為什麼跟她來這裡？」

「我不曉得你在說什麼。」

「我在美術館看到你們兩個了。現在你又帶她來這裡。」

「你一直在暗中監視我們？」

「告訴我你為什麼要跟她在一起就好。」

「這不關你的事。」

「這他媽的很關我的事。」

「好了，你得離開了，馬上。」他四下看了一圈，掃視著用餐室裡，想找人幫忙。那個女帶位員正朝他們走來，高跟鞋喀噠敲過木地板。

「這位小姐在打擾你嗎？」她問連姆。

「是的，沒錯。或許你可以請她出去。」

「那你得先告訴我，你他媽的為什麼要跟她來這裡！」岱倫尖叫。每個人都盯著她看，但是她不在乎。她不在乎她的頭髮亂糟糟、臉被風吹得龜裂，聲音顫抖著。她唯一在乎的就是連姆的醜事現在公開了，全世界都看得到。

「你鬧夠了。」連姆站起來，對其他用餐的客人說：「抱歉，打擾各位了。這個女人瘋了。」

「我去報警。」那個女帶位員說，已經掏出了手機。

「連姆，這是怎麼回事？」一個新的聲音說。

岱倫轉身看到那個婊子，剛從洗手間回來，正皺眉看著她。她有一對母鹿般的大眼睛，而且長得非常漂亮。

「你為什麼跟我男朋友約會？」岱倫質問道。

「我會送她出去，」連姆對著那女生說，「我馬上回來。」

「但是連姆——」

「在這邊等就是了，好嗎，莉比？」

連姆拖著岱倫出了餐廳，來到人行道上。一陣冰冷的風吹來，他身上只穿了件襯衫，沒有外套，但是他氣得似乎不受寒風影響。

「岱倫，你不能再來煩我了。你明白嗎？」

「所以你一直背著我偷吃。」

「偷吃？背著你？」他的笑聲像是給了她一耳光。「你以為我們還在一起嗎？我們早就結束了。都已經結束幾個月了，我們兩個根本毫無關係了，好嗎？我早就跟你說過了。從聖誕節就開始告訴你，但是你像個神經病，一直打電話、傳電子郵件、傳簡訊。你現在懂了沒？我跟你分手了。所以他媽的不要再來煩我了。」

「連姆，」她輕聲說。然後又說一次，「連姆。」

「回家吧。」他轉身要回餐廳。

「你愛我。你這樣跟我說過的。你都不記得了嗎？」

「事情會改變的。」

「這個不會改變！愛不會改變！」

「我們以前年紀還小，當時很多事我們都不明白。」

「我明白，我一直明白。我來波士頓的唯一原因就是要跟你在一起。當時是你要求我一起來的。」

「但是現在我們都該往前走了。我們再也不是高中生了，岱倫。我要去讀法學院，或許在加州。我需要呼吸的空間。」

「她會讓你呼吸嗎？」

「至少她不會讓我喘不過氣來。她有自己的計畫。」

「意思是找到你這個對象。」

「不，意思是她有自己的人生要過。她正在申請研究所，她會有自己的事業。」

「你們兩個要一起離開波士頓，去讀研究所？」

「拜託，岱倫。別把事情搞得更難堪了。我們兩個本來就不可能有結果的。」

「因為我沒有她的野心？或者是因為我只是來自磨坊街的窮人家女兒，而你是醫師的小孩？」

「這跟我們的出身根本無關。重點是你想要什麼樣的未來，以及我想要什麼樣的未來。重點是要有未來的計畫。」

「但是我已經有你了。」

他嘆氣。「我沒辦法為你的幸福負責。」

「這麼多年來，你一直讓我相信我們是有未來的。你把我留在身邊，只是為了利用我，為了打炮。」她抬高嗓門，大聲得足以讓餐廳裡的人聽見。隔著窗玻璃，她看得到他們瞪著她看。她希望那個婊子也在看。「我只是你的妓女，是嗎？」

「岱倫。」

「只是一個你用過就丟掉的妓女。你混蛋。你混蛋。」她朝他撲過去。

他抓住她的手腕。「你這樣像個瘋婆子！別鬧了。別鬧了。」

她掙扎著，一邊啜泣著又推又打，但是他太壯了。她想掙脫，他放手得好突然，於是她往後踉蹌，一屁股摔在地上。她坐在那冰冷的人行道上，可以感覺到餐廳裡的人透過窗子驚恐地看著她。他們從頭到尾都看到了。他們知道是她先動手的。這件事不能怪連姆。

「回家吧，岱倫。」連姆厭惡地說，「你已經夠丟臉了，趕緊回家，不要繼續丟臉了。」他走回艾米利歐餐廳，留下她獨自在人行道上顫抖。

她緩緩爬起身時，還可以感覺到那些眼睛瞪著她。她沒有勇氣往窗內看，沒有勇氣去看他們欣賞著她被羞辱。她只是離開，因為剛剛的摔倒而疼痛且瘸著腿。她被凍得全身僵硬，震驚得毫無感覺，只是不自覺地往前走。她唯一能聽到的，就是腦袋裡面一再迴盪的那句話。

我不夠好，配不上他。不夠好。不夠好。不夠好。

忽然間，她在一家商店櫥窗看到了自己的鏡影，她站住了，望著自己憂慮的雙眼，被風吹亂的頭髮。這就是發瘋的模樣嗎？這就會是她走進奔馳車流或者跳樓前那一刻的模樣嗎？

她深吸一口氣，拂開臉上糾結的頭髮，站直身子。連姆認為她不夠好。

她要證明他錯了。

之後

15
法蘭琪

有時這份工作實在太簡單了，法蘭琪心想。謀殺兇器，幾乎可以確定印滿了兇手的指紋，已經放進證物袋裡封好了。那個分居的丈夫現在被上了手銬，坐在外頭的一輛巡邏車裡。而他太太……

法蘭琪低頭看著床上的屍體。那女人穿著一件藍色棉睡袍，鑲著白色蕾絲的荷葉邊。她蜷縮著往右側躺，臉靠在枕頭上，那枕頭現在嵌著頭皮碎片和腦漿，是被槍擊的力道轟進去的。從那太太平靜的姿勢看來，她當時一定是睡著了，沒聽到前門尚未換掉的門鎖裡有鑰匙插入轉動，也沒聽到沿著走廊進入她臥室的腳步聲。她熟睡著，完全不知道有個人走近她的床，否則，在八年騷動的婚姻生活後，那個人影應該熟悉得令她膽寒。

「他一直說個不停，」麥克說，「真希望所有兇手都像他一樣。」

法蘭琪抬頭，看著她的搭檔走進臥室。他的臉還是被冷風吹得紅通通的，在這個寒冷的早晨，他的酒糟鼻紅腫得更厲害了。

「那你和我就要失業了。」她說，又看著屍體。特瑞莎．拉特維克，三十二歲，或許她一度很漂亮，但現在完全看不出來了。

「上星期才聲請禁制令。約好鎖匠明天要來換新鎖的。」

「她做了該做的每件事。」法蘭琪說。

「只除了嫁給這傢伙。」

「鄰居有補充什麼嗎？」她問。

「住右邊的鄰居一直在睡，聽到警笛才醒的。左邊的鄰居聽到一聲槍響，不曉得當時幾點，又立刻回去睡了。要不是那個混蛋自己打電話報警，可能還要好一陣子才會有人發現她死了。」

麥克厭惡地搖搖頭。「他不自責，一丁點都沒有。事實上，他聽起來好像很驕傲自己做了這件事。」

很驕傲他維護了上帝賜予的擁有權，法蘭琪心想，低頭看著他一度認為自己擁有的。這個女人第一次看到她丈夫時，可曾隱約感覺到未來會有一張染血的床在等著她？他們交往時，可曾有一絲徵兆——一個怒視、一個嚴厲的字眼——透露出他面具底下的那個惡魔？或者她忽視了所有的線索，像那麼多女人一樣，被那些全心愛你和鮮花和從此過著幸福快樂生活的承諾所引誘？

「至少沒有小孩牽扯在裡頭。」法蘭琪說。

麥克哼了一聲，「感謝上帝賜予的小小福氣。」

❖

艾迪．拉特維克坐在偵訊室的桌旁，頭抬得很高，背部挺直得像個士兵。法蘭琪在他對面的椅子坐下來時，他沒對上她的目光，而是看著她後方，好像有個鬼魂權威就站在她背後。彷彿這個戴著雙焦眼鏡、穿著海軍藍長褲套裝的肥胖中年女人不可能是權威。法蘭琪保持沉默，讓他自己去慢慢想通，同時自己好整以暇地打量他。他長得算是好看，三十六歲，強壯而修長，褐色的頭髮剪得很短，緊張的眼珠是晶亮的藍色。沒錯，她看得出某些女人可能會被他那種自信的舉止吸引，甚至產生信賴。她們會想：這個男人可以照顧我，保護我。

「拉特維克先生，」法蘭琪說，「你或許忘了我的名字，我是盧米思警探。我得再問你幾個——」

「是啦，你今天早上跟我講過你的名字了。」他打斷她，還是不肯直視她的雙眼。

她沒理會他那種明顯的藐視，只是冷靜地說：「今天清晨五點十分，你從你分居妻子的住所打九一一報案電話。」

「先別管那是誰的房子吧，你打電話到緊急報案台，對不對？」

「那是我的房子，不是她的。」

「對。」

「你通知報案台的接線生說，你剛剛朝你太太開槍。」

他輕蔑地揮了一下手。「我為什麼要跟你談？我應該跟麥克萊倫警探談才對。」

「麥克萊倫警探不是坐在這裡的人。我才是。」

「我要說的話，都已經跟他說過了。」

「現在你得跟我再說一遍。」

「為什麼？」

「因為如果你不講，我們就得一直待在這個房間。所以我們就開始談吧，好嗎？你為什麼要朝特瑞莎開槍？」

他終於正眼看著她。「你不會懂的。」

「你講講看啊。」

「你以為我想殺她？」

「我想你一定很生氣她要離開你。」

他的目光冰冷得可以讓水結凍。「她不能欺人太甚。她現在住的房子是我的。你不能把一個人踢出他自己的房子！」

「談談你用的那把槍吧，那把葛洛克。」

「談什麼？」

「那把槍沒登記。而既然特瑞莎有對你的禁制令，那麼你持有那把武器就是非法的。」

「憲法第二修正案說我有權利擁有槍。」

「麻州法庭可不同意。」

「操他媽的麻州法庭。」

「麻州法庭會很樂意把這句話原封不動奉還給你。」她微笑著說，兩人隔著桌子打量對方，他似乎終於明白自己的狀況有多糟糕，忽然洩了氣，垮下肩膀。

「事情不必搞到這樣的。」他說。

「但結果就是搞到這樣了。為什麼？」

「你不曉得她搞得我有多難受。簡直是想把我氣死。好像她是故意做一些事，要逼我做出反應。」

「什麼事？」

「她看著其他男人的樣子。我因此罵她的時候，她回嘴的樣子。」

「都是她自找的，對吧？」

他聽出她聲音中的反感，抬起頭來瞪著她。「我就知道你不會懂。」

啊，但是法蘭琪其實懂。她聽過這種藉口，或是類似的，聽過太多次了。不是我的錯。是被害人逼我的。她可以讓他看他老婆打到九一一的電話清單，可以讓他看上次他太太去急診室的驗傷紀錄，還有她滿臉瘀傷的照片，而他的回答還是會一樣：不是我的錯。

向來如此。

她往後靠坐，忽然對自己在這些三幕式老套悲劇裡的角色很厭倦。法蘭琪的角色登上舞台時，一概都是太遲了，此時已經是第三幕，傷害已經造成。屍體已經裝在屍袋裡了。她真希望可以早點在這齣戲裡登場，還有時間警告未來的拉特維克太太：馬上回頭，趁你還沒愛上這個男人。趁你還沒說我願意。趁那些毆打和禁制令和急診室都還沒發生。趁你屍袋的拉鍊還沒拉上。

但是戀愛中的女人很少能被經驗之談勸阻的。她想到自己那兩個衝動的女兒，還有她躺在床上睡不著的那些夜晚，非要聽見她們鑰匙插入門鎖的聲音，才能安心。她損失了多少睡眠時間，看著時間分秒過去，不敢去想種種恐怖的可能性？

她太清楚各式各樣出錯的可能。她今天就看到了，在一個死去女人的臥室裡。一個警察帶著拉特維克走出去，但法蘭琪還待在椅子上，寫著訪談筆記。訪談過程全都錄影了，但她是老派人，比較偏愛紙張的觸感和持久性。用墨水寫下來的字不會消失在網路裡，也不會不小心被刪掉，而且寫下來的動作有助於把訪談烙印在她的記憶中。她的手機發出收到簡訊的叮聲，但是她繼續寫，急著要記錄下她的印象，免得淡忘了。但是永遠不會淡忘的，是她對艾迪·拉特維克的反感。她太專注在寫筆記了，因而幾乎沒注意到麥克走進偵訊室。直到聽到他打噴嚏，她才抬起頭來。

「法醫處剛剛打電話來。他們想知道我們會不會去。」他說。

「去幹嘛？」

「看岱倫·摩爾的驗屍解剖。」

她低頭看著自己憤怒的筆跡。想到艾迪敵意的斜眼和他太太濺在枕頭上的血。她闔上筆記本。

「我們也不是非去不可，」麥克說，「那只是自殺而已。」

「你百分百確定她是自殺？」

麥克無奈地嘆了口氣。「好吧，我負責開車。」

16

法蘭琪

在法蘭琪的經驗裡，驗屍解剖從來不會有什麼意外的重大發現。偶爾法醫可能會多找到一個子彈孔，或者一個神秘的腫瘤，或者有一回，一個精神錯亂的老人在住處附近開槍，解剖發現他患有皮克病，腦部嚴重萎縮。但是大部分時候，法蘭琪在病理學家割下第一刀時，就已經知道死因和死法了。驗屍解剖通常只是例行手續，法蘭琪不必出席。

而這個案例，她真希望自己沒來。

看著岱倫·摩爾的屍體躺在解剖台上，她太容易就會想像那是她的雙胞胎女兒之一。她曾幫兩個女兒餵奶、洗澡、換尿布；一路看著她們從胖乎乎的學步小孩發育成纖瘦的少女，然後變成美麗的年輕女性。眼前是另一個母親的女兒，也曾同樣美麗，法蘭琪想到那個母親失去女兒的痛苦，真想走出解剖室。但她只是堅忍地戴上口罩，跟麥克來到解剖台旁。

「我不曉得你們兩個要來，所以我就先開始了。」病理學家弗利爾醫師說。要不是她知道他是極度注重健康的純素人士和馬拉松跑者，她會以為他生了重病，因為他瘦得形容枯槁，一對藍眼珠從那個令人不安的、骷髏似的腦袋上望出來。「我正要打開胸部。」

法蘭琪逼自己專注在屍體的軀幹，看著弗利爾用一把園藝剪把袒露的肋骨一根根剪斷。麥克站在她旁邊，隔著口罩打了一個大噴嚏，但是讓她皺起眉頭的是那喀啦－喀啦的骨頭剪斷聲。

「聽起來你應該回家，麥克萊倫警探，」弗利爾說，「免得你身上不曉得有什麼病毒，會傳染給我們。」

「你為什麼會擔心小小的病毒？」麥克嗤之以鼻。「我還以為你們吃純素的人是天下無敵。」

「偶爾試試看吃純素，對你不會有壞處的。只要吃上兩個月，你根本就不會想念那些動物肥肉了。」

「等到他們能把青花菜弄得像牛排一樣好吃，我就會考慮試試看了。」

「你沒發燒吧？或是肌肉痠痛？」

「我只是腦袋著涼而已。這個潮濕的天氣害我的鼻竇很受罪。總之，我戴了口罩，不是嗎？」

「紙口罩不是密封的，而且你走進來的時候就已經在打噴嚏。到現在，你的病毒飛沫已經傳播到整個房間了。」

弗利爾剪斷最後一根脊椎，把整個胸部的骨架提起來。露出了心臟和肺臟。他看著胸腔裡。

「有趣。」

「什麼有趣？」法蘭琪問。

「主動脈看起來沒有損傷。」

「這樣很稀奇嗎？」

「通常從五樓往下落到水泥地，造成的胸腔內創傷會比這個嚴重得多。身體以那樣的速度撞上地面時，心臟會拉扯韌帶，有可能拉破大血管，但是我在這裡沒看到任何大血管破裂。大概是因為她才二十二歲。這麼年輕的人，結締組織的彈性要好很多，有可能會彈回原狀。」

法蘭琪看著岱倫．摩爾濕亮的心臟，想著年輕人的創傷有時不會彈回原狀。比方父親拋棄你，或是男友跟你分手。

「所以她死亡的原因是頭部創傷？」麥克問。

「幾乎可以確定是這樣。」弗利爾轉身，朝房間另一頭正在為下一次驗屍準備工具托盤的助理喊：「麗莎，麻煩你把岱倫．摩爾的頭部X光片叫出來，讓他們看一下好嗎？」

「我們應該會在頭部看到什麼？」麥克說。

「我會指給你們看。五英尺磅的力量了。五英尺磅的力量，就可以讓頭骨破裂。你們只要從三英尺高的地方、頭朝下撞地，就有五英尺磅的力量了。而這位小姐是從五樓摔下來。」弗利爾走到電腦螢幕前，麗莎已經幫他叫出頭骨X光片了。「根據這些正面和側面角度拍的片子，顯示出她撞到地面，彈起，然後又第二度撞到地面。第一次撞擊引起了顳骨鱗狀部的這道壓迫性骨折。第二次撞擊則是造成額骨破裂，並導致顏面創傷。利用普帕氏法則，我們就知道這些裂痕的發生順序了。」

「普帕氏法則？」麥克說，「不會是跟狗有關吧？」

弗利爾嘆氣。「普帕氏法則是以喬治．普帕（Georg Puppe）醫師命名的，他是第一位描述這個原則的醫師。這個原則很簡單，就是指骨折裂痕若碰到之前已有的裂痕，就會停止。而在這張

X光片裡，你們可以看到骨頭塌陷的地方嗎？根據位置，是靠近顳窩，我想很可能中腦膜動脈破裂了。等到我們打開顱骨，幾乎可以確定會發現蜘蛛膜下腔出血。不過我還是先回到胸腔吧。」

弗利爾回到解剖台，拿起解剖刀。他割下心臟和肺臟，放在一個盆子裡，接著處理腹腔。他迅速且有效率地切下了胃和腸、肝臟和脾臟。弗利爾醫師劃開胃，把裡面的東西倒進一個盆子裡，胃液的酸臭味冒出來。此時法蘭琪別開臉，很想吐。

「她吃的最後一餐是……我想是紅葡萄酒。」他說，「我沒看到任何食物。」

「她的微波爐裡面有乳酪通心粉。」法蘭琪說。

「唔，她沒吃。她的胃裡沒有任何固體食物。」弗利爾把切下的胃放在一邊，注意力回到掏空的腹腔。到目前為止，他所切除的內臟都沒有疾病，是一個健康年輕女性的器官，本來應該會比這張解剖台周圍的每個人都長壽的。然而眼前卻是這樣：弗利爾、麥克和法蘭琪還活著，還有呼吸，而岱倫．摩爾則不是。

「一等我檢查過骨盆，就會打開顱骨，你們就會看到從五樓跳下來會造成什麼樣的損傷……」

弗利爾醫師暫停，雙手深入骨盆腔。他忽然轉向麗莎，「她的血液檢驗也要做血清HCG檢查。另外我要把這個子宮保存在福馬林裡。」

「HCG？」麗莎走到解剖台旁。「你認為她——」

「我們再找蕭醫師幫忙看一下子宮切片吧。」他伸手拿起一根注射針。「另外我們要從這些組織搜集DNA。」

「DNA？怎麼回事？」麥克說。

法蘭琪不必問；她已經明白搜集DNA的原因。她低頭看著岱倫．摩爾袒露的骨盆腔問：

「她這樣有多久了？」

「我不想冒險猜測。我唯一能告訴你的是，她的子宮大得不正常，而且感覺很柔軟，幾乎是鬆軟潮濕。我們會把子宮保存在福馬林裡頭，還會請小兒科病理學家檢查切片。」

「她懷孕了？」麥克看著法蘭琪。「但是她的男朋友說他們好幾個月前就分手了。會是他的小孩嗎？」

「如果不是他的，那我們就是碰上了一整套全新的難題。」

弗利爾拔下注射針的蓋子。「DNA是所有生命之謎的解答。」

「所以現在我們知道她自殺的原因了，」麥克說，「她發現自己懷孕了，告訴她的前男友，他不肯跟她結婚。他說這不是他的問題，而是她的。她太沮喪了，於是就跳下陽台。是啊，一切都說得通了。」

「這似乎是個合理的推測。」弗利爾醫師說。

麥克看著法蘭琪。「所以我們終於確信這是自殺了？」

「不曉得。」她說。

「都是因為那個該死的手機，對吧？你還是一直覺得很困擾。」

「什麼手機？」弗利爾醫師問。

「這個女孩的手機不見了。」法蘭琪說。

「你認為被偷走了?」

「還不曉得。我們還在等著她的電信業者提供手機通聯紀錄。」

「好吧。」麥克說,「那我們就只是討論看看,先假設這不是自殺。假設有個人把她推下陽台。那我們要怎麼證明?我們沒有目擊證人,沒有任何人闖入她住處的證據。我們唯一有的,就是她最後摔破頭骨,死在人行道上。」

頭骨上有兩道不同的裂痕。法蘭琪又回到電腦前,看著依然在螢幕上發亮的岱倫·摩爾的X光片。「弗利爾醫師,關於這兩道不同的裂痕,我有一個問題。」

「那兩道裂痕怎麼了?」

「你說過,她是撞到地面,彈起來,然後再撞一次。你怎麼知道是這樣?」

「我剛剛說了,是根據普帕氏法則。顳骨的壓迫性骨折先發生。第二次撞擊造成了額骨的裂痕。」

「那如果她沒有彈起來過呢?如果她只是撞擊地面一次呢?有沒有可能第一道裂痕是發生在她落下陽台之前?」

弗利爾瞇起眼睛。「你的意思是,有兩次不同的創傷事件。」

「X光片無法排除這個可能性,對吧?」

他沉默了一會兒,思索著她的問題。「對,無法排除。但是如果你提出的,就是實際發生的狀況，那麼就表示……」

「這不是自殺。」法蘭琪說。

17

法蘭琪

他們坐在麥克的電腦前，電腦上方有一張他太太佩蒂的照片，一身古銅色、穿著泳裝，露出微笑。五十二歲的佩蒂依然苗條、有資格穿比基尼泳裝，每次法蘭琪看到這張照片，總是覺得很煩。因為她從來不覺得自己有資格穿比基尼，而且也因為那張照片像是在炫耀：我有個很辣的老婆；你呢？這樣炫耀似乎太不替人著想了，因為同組裡有一半的同事都離婚，或者快離婚了。不過，她也無法怪罪一個以自己老婆為榮的男人。

那張照片就掛在桌上型電腦上方，但是法蘭琪避免去看性感火辣的佩蒂，只是專心看著螢幕上正在播放的影片。拍下這段影片的監視攝影機，就裝在岱倫．摩爾那棟公寓對面的建築物上，雖然岱倫住處的陽台太高了，超出了攝影機的拍攝範圍，但這段影片應該會拍到她落到地面那一刻，還有那位Lyft司機發現她屍體的時候。法蘭琪很怕看到跳樓的畫面，生與死之間的那最後幾分之一秒，她肩膀緊繃地看著麥克把影片快速前進，時間碼從半夜十二點到十二點三十分，再到凌晨一點。那一夜有一場來自西邊的風暴，落下的雨使得攝影機畫面模糊。忽然間，屍體就在那兒了，神奇地出現在人行道上。隔著落下的雨珠，看起來只是一個沒有形狀的深色隆起。

「倒回去。」法蘭琪說。

麥克把影片倒退回一點十分、屍體還沒出現的時候。現在他們兩個都把身子往前湊，專心看著影片以正常速度播放。

「她在那裡。」麥克說。又倒帶，一格接一格，然後暫停畫面。

法蘭琪看著凌晨一點十一分二十五秒所捕捉到的畫面。岱倫墜落中的屍體，只是懸在半空中的一個深色污痕。他們看不出她臉上的細節，只曉得他們正看著她摔到水泥地前幾分之一秒的畫面。

「我沒看到她的手機。」法蘭琪說。

「或許掉在畫面外的哪裡了。」

「我們來看看是不是有人經過，撿走了。」

再一次，時間碼快速前進。在一點二十分，一輛汽車開過去，沒有停下來。到了一點二十八分，另一輛汽車經過。雨下得很大，那些司機一定是透過擋風玻璃上的大片雨水，專心看著前面的路。一輛接一輛汽車開過去，岱倫．摩爾的屍體躺在那裡沒人注意，慢慢冷卻。以當時惡劣的天氣、又是半夜，也難怪沒有行人經過。

到了三點五十一分，一輛黑色轎車滑進畫面。這輛車不像其他車一樣經過，而是慢慢減速停下，擋住了攝影機拍向屍體的畫面。有幾秒鐘，那輛車只是停在人行道邊空轉，彷佛駕駛人決定不了，是要冒著大雨下車去看看，還是跟之前其他車子一樣繼續往前開。最後車門打開，一名男子下了車。他繞過車子到人行道，蹲下來看不見了。幾秒鐘之後，他踉蹌著回到車上。

「打到九一一的報案電話是三點五十二分，」麥克說，「所以就是這位Lyft司機，時間完全符合。」

「他真的很有公德心。我無法想像他會偷她的手機。所以手機跑哪裡去了？」

「你就是忘不了那支手機。聽我說，這些影片裡沒有什麼可以改變我們的結論。現在我們知道死亡的確切時間是一點十一分。然後到了三點五十一分，那個Lyft司機發現她的屍體，打電話報警。自殺還是列為第一可能。」

「我們看看大門攝影機拍到什麼吧。」

岱倫．摩爾那棟公寓的大門位於她屍體落地處的轉角，唯一可以找到的監視影片，是來自大門對講機上方三呎的攝影機。那台攝影機很舊，影片的畫質很差，不過還是錄到了每個進出這棟公寓的人。

麥克從時間碼晚上九點整開始播放。九點三十五分，他們看到了岱倫的鄰居海倫．吳，頭髮被雨淋得黏在頭上。那是大學附近的星期五晚上，時間一路接近午夜，住戶陸續回到家裡。

「那棟大樓裡至少住了八、九十個人。」麥克說，「我們要把每張臉都跟名字對上嗎？」

「繼續看就是了。說不定我們會走運，那個帥小子連姆會出現。」

「但也還是不能證明是他殺了她。」

「會證明他說最後一次看到她的時間是撒謊。這會是一個開始。」

「只是一個開始。」

十一點整，一對男女出現了，拍掉身上的雨。那個年輕女人跟男人咬耳朵，他們走進大樓時，他已經在摸她的乳房了。

「我可沒有那種大學經驗。」麥克說。

十一點四十五分，兩名青年踉蹌走向門，顯然醉了。

十二點十一分，一個疲倦模樣的達美樂披薩外送員從雨中走進畫面，拿著一個外送專用的隔熱袋。五分鐘後，他離開那棟公寓大樓，拿著他的空袋子。

然後，十二點五十五分，一把雨傘出現了。不同於麥克帶去死亡現場那把花俏的渦紋圖案傘，這把傘是黑色的，毫無特色，跟一百萬把其他雨傘無法區分，而且那尼龍傘面遮住了握傘的人。這個雨傘人走進公寓大樓裡，始終沒有在攝影機底下露出臉。

法蘭琪朝螢幕湊得更近。「這個可能值得注意。」

「那只是一個拿著雨傘的人。」

「看看時間，麥克。離岱倫．摩爾摔到人行道上只差十六分鐘。」

「有可能是某個住戶回家而已。」

「我們看看接下來發生什麼吧。」

接下來三十分鐘，沒發生太多事。時間碼持續前進，門口沒出現其他人。攝影機唯一拍攝到的動靜，就是偶爾被風吹過來的飛濺雨水。看起來，住在大樓裡的每個人都待在家裡不出門了。

不，不是每個人。

夜間一點三十五分，某個人走出大樓。是雨傘人。再一次，法蘭琪看不到這個人的臉，甚至無法判斷性別，那個人罩在黑色尼龍的傘面下，經過攝影機，進入黑夜。

「倒回去，」法蘭琪說，「十秒鐘。」

麥克倒帶，雨傘人又被往後吸回大樓裡。法蘭琪幾乎不敢喘氣地看著影片再度前進，不過這回是慢動作，一格接一格。雨傘緩緩進入視線，接著，正當傘面就要離開畫面時，麥克按了暫停。

「嘿，」他說，「你看看這個，」他指著傘後方突出的一個腫塊，發亮的表面映著入口的燈光。「我想那是垃圾袋。」他說。

一時之間，法蘭琪和麥克沉默不語，專注看著螢幕，現在影片暫停在夜間一點二十六分。在那一刻，岱倫．摩爾已經四肢大張躺在轉角的人行道上，頭骨破裂，鮮血混合著雨水。

「或許兩件事不相干，」麥克說，「就算有關，我們要證明也會很困難。」

「那麼我們最好趕緊開始工作了。」

18

法蘭琪

這棟公寓裡老舊的電梯今晚似乎更慢了，載著四名乘客和他們的幾箱鑑識設備，一路彷彿喘著氣爬上五樓。

「至少這回碰到的電梯還能用。」一名鑑識人員說。

「上星期，布麗和我還得搬著這些設備，爬上一道搖搖晃晃的梯子，才能到達死亡現場。那是在屋頂。」

「唔，今晚呢，兩位小姐，」麥克說，「我會協助你們的。」他的殷勤宣告似乎對安珀或布麗都沒產生作用，她們只是露出禮貌而平靜的微笑。除了麥克之外，今晚的犯罪現場鑑識小組是全女性團隊，象徵著女權運動的進步，這是法蘭琪三十年前加入波士頓市警局時根本無法想像的。現在看到眾多像眼前這兩位的年輕女性，在波士頓的市區街道上巡邏，或是在法庭上為案件辯護，或是勇敢地拖著沉重的攝影設備前往犯罪現場，讓她覺得很開心。法蘭琪總是一再告訴她的雙胞胎女兒，女生可以做任何自己想做的事情，只要努力且保持專注，不要為了男生而分心。

或許有一天，她們會聽得進去吧。

他們到了五樓，安珀和布麗提起兩箱最沉重的設備走出電梯，讓麥克提最輕的那箱。

他嘆氣。「隨著每一天過去，我都覺得更加跟不上時代了。」

「我們正要接管全世界，」法蘭琪說，「你趕快習慣吧。」

來到門前的走廊，他們都暫停下來，戴上乳膠手套和鞋套，這才踏入岱倫．摩爾的那戶公寓。法蘭琪上次來過之後，沒有任何東西被移走，《美蒂亞》課本還放在她上次看到的廚房料理台上，那個女人憤怒的臉從封面瞪著她瞧。

布麗放下手裡那個裝著化學物質的保冷箱，打量著整個房間。「我們就從這裡開始。但是在我混合光敏靈之前，我們先用CrimeScope多波域光源器把這個地方大致掃過一次吧。」她指著麥克剛剛放下的那個箱子。「護目鏡在裡頭，你們最好戴上。」

趁著安珀和布麗設置三腳架和攝影機時，法蘭琪戴上護目鏡，因為用來做初步勘查的多波域光源器所發出某些波長的光線，可能具有破壞性，她得保護自己的眼睛不受傷害。雖然多波域光源器無法偵測到隱藏的血跡，但是會照出那些肉眼不容易看清楚的纖維和污漬。

安珀拉上窗簾，以遮掉外頭照進來的光，然後說：「可以麻煩你把燈都關掉嗎，麥克萊倫警探？」

麥克把牆上的開關都關了。

在突來的黑暗中，法蘭琪只能勉強看到兩個站在窗邊的年輕小姐輪廓。CrimeScope多波域光源器的藍光亮起，安珀把光線掃過地板，照出一片詭異的新地景，毛髮和纖維發出亮光。

「看起來你們的被害人不太擅長打理家務。」安珀說。

「她是大學生。」麥克說。

「這個地方很久沒用吸塵器清理過了。我看到一大堆灰塵和毛髮。她是不是留長頭髮？」

「肩膀長度。」

「那麼這些頭髮大概是她的。」

藍光掠過茶几，照出一片由公寓住客留下的碎屑所形成的地景。就算日後岱倫的東西搬走了，她的屍體也長眠在墳墓裡，她存在的痕跡還是會存留在這個房間裡許久。

那台CrimeScope多波域光源器的光線呈鋸齒狀掃過一小片地毯，然後往上掃過沙發的背面，接著突然停下來。「哈囉，」安珀說，「這個看起來很有趣。」

「是什麼？」法蘭琪問。

「布沙發套上有一塊發出螢光。」

法蘭琪湊得更近，望著一小塊發亮的布料，似乎漂浮在黑暗中。「不是血嗎？」

「不是，不過有可能是體液。我們會用酸性磷酸酶測試，然後採集看上頭有沒有DNA。」

「你們認為是精液？她的陰道和直腸都用棉棒採集過，沒有最近發生性行為的證據。」

「這個污漬有可能是好幾個星期前留下的，甚至好幾個月前。」

「嗯。沙發背面的精液？」麥克說。

「這些人可是大學生啊，警探，」安珀說，「我們可以給你一份很長的清單，列出我們曾發現精液污漬的各種奇怪地方。何況你想想，如果一對情侶站著辦事，那麼精液大概就會落在沙發的這個高度。」

法蘭琪不願意想。她不願去思索她女兒那個年齡的女生以任何姿勢性交。「接著我們可以用光敏靈了嗎？」她問。「我對血跡比較有興趣。」

「麥克萊倫警探，可以請你把燈打開嗎？」

麥克按了牆上的開關。法蘭琪看到，原先那一小塊發光體，現在只不過是深綠色的沙發套布料。無論在CrimeScope多波域光源器之下發光的是什麼，現在都看不見了，不過她知道還在那裡，等著要展現出它的秘密。

布麗打開保冷箱，拿出幾瓶化學品，準備要混合為光敏靈。因為光敏靈降解得很快，所以必須當場混合。「你們應該要戴上口罩了，」布麗說，把那些化學物質倒入一個瓶子，然後搖一搖。「等到我們關上燈，兩位警探，就麻煩你們待在原來的地方別動，免得我在黑暗中撞到你們。好了，大家都準備好了嗎？」

法蘭琪戴上口罩，麥克按了牆上的開關，屋裡再度陷入黑暗。法蘭琪聽到布麗噴出瓶子裡光敏靈的輕柔嘶嘶聲。對法蘭琪來說，化學發光總好像是黑魔法一般，不過她知道那只不過是光敏靈碰到血紅素裡的鐵所產生的化學反應。在血流出來之後許久，即使已經擦掉、塗上一層漆，裡頭的分子痕跡仍然留存，默默等著要說出一個故事。

水霧狀的光敏靈落在地板上，岱倫．摩爾之死的真實故事便展現了。

「我的老天。」麥克說。

幾道平行線在他們腳邊亮起，像是幽魂鐵軌，標示著血液曾滲入磨損地板之間的一道道縫隙，那是任何拖把或海綿都抹不去的。原先在明亮燈光下看不見的，現在都發著光，像是暴力的幽魂發出回音。

就在這裡。這就是證據。

「你都錄下來了嗎，安珀？」布麗問。

「全都錄進攝影機了。繼續噴吧。」

噴瓶又發出嘶嘶聲。更多平行的地板線出現，像是鐵軌延伸著穿過一片黑暗平原。

「我在這裡看到了一道拖拉痕跡，」布麗說，「看起來被害人被拖往陽台的方向。」

「我也看到了，」法蘭琪說，「痕跡是往後，那這些拖拉痕是從哪裡開始的？」

又一陣噴瓶的嘶嘶聲。忽然間，一塊楔形的螢光在茶几的一角發亮。周圍的地板亮了起來，上頭散布著明亮的小點，就像一顆星爆炸開來，逐漸褪入黑暗的背景中。

「這裡，」布麗輕聲說，「這裡就是發生的位置。」

麥克打開客廳的燈，法蘭琪往下看著幾秒鐘前有如眾星般散布發亮的地方。但現在她只看到地板，還有一張完全正常的茶几，上頭所有可以看到的暴力痕跡都被擦掉了。光敏靈揭露了這戶公寓裡的秘密，而現在法蘭琪看著整個房間，可以想像一切是怎麼發生的。她看到岱倫·摩爾打開門看著訪客。或許這個女生還沒感覺到任何危險，於是讓兇手進來。或許她甚至問訪客要不要喝杯葡萄酒，或是可以吃些她正在微波的乳酪通心粉。或許她根本沒看到兇手發動攻擊。

但接著發生了：推一下或打一下，讓那個女孩摔倒，腦袋撞到茶几尖銳的一角。她的頭骨撞出裂痕，鮮血濺在地板上。接著兇手把昏過去的女孩拖向陽台，打開陽台門，一陣冷風和零星的雨水撲進來。兇手把岱倫抬起、越過欄杆丟下去時，她還活著嗎？當她的身體筆直穿過黑暗時，她還活著嗎？

然後兇手開始把發生過的痕跡消除掉。他擦掉地板和茶几上的血，把染了血漬的抹布或紙巾放進一個黑色的垃圾袋。他讓陽台門開著，燈也沒關，然後自己帶著那個垃圾袋走出這棟大樓，消失在黑夜中。他賭的是，這個案子看起來是自殺，沒有人會往別的方向追查，沒有人會花時間去尋找他無法抹去的、極其微小的血跡。

但是兇手犯了一個錯：他把這個女孩的手機拿走，而且大概已經毀掉了，免得被追蹤到。這是個小細節，一般負責調查的警探可能會輕易忽略。畢竟，警方把這個案子趕緊結案、繼續去忙別的，要簡單得多。法蘭琪心想，兇手就是這樣指望的：一個警察工作太累或太粗心，無法思考各種可能性，也無力追查每一個線索。

那是他不認識我。

之前

19 傑克

一整個星期岱倫都沒來上課，也沒回傑克的電子郵件。她生病了嗎？回去緬因州的老家了嗎？就連寇迪．艾特伍德也無法——或不願意——跟他說她出了什麼事，傑克擔憂得還去查她的Facebook，希望能看到她的動態更新，但她已經超過一個星期沒有新的貼文了。

到了星期一，他已經準備打電話給學校的註冊主任，建議他們去探視一下。所以這天早上，當他聽到有人敲門，抬起頭來看到岱倫站在他辦公室門口，真是鬆了口大氣。

「你有空談一下嗎？」她問。

「當然有！很高興看到你。」

她走進來，把門帶上。他猶豫著是不是該請她把門再打開。在上次的投訴之後，他覺得最好不要跟學生——無論男女——關著門討論事情比較好。但是自從那天岱倫衝出波士頓美術館的餐廳後，他就沒有見過她，而且從她憔悴的臉色看來，她需要有人商量。於是他就讓門關著了。

「我一直在擔心你，」他說，看著她坐在他對面。「好像沒人知道你上星期為什麼都沒來上課，連寇迪都不曉得。」

她嘆了口氣。「這個星期很糟糕。」

「你生病了嗎？」

「沒有。我只是需要一點思考的時間。而且我下了個決定。」她坐直身子，挺起肩膀。「我想讀研究所。要申請這裡的博士班，是不是已經太遲了？」

「恐怕是。不過應該還不是完全沒機會。委員會可以為特殊狀況破例的。」

「你想我會是特殊狀況嗎？」

「你在我這門課的成績非常優秀。另外麥魁爾教授跟我說，你談瑪麗．沃史東克拉夫特的那篇報告寫得太好了。他是研究所審核委員會的主席，所以應該是有希望。」他暫停一下，觀察她臉上的表情，想搞懂是什麼促使她突然做這個決定的。「你為什麼忽然對研究所有興趣，岱倫？」

她的下唇顫抖，然後清了清嗓子，穩住聲音。「我跟我男朋友分手了。」

「啊，我很遺憾。」

她雙眼盈淚，又清了清嗓子，努力想把眼淚忍回去。他好想擁抱她一下，但結果只是遞給她一盒面紙。

「我不想拿自己的心事煩你，但是我也不希望你認為我故意不去上你的課。那是我所碰到過最棒的一門課，而你是我所碰到過最棒的老師。」她看到他皺眉，於是又說：「抱歉我讓你尷尬了。總之……」她吸了口氣。「這讓我重新思考有關未來的一切。有關我想要過什麼樣的人生。這讓我明白我以前一直很被動、很無力，就像哀綠綺思一樣。但我不是連姆以為的那種魯蛇，而且我會證明的。」

「連姆？就是你的男朋友？」

「是啊。」她一手抹過眼睛。「他認為我不夠好，配不上他。」

「唔，那真是胡說八道。這個世界有太多的可能性等著你，你不需要讀研究所來證明你的價值。你可以做任何事，成為任何你想成為的人。他到底為什麼會認為你不夠好？」

「或許因為他是醫師的小孩，而我只是……只是我。」她又擦了眼睛。「我們從高一就開始交往。我一直以為，有一天我們會結婚。總之，他以前總是這樣告訴我。但是現在不可能了。他不會娶我這樣的人。」她吸了口氣，坐得更直了。「我要改變這一點。」

「請原諒我這麼問，但你是為了自己而申請研究所嗎？或者只是為了向他證明什麼？」

「我不知道。或許兩者都有。無論如何，這是我非得做的事情。我想要像你一樣。」

「像我一樣？」他驚訝地問。

「你的人生似乎好完美。好像你把一切都搞清楚了。」

他微笑。「等你活到我這個年紀再說吧。你會明白，沒有人是把一切都搞清楚的。」

「但是看看你現在這樣。你好像真的很愛你的工作。」

「沒錯，我的確很愛。跟年輕人在一起，談我喜歡的書，做那些讓我嚮往的研究。如果這就是你想要的事業，我相信以你的才華，絕對可以辦到的。」

「謝謝。」她低聲說。

「至於你這位前男友，要是有誰是魯蛇，那就是他了，因為他居然跟你分手。任何男人要是能有像你這樣的女人，都真的是太幸運了……」他停下，忽然意識到自己聲音中的那種熱切。她也聽出來了，她身體前傾，定定望著他的臉。他低頭看著書桌。「接下來，我們來談談你該做些什麼，才能申請到研究所。」

「另外我也需要獎學金。」

「好吧。不過重要的事情先處理。我們來看看有沒有辦法讓你申請博士班。有一份申請的準備清單，我可以寄電子郵件給你。我會寫一封推薦信，另外我很確定麥魁爾教授也會寫的。不過就算你的學業成績平均點數很高，你還是要面對激烈的競爭。博士班的名額很少。」

「但是你還是認為我有機會？」

「我看過你的報告，岱倫。我認為你是讀博士班的料，而且如果能讓你留在這個學校，是我們的幸運。」

「真的太謝謝你了。」

她睫毛上淚光晶瑩，他忽然有一股衝動，想不顧一切伸手到桌子對面，抹掉她的眼淚。但他只是看著自己的手錶，忽然急著要結束這場談話。

「你不像其他教授。你比他們更有人性、更體諒人。」岱倫說。

傑克只是聳聳肩，覺得自己彷彿正走近一片地雷區。「無論如何，如果你下星期抽空過來，我們可以談談你正在寫的那篇報告。要是能想出一個厲害的博士論文主題，一定有助於你申請成功的。」

「我已經在著手準備了。」

他站起來，送她到門口，她站在那裡離他好近，他都能聞到她洗髮精的香味了。他後退一步。

「你隨時過來都沒問題，岱倫。」

她緊握了一下他的胳臂，然後走出研究室。即使她的腳步聲沿著走廊逐漸遠去，他手臂上的那種觸感依然縈繞不去。

20 岱倫

你可以做任何事，成為任何你想成為的人。

她坐在圖書館裡，筆記型電腦打開，幾本書攤在面前的桌上，此時她腦海裡響起他的聲音。這番話像是咒語一般，她一再重複唸給自己聽。你可以做任何事。成為任何人。她想要的是受人尊敬。她想要連姆後悔離開她。她想要他母親為了曾認為岱倫配不上她的寶貝兒子而懊惱不已。她想要全世界知道她是誰。

最重要的，她想要讓多里安教授以她為榮。

從來沒有人對她表現出這麼大的信心，她其他的老師沒有過，連她自己的母親都沒有過，雖然這也不能太怪布蘭達，她實在被生活壓得喘不過氣來，根本無法指望未來能更好。岱倫想像著自己有一天要開著全新的BMW到布蘭達的小屋。她會遞給布蘭達一本自己寫的書，剛印好的。她想像自己會請母親收拾東西，離開那棟只有兩間臥室的小屋，搬進岱倫幫她買的新房子，此時她母親會如何欣慰得流淚。

但首先，她得先進入研究所才行。這表示她得寫完這篇報告。

從圖書館的書架上，她拿了《伊里亞德》和《奧德賽》和半打有關特洛伊戰爭的歷史書籍。

《埃涅阿斯紀》激起她的強烈興趣，想知道更多戰士、英雄，以及他們所做種種選擇的故事。愛情或榮耀？這是她為自己報告所選擇的標題，而且這個主題已經從這些希臘神話和傳說中朝她大喊。當女人們為了背叛自己的情人而哀號與悲慟之時——狄多女王被埃涅阿斯拋棄，美蒂亞被傑生拋棄，亞莉阿德妮被鐵修斯拋棄——她們的情人只是展開追求榮耀的新旅程，不在乎她們心碎。對男人而言，這樣的選擇是他們的天命；對女人而言，總是以哀愁收場。

但是對她不是。她會成為展開新旅程的人，得到自己的榮耀。你可以做任何事，成為任何人……

「你還在這裡？」寇迪說。他一個小時前離開去吃晚餐，現在回來了。「都快九點了。你最好趕緊去吃飯，不然自助餐廳要關門了。」

「我不餓。」

他撲通一聲坐在她對面，皺眉看著她攤在桌上的那些書。「哇，你對研究所是認真的。」

「而且沒有什麼可以阻止我。」她翻了一頁，看著阿加曼農國王揮刀的照片，正要割開他甜美年輕的女兒伊菲格妮亞的喉嚨。他也是一個冷酷而野心十足的男人，選擇榮耀而捨棄愛，犧牲了自己的孩子，好讓諸神送上順風，讓他的船加速航向特洛伊。但是他戰後回程時，將會為這個駭人的行為付出代價。他的妻子克呂泰涅斯特拉因為女兒的死而悲慟欲絕，因而決定展開復仇。岱倫想像著克呂泰涅斯特拉的狂怒，趁她丈夫在浴池內走近他。想像她手中的刀插入他胸口時，心中感覺到那種勝利的喜悅……

「我不懂，岱倫。為什麼進入研究所忽然間變得這麼重要？」

「因為一切都改變了。我現在有自己的計畫。我要拿到博士，接下來我要教書、寫作，還有——」

「這跟連姆有關嗎？」

「連姆去死吧。」她狠狠瞪著寇迪。「他根本不算什麼，不值得我浪費時間。現在我的人生有更重要的事情。」

寇迪眨眨眼，被她兇惡的反駁嚇到。「發生了什麼事？有什麼改變了？」

她靜靜坐在那裡一會兒，手上的筆敲著桌子。她想到傑克．多里安，想到他如何安慰她、讚美她。然後她想起他說的另外一件事：任何男人要是能擁有像她一樣的女人，都該覺得幸運。

「他讓狀況改變了，」她輕聲說，「多里安教授。」

「怎麼改變？」

「他對我有信心。從來沒有人這樣。」

「我就是啊，岱倫。我向來對你有信心的。」寇迪說，但他只是朋友，就是那種會盲目忠誠到底的男生。不，她真正在乎的，是傑克．多里安的想法。

她想著不知他是否也想著她，就像她想著他那樣。

「我得忙這份報告了，」她告訴寇迪，「我們明天見吧。」

她等到他離開圖書館，這才把注意力轉回自己的筆電上，在搜尋網頁打下傑克．多里安教授。突然間，她渴望看到他的臉，渴望更了解他。她點了他的教師介紹頁。他的照片顯然好幾年都沒更新了，裡頭的他穿著粗花呢外套，打著領帶，笑容可親但平淡。她想到他笑的時候綠色眼珠如何發亮，深色頭髮在太陽穴處如何夾雜了銀絲。她喜歡現在認識的那位傑克．多里安。雖然他比這張照片老，笑紋也更深了一點，但重要的不是他的年紀，而是他的心和靈魂。

而且他向她敞開自己。

她閱讀著教師介紹，努力把細節記住。鮑登學院文學士。耶魯大學博士。在麻薩諸塞大學擔任三年助理教授，在波士頓大學擔任四年副教授。過去八年在聯邦大學擔任教授。著有兩本關於文學與社會的專書，同時發表過超過兩打的文章，主題從古代神話的普遍主題到女性主義文學的現代趨勢。她每一篇都想看，她想埋首閱讀他的作品，這樣他們下次見面時，她就可以讓他驚嘆。她往下看著他長長的發表作品清單，突然停下，目光固定在他的個人資訊上頭。

配偶：瑪格麗特．多里安。❷

她當然知道他已婚；她看過他戴的金色婚戒，但是不知怎地，她一直刻意不去想這個細節。她想把這件事拋開，但是那些影像已經留在她腦海中。傑克開車回家，走進前門。他太太等著擁抱他，吻他。或者這些影像是錯的？她想到有一天上課，他看起來好疲倦又喪氣，好像家裡出了什麼事。或許他太太不會在家親吻迎接他。或許她會責備他、貶低他。

她在網路上搜尋瑪格麗特．多里安，波士頓。這個名字還算特別，所以很容易找到真正的目標。前三筆連結都是「瑪格麗特．多里安，醫學博士」。在「評選我的醫師」網站裡她拿到最高分，一個病人的評語說多里安醫師態度親切又有同理心。網路上的資料說，她在劍橋市奧本山醫院執業。

岱倫跳到奧本山醫院網頁，點了瑪格麗特．多里安醫師的連結。

照片裡的她面帶微笑，穿著白色醫師袍，有褐色的眼珠與長度及肩的紅髮。儘管模樣依然迷人，但是岱倫看得出中年的痕跡已經悄悄爬上她的臉，圍繞著她的眼睛、她的嘴巴。雖然不再年輕，但是她事業有成，而且她的病人喜歡她。岱倫想著醫生的工作時間一定很長，佔用夜晚、週末的時間。她丈夫覺得被忽視了嗎？他有太多夜晚孤單一人，渴望有人為伴嗎？

她又上網查他們家的地址。要找到並不難；在網際網路上是沒有秘密的。Google地圖立刻顯示出他們位於阿靈頓那一帶的家，在街景模式裡，她可以看到他們的房子，一棟兩層樓的白色殖民地風格房屋，屋前有草坪和修剪整齊的灌木。這張街景照片拍攝的那天，車庫門是打開的，裡頭停著一輛銀色的轎車。從衛星圖裡，她沒看到屋子外頭有小孩的痕跡——沒有腳踏車，沒有玩具，後院沒有遊玩設施。他們沒有小孩，所以要是他們要分手的話，就比較不會那麼糾纏不清。假如他遇到另一個人，寧可跟此人共度餘生。

她回到瑪格麗特．多里安的照片。還是很漂亮，沒錯。

但是或許傑克渴望更多。

❷ 瑪格麗特（Margaret）的暱稱是瑪姬（Maggie）。

21 傑克

「我看岱倫．摩爾是穩上了，」雷．麥魁爾說。他才剛開完研究所委員會的會議，站在傑克的研究室門口，朝他咧嘴笑著。「她的申請資料太強，我們就不堅持申請期限的要求了。」

「那太好了！她聽了一定很高興。」

「正式錄取信還要再過幾個星期才寄出，不過投票是全體一致通過。她的學業成績平均點數是三點九幾。她的推薦信都講得她像是下一個葛羅麗亞．斯泰納姆❸。」

傑克不禁覺得驕傲極了。「她真的很期待能進入博士班。」

「希望她沒申請哈佛。」

「沒有，只申請這裡。我們學校是她的第一選擇。」

「好極了。她提交的論文習作是你那堂課的報告，談《埃涅阿斯紀》的。我不太了解古典文學，但是那篇文章看起來是可以發表的。裡頭分析得簡潔而優美，透過作者字裡行間的含義，她認為維吉爾真正告訴我們的是，狄多女王不該自殺，而是應該把劍刺入埃涅阿斯的身體。」他大笑。「其實這想法有點嚇人。」他轉身要離開，然後又暫停。「順便講一聲，要是她進了博士班，就會大大提高我們研究所的辣妹平均值了，從現在的負五分進步很多。不過我猜想，我講這種話大概不太政治正確，對吧？」

「你真是個膚淺的性別歧視沙豬。」

雷露出微笑。「是啊，而且我引以為榮。」

❖

一天後，岱倫幾乎是跳著舞進入傑克的研究室。

「謝謝，謝謝，謝謝！」她激動地喊著，身體斜靠著他的書桌，沒綁的頭髮披在肩膀上，那張臉興奮得發光。

「想必你是聽到什麼好消息了？」他微笑著說。

「是的！麥魁爾教授剛剛在走廊叫住我，他說幾乎是成定局了！」她開心地嘆了口氣，坐在面對他書桌的那張椅子上。她在他面前已經變得很自在了。因為他們花了好多時間在一起，討論她的申請和學位論文，現在不必他開口客套，她就已經把他的研究室當成自己家了。「而且這一切都是因為你。」

「岱倫，那些報告不是我寫的。那些分數也不是我得到的。」

「但是你讓我看到了各種可能性。你讓我相信自己。」

❸ Gloria Steinem，1934-，美國女性主義者、政治運動者、編輯，女性解放運動的代表人物。

他被她的讚美搞得有點慌亂，一時想不出該說什麼。他們注視彼此一會兒，他望著她凌亂的漂亮頭髮，她微微泛紅的臉頰。她絕對比哀綠綺思更誘人，而他覺得自己就像阿伯拉一般被迷住了。

他低頭看著自己的書桌，想找別的事情談，然後看到他幾個星期前收到的研討會小冊子。很慶幸剛好可以轉換話題。

「這個你可能有興趣。」他說，把那小冊子遞給她。

「一場比較文學的研討會？」

「是在麻州大學阿默斯特分校舉行的。有幾篇論文發表你可能會有興趣，說不定還可以給你未來的博士論文提供靈感。你那個研究領域有幾位最優秀的學者也會出席。」

她審視著他之前用螢光筆劃線的研討會標題。「『男人的創造』？」

「是談古典文學為何到頭來都是男人的歷史。」

她看著上頭的說明。「『從荷馬開始，男性作者和歷史學家的焦點只放在男人身上，女人只是歷史的陰影。』她看著他。「主講的是梅克辛．沃格爾！」

「所以你對這個名字很熟悉了？」

「她是全世界最知名的女性主義評論家之一。」

「她最近剛發表一篇論文，跟你對哀綠綺思的詮釋很類似。」

「啊老天，我很想去。現在報名會不會太晚了？」

「我想你要參加不會有問題的。」

「不曉得有沒有到阿默斯特的公車。因為我自己沒有汽車。」

「我也會去。我可以載你和任何想參加的同學一起去。我上課時會通知大家，看能不能激起其他人的興趣。」

她看到會議費用又皺起眉頭。「啊，還要付飯店錢。」

「我會找雷．麥魁爾問一下，看能不能拿出一筆學生旅遊基金。尤其因為你很可能會成為我們博士班的學生。」

她看著那小冊子微笑。「我生平第一次的文學研討會。我知道我一定會很喜歡的。」

❖

岱倫站在校園方庭的邊緣，那是他們之前講好的集合處。即使從半個街區外，他就可以看到她纖瘦的身影，穿著深粉紅色的緊身長褲和黑色夾克，頭髮被風吹得顫動。

沒有其他學生，只有岱倫。

這是個錯誤。他當然知道，但他現在無法退出了，因為他已經答應要開車載她去那個研討會，而且一切都已經安排好了。

他在路邊停下。她把過夜袋放到後座，然後自己上了前座。

「還有其他人會來嗎？」他問。

「只有我。」

「你不是要去說服其他同學加入？我還以為至少寇迪會一起去的。」

「我試過了，但是其他人都沒興趣。」她把頭髮往後拂，露出微笑。「哎呀，看起來只有你和我了，教授。」

沿著這條馬路開了一哩，來到考普利廣場，然後他轉上了麻州高速公路往西，胃裡翻騰著。岱倫和他，單獨在車上，像一對情侶要開車出城。車子開進保德信購物中心下方的隧道時，他默默問自己，我們在做什麼？我在做什麼？等他們一到飯店，他就要立刻打電話給瑪姬，提醒自己他已經結婚了。提醒自己他做這件事完全是為了正當的理由。

雖然她很晚才報名，合作的飯店還是有少數空房，離研討會舉行的校園只要走一小段路。他們進入飯店大廳，走向接待櫃檯時，他覺得自己心跳加速。他們看起來像情侶嗎？有人注意到他們搭同一輛車抵達嗎？他看了大廳一圈，覺得跟其他無數飯店沒有什麼不同，而且讓他鬆了一口氣的是，沒看到任何他認識的人。

「你的房卡，先生，」那個櫃檯職員說，把裝著四四五室房卡的信封遞給他。「我可以安排你們住同一層樓。」那職員主動說。

傑克還來不及回答，岱倫就搶著開口：「那太好了。」

那職員給了她四三七室的房卡。離傑克四個房間，不過還是近得令人不安。

我是她的老師，她是我的學生，他默默提醒自己，電梯到了四樓，兩人走出來。我們是來參加研討會的，如此而已。

「稍後見了？」來到他房門前時，岱倫開口說。

「嗯，沒問題。」

「二十分鐘後在大廳？」

「好。」

他刷卡進了房間，門一關上，他就呼出一口大氣。好了，好了，一切不會有事的。他心想。該打電話給瑪姬了。

他坐在床緣，撥了她的手機，很需要聽到她的聲音。需要被提醒他們共同擁有的，所有的過去，所有的愛。但電話直接轉到語音信箱，他只聽到，「我是多里安醫師，現在不方便接電話。」

他掛掉，垮坐在床上。他沒吃午餐，覺得自己的胃都是空的，不是因為餓，而是因為緊張。他站在深淵的邊緣，想要保持平衡，不要失足跌進黑暗中。

半個小時後，他和岱倫走進研討會的會場，裡頭有其他與會者在徘徊，在跟同行打招呼，在查布告欄的海報和會議安排。梅克辛．沃格爾的演講「男人的創造」快要開始了，觀眾席正迅速填滿。他們坐在兩個靠走道的位置，岱倫打開她的筆電準備要做筆記。

「等到演講完畢，我會看看能不能把你介紹給她。」傑克說。

「我該跟她說什麼？」

「問她最近在研究什麼，從那裡著手就可以了。每個學者都喜歡談自己的研究，而且恭維永遠不會有壞處。」

「好的，好的。老天，這真是太令人興奮了。」她看著周圍的與會者招呼握手，這是個學者的場合，她渴望自己有一天也能加入。觀眾席的燈光暗了下來，她的注意力立刻轉到前方的螢幕，第一張投影片已經展示出來。那是一張木刻版畫，裡頭一個穿著飄垂長袍的女人，低頭對著自己的織布機。

梅克辛．沃格爾走上講台，站在聚光燈下。「我相信你們都認出投影片上的這個女人。潘妮洛琵，」沃格爾說，一手揮向螢幕。「在長達二十年的時間裡，她一直保持忠實、保持耐心，拒絕了所有的追求者，一心等待她的丈夫奧迪修斯從特洛伊戰爭歸來。各方學者和詩人都指出，她是完美女性的典範。」沃格爾轉向她的觀眾，冷哼一聲。「完全狗屁不通。」

就這樣，她吸引了全場觀眾的注意力。

傑克看了岱倫一眼，看到她身體前傾，全神貫注，都忘了要記筆記了。她太專注於沃格爾對於那些反傳統女英雄的辯護，談著這些女人不羈的熱情和不可取的慾望，在在挑戰了社會的種種規範。難怪沃格爾是她那個研究領域的明星；他有點羨慕她能讓觀眾完全著迷。他也羨慕岱倫，未來還有各種可能性。對他而言，隨著每一年過去，這些可能性就愈來愈少了。

等到沃格爾的演講結束，燈光再度亮起，岱倫已經站起來，沿著走道朝沃格爾走去。不需要傑克幫他們介紹了；岱倫是一個自動導引飛彈，對準了她的目標飛去。他遠遠看著她跟沃格爾握手，看到沃格爾微笑點頭，兩人一起走向研討會即將舉行雞尾酒會的房間。

任務完成，他心想。岱倫自己一個人沒問題，現在他應該可以溜掉了。

他獨自回到飯店房間，沖了澡，爬上床。他心煩著瑪姬都沒回電，但是接著他看到了她一個小時前寄的電子郵件：

今晚都在陪老爸。他背痛很難受。希望研討會一切順利——明天早上打給你。

當然了，她在她父親家。他們不曉得查理還能活多久，她希望自己有空的時間都能用來陪伴他。

他決定今晚別再打給她了。他關了燈，剛往後躺在枕頭上，手機就響了。瑪姬？但結果他聽到的是岱倫的聲音。「你在你房間嗎？」她問。「我有事得告訴你！」

「可以等到明天早餐嗎？現在十一點半了。」

「但是這件事太令人興奮了，我沒辦法等！我馬上過去。」

他嘆了一口氣，開了燈穿衣服。他才剛扣好皮帶，就聽到有人敲門。他打開門，發現岱倫站在門口，握著一瓶葡萄酒。

「為什麼帶了酒來？」他問。

「這事情你不會相信。梅克辛建議我們合寫一篇論文！只有她跟我！」

梅克辛。而不是沃格爾博士。「真的？這是怎麼發生的？」

「我跟她說，我覺得男性學者完全搞錯狄多女王的性格了。我說這是因為狄多挑戰了他們男子氣概的理想。她很愛這個基本前提。」岱倫滿足地笑了。「你能想像嗎？在那篇論文上，我的名字就會排在她後面。」

「真的很難以置信。」他說，真心佩服。「我希望你明白，她這麼做有多麼大方。大部分像她這麼有聲望的學者，絕對不會考慮——」

「我們來慶祝吧！我已經請樓下的酒保幫我把瓶塞打開了。」她在房間裡找到兩個玻璃平口杯，倒入葡萄酒，一杯遞給傑克。

他怎麼能拒絕？她幾乎是開心得跳起舞來，他也忍不住為她的勝利而微笑。他們碰杯喝了。

「恭喜，岱倫，」他說，「你已經是個學者了！」

她又喝了一大口。「這一切都是因為你。」

「吸引梅克辛．沃格爾的可不是我。」

「我們在雞尾酒派對上聊了好幾個小時，為我們的論文腦力激盪。我們還可以繼續談下去，但是會場要關了。幸好我做了一大堆筆記。」

「很聰明。」他說。他晚餐沒吃什麼，現在要付出代價了，酒精直接衝進血管，搞得他整個腦袋都發暈。

她喝乾了自己那杯，又倒了一杯，同時也幫他補滿杯子。「我們得用電子郵件通訊合作。你知道，就是我寫幾頁寄給她，接著她把評語和建議寄給我。然後我們一起刪改最後的定稿，最後由她提交發表。她認識所有主要期刊的編輯。想想看，要不是你，這一切都不會發生，傑克。」她的雙眼像是兩口深色的大潭。「要不是你鼓勵我，我根本不會在這裡。」

他忽然間發現她喊他傑克，而不是多里安教授。這是什麼時候開始的？他們什麼時候變得這麼輕鬆又熟悉的？他知道自己不該再喝了，但還是喝光了那杯葡萄酒，放下空杯子。

她移近他，快得他來不及反應。他感覺到她呼出的氣拂過他的頭髮，同時她在他耳邊低聲說：「謝謝你。」

她吻他時，他呆站在那裡動不了。這不是感謝地輕啄一下，而是完全嘴對嘴的纏綿熱吻，而且持續得遠超過感謝的界限。她的舌頭探進他嘴裡，他感覺到自己的胃往下一沉，感覺到自己的身體有所回應。

這種事不可以發生。

「我要你，」她低聲說，一手滑進他的長褲裡。發現他已經不由自主地勃起了。

他呻吟著，想要脫身。

「傑克，拜託，」她哀求。「只要今晚就好。只要你和我。」

這真是大錯特錯。

但是事情已經發生了，他無法搏鬥，無法抗拒累積了好幾個星期的飢渴。他們的嘴唇已經分不開，身體緊貼著彼此。他不記得自己的衣服是怎麼脫掉的，她赤裸的身體像一件絕美的雕塑——緊實又健美，修長而結實。他不記得是誰引導誰上了床，但忽然間，他們就在床上了，他覆在她上方，在她的兩腿之間衝刺，而她則發出愉悅的小小輕喊。

然後就結束了，他們並肩躺在那裡，一言不發。

她轉身吻他，他感覺到她臉上的濕潤，還有她臉頰的熱度。她握住他的手，也吻了他的手掌。「剛剛很棒，」她低聲說，「完全就跟我夢想的一樣。」

他沒回答，只是沉默地躺在她旁邊，想著他剛剛失去了某個珍貴的東西，而且永遠找不回來了。

22

岱倫

他躺在她旁邊，沉默不動，但從他呼吸的模式，她知道他還醒著。她希望他雙手摟著她，她希望在他們從彼此身體得到這樣的愉悅之後，他能說各種情侶間該說的話，但是他一個字都沒說，而且她猜得到為什麼。

他在想他太太，在想著一切都改變了，因為他們剛剛做了愛。

她握住他的手，他沒抽走，但也沒有回握。他的手在她手裡好僵硬，她感覺得到他整個人都很緊繃。於是她知道他以前從來沒有外遇過，於是剛剛兩人之間所發生的事就更具有重要意義了。她是他的第一個。

「你覺得很罪惡，對吧？」她問。

「對。」

「為什麼？」

他轉身看著她。「我怎麼有辦法不覺得罪惡？我不該讓這件事發生的。我不敢相信我——」

「傑克。」她輕撫他的臉。「你會覺得罪惡，只因為你是個好男人。」

「好男人？」他搖頭。「好男人會抗拒誘惑的。」

「我對你的意義就是這樣嗎？誘惑？」

「不，不，岱倫。」他手掌捧著她的臉。「我完全不是那樣的意思。你美麗又聰明，是任何男人都會渴望的。你應該跟一個比我更適合的人在一起。」

「我想要的就是你。」

「我比你老了二十歲。」

「也比任何跟我同年紀的男生更聰明二十歲。這麼多年來，我唯一在乎的就是連姆。我以為他是最棒的，也是我所能找到最好的。現在我明白他有多麼膚淺，大部分的男生有多麼膚淺。你跟他們不一樣。你讓我看清我錯過了什麼。」

他嘆氣。「這是個錯誤。」

「對我來說，還是對你？」她無法隱藏她聲音裡的尖刻，無法隱藏那種明確無誤的怒氣，接著他皺起眉頭，她知道自己就要失去他了。她立刻微笑，去抓住他的手，放在自己臉上。「即使這是個錯誤，我也永遠不會後悔。到死都不會。因為我愛上你了。」

「岱倫……」

「什麼都別說了。你不必告訴我你愛我。你不必假裝我是你想要的。」

「老天，你是每個男人的夢。」

「我只想當你的夢。」

他們凝視彼此，陶醉在彼此的眼眸中。她知道他飽受罪惡感的折磨。好男人會這樣的，這也是為什麼她願意耐心點，給他時間，讓他看清她對他的意義有多麼重大，看清她比他老婆更適合他太多了。她會讓他回家，讓他跟他老婆躺在床上，心裡卻在想著她，渴望她。

「我不想要任何男人，只想要你。我知道你認為我對你來說太年輕，但是我年紀已經夠大，足以明白我想要跟誰共度一輩子。」

「要考慮的不光是你和我而已，還有……」

「你太太。」

聽到這幾個字，他的手變得僵硬如死屍。「是的。」他低聲說。

她放開他，坐在床緣。「我明白。我真的明白。但是我要你知道，對我來說，這不光是一夜情而已。而是有更多、更多、更多。我可以讓你很幸福的。」

他沒回答。這段沉默一直延續，她想著他是不是害怕承認真相，連對自己都不願意。害怕坦承他有多麼想要她，需要她。

「聽我說，只要想想看你希望誰在你的床上，誰陪你共度人生，」她說，「我可以等，傑克。不管你要花多少時間才能下定決心，我都可以等。」

她慢條斯理扣好襯衫的鈕釦，拉起長褲的拉鍊。她穿衣服時，他默默看著她。即使她走出他的房門，他還是什麼話都沒說。這樣比較好吧。讓他後悔自己沒說出他該說的話。

那一夜，在她自己的飯店房間裡，岱倫睡得比過去幾個星期都要好。

次日早晨，她下樓吃早餐時，發現他獨自坐在一個卡座裡，面前那盤火腿和雞蛋幾乎沒碰過。他氣色壞透了，雙眼充血，皮膚泛灰。在他一臉憔悴的同時，她覺得自己精力充沛且容光煥發極了。她坐進他對面的座位，看到他望著她的眼神那麼飢渴，她只能勉強忍住不笑。

「早安。」她低聲說。

他點頭。「早安。」

「昨天晚上我說過的一切，都是真心話，沒有改變。」

他低頭看著自己的咖啡杯。「我們就別談那個了吧。」

「好。」她可以滿不在乎，她可以輕鬆愉快。讓他看看她處理這件事的態度有多麼成熟吧。

女侍拿著一壺咖啡過來，岱倫朝她微笑。「兩個半熟荷包蛋和薯餅，麻煩了。」

「馬上來。」

岱倫等著她點的早餐時，傑克心不在焉地撥著他盤子裡的食物，此時一定早就冷了。她想著要跟這個沉默的男人開那麼久的車子回去，決心不要讓他把她跟絕望聯想在一起。不，她必須是他生活中的光，他來找她不光是為了上床，也是為了愛與歡笑。「我等不及要回去繼續忙我的工作計畫了，」她說，「這個研討會是很大的啟發。」

「是嗎？」

「沒錯，對我來說，這個研討會開啟了一個新世界。我腦袋裡已經有十來個不同的論文主題在打轉了。」

聽到她這麼充滿熱情，他不禁微笑。「我當年剛上研究所的時候，也有這樣的感覺。」

「覺得人生太短，來不及把所有的想法都寫出來。」

「沒錯。」

「你現在還會這樣覺得嗎？」

他聳聳肩，表示疲倦和挫敗。「人生變得複雜。有各種責任，各種義務。」她身體前傾，一隻手放在他的手上。「你不該讓這些事吸走你工作的樂趣。我不會讓這樣的事情發生在我身上。」

「希望如此。我希望你一直保持像現在這樣的熱情。事實上，我真希望我能從你身上偷走一點這種熱情。」

「你不必偷，傑克。你只是必須找回你原有的熱情。我可以幫你——」

「傑克．多里安！真高興能碰到你。我們上次一起參加研討會好像是很久以前了。」

岱倫抬頭，看到一個滿頭黑髮夾雜著銀絲的女人，認出她是研討會的主講人之一。她的名牌印著葛林瓦德博士，康乃狄克大學。那女人往下看了桌子一眼，發現岱倫的手還摸著傑克的，她的微笑轉為一臉驚恐。

岱倫抽回自己的手。

傑克臉色發白，但還是設法生硬地跟葛林瓦德打招呼，「哈囉，漢娜。我想我們上次見面是在，呃，費城。」

「對。是那次費城的研討會。」她看著岱倫，仔細打量她，好像她是她下一篇論文的主題。

「這位是岱倫．摩爾，」傑克說，「我正在建議她大四的研究計畫。」

「所以……她是你的學生。」

「是的，」岱倫開朗地說，「多里安教授給了我很多寶貴的建議，就跟他對所有學生一樣。」

「你的研究計畫是什麼？」葛林瓦德博士問。

「我的論文是要探討古典史詩中背叛愛情的主題。他介紹我認識其他學者，指點我去找各式各樣的相關資源。」

「我懂了。」

但是她到底懂了什麼？岱倫心想。她看到了傑克的臉變成一副僵硬如石的面具？看到他跟一個年齡只有他一半的學生住在同一家飯店？

「我很有興趣看看你的論文。」葛林瓦德博士說。她匆忙對傑克點了個頭。「希望下次在別的研討會還能看到你。另外幫我跟瑪姬問好。」

葛林瓦德博士離開之後，岱倫仔細看著傑克的臉。光是提到他太太，就讓他的嘴唇緊抿起來。他知道他們兩人剛剛看起來是什麼樣，她也知道。

他突然離開卡座，在桌上扔了些鈔票。「這些應該夠付我們兩個人的帳了。我得回房間打包，你也是。我剛剛接到通知，有一場暴風雪快來了，我們得趕緊動身，免得路況變差。」

「你不吃完你的早餐嗎？」

「我不餓。我們一個小時後在大廳碰面吧。」

她低頭看著他留在桌上的五十元。這比該付的多太多了，也可以看得出他有多麼想溜掉。女侍把她點的荷包蛋和薯餅端上。她才不像傑克，她沒有失去胃口，把那份早餐全部吃光光。

❖

開車回波士頓的一路上，他們難得跟對方說一個字。等到車子終於停在岱倫住的那棟公寓大樓前，傑克沒下車，沒說要幫她拿過夜袋和陪她上樓。他只是坐在駕駛座，垮著肩膀。

「你要進來喝杯咖啡嗎？」她問。

「我得回學校，要把耽誤的工作補回來。」

「唔，現在你知道哪裡可以找到我了。我住五樓，五一〇室。」她下了車。「你隨時可以過來，白天和夜晚都可以。」她走進大樓時，心知他在看著她，但她沒回頭。一次都沒有。

23 傑克

他以前從來不知道，罪惡感會這麼具有毀滅性。

他送岱倫回家後，沒去學校，而是開車回家。他需要獨處的時間，讓自己冷靜下來，或許還會喝一兩杯烈酒。瑪姬應該還在查理家，所以至少他暫時還不必面對她。他還有幾個小時可以慢慢調整，重拾他快樂已婚男子與正直英語教授的角色。

但是當他把車子開進車道時，看到瑪姬的Lexus停在車庫裡，於是不禁心頭一緊。她為什麼會這麼早回家？有人寫電子郵件跟她說他跟另一個女人去參加研討會嗎？有人看到岱倫在快要午夜十二點時溜進他的房間嗎？

他下車時，手機發出了收到訊息的鳴叫聲。是岱倫傳來的。

昨夜我們共享的一切，我永遠不會忘記。我愛你。

他恐慌起來，趕緊刪掉那則訊息，還把手機關機，好像要抹去過去二十四小時似的。有好幾分鐘，他坐在車庫裡，想讓自己鎮定下來。但是他的心臟不肯停止狂跳，他想像著自己走進屋裡時，心臟會蹦出他的胸膛。但是他沒辦法永遠坐在車庫裡。他像是死刑犯吸了最後一口氣，然後下了車，走進廚房。

瑪姬坐在料理台前，正在喝一杯茶。

「嘿，親愛的。很高興你沒碰上暴風雪，」她微笑著說，「研討會怎麼樣？」

他聳聳肩。「就跟其他研討會一樣。」

「有幾個學生跟你一起去？」

「什麼？」

「你之前說你打算帶幾個學生一起去。」

「啊。呃，三個。」他什麼時候變得這麼會撒謊的？

「那些學生真幸運。我當學生的時候，從來沒有教授邀請我去參加任何研討會。對他們來說，那樣會在學生面前暴露太多本性。」

暴露太多本性。「是啊。」

他是個騙子。一個背著太太偷吃的男人，隨時可以撒謊。一個剛剛跟學生睡過覺的老師。

「今天夜裡應該會有十到十二吋的落雪，」她說，「所以我們叫個披薩來吃，在壁爐裡生火，然後來抱抱，你看怎麼樣？」

抱抱──她暗示做愛的同義詞。大約二十四個小時前，他才跟岱倫抱抱過。「這樣很好。」

她去樓上換衣服時，他就打電話叫了披薩，在壁爐裡生了火，開了一瓶馬爾貝克紅葡萄酒。

他拿出兩個 Waterford 水晶玻璃杯倒了酒，放在茶几上時，他痛苦地想起了岱倫昨夜幫兩人倒酒，以及之後所發生的事情。

他把燈調暗，好隱藏自己的羞愧。等到瑪姬下樓來，已經穿了睡衣褲和浴袍，臉上發紅。

「外頭經開始下雪了。或許明年我們該換一下，找個溫暖的地方去旅行，阿魯巴或聖約翰島。」

他的神經緊繃到極點，只能木然回答：「聽起來不錯。」聖約翰島是他們當年度蜜月的地方。

她皺眉看著他。「你還好吧？」

「是啊，為什麼問？」

「不曉得；你好像很心不在焉。發生了什麼事嗎？」

「沒有，只是有點累壞了。一路塞車，還要擔心暴風雪快來了什麼的。」

「還有跟那些學生相處，你大概就得一直撐出個樣子。」她說，「唔，你做了好事，我相信他們都能學到一些東西的。」

「或許吧。」

岱倫的聲音在他腦中迴盪。傑克，拜託。只要今晚就好。

他們上樓。關了燈做愛，所以她無法解讀他臉上的表情。完事之後，他們在黑暗中並肩躺著。

「你覺得這樣可以嗎？」瑪姬低聲說。

「當然。」

「有時我都忘了說，但是我愛你。」

「我也愛你。」他說，想著他得跟岱倫結束。他不能過著雙重生活，而且他再也不會背叛妻子了。

瑪姬睡覺時，他輾轉反側，想不出任何方式去彌補自己犯的錯。他渴望睡眠，最後終於去拿了那瓶安定文，吞了兩顆。他躺著等待藥效發揮時，心裡想：這件事不會有好收場。

24

岱倫

春假這星期的大部分時間她都沒接近傑克。她晚上大多忙著寫那篇〈愛情或榮耀？〉的論文，從圖書館借了大批書回家。她跟梅克辛．沃格爾通了半打電子郵件，討論兩人打算合寫的那篇關於狄多女王的論文。她保持忙碌和專注，因為這也是她的計畫：進入博士班，讓系上刮目相看。更重要的是，讓傑克刮目相看。

她毫不懷疑他在想著她。兩人之間發生了那些事之後，他怎麼可能不想？她想像他夜裡睡不著，雖然躺在妻子旁邊，心裡渴望的卻是她。他跟他太太說了有關她的事了嗎？早晚他還是得說的，等到一切都公開來，他會覺得鬆一大口氣的。為了展開新生活，你就得毀掉舊生活。

星期天下午，她收到他的簡訊，於是知道他終於準備好選擇她了。

那天傍晚五點十五分，她公寓樓下有人按門鈴。

她按了鍵讓他進入樓下大門，等到他爬樓梯上來按她這戶的門鈴時，她已經脫掉襯衫和牛仔褲。她半裸著去開了門，他走進來。

不必說任何話、不必有任何前奏。她扯開他的襯衫，拉下他長褲的拉鍊，伸手摸他。他抓住她的雙手，像是要阻止，但是她可以感覺到他已經硬起來，為她準備好了。她只撫摸了幾下，就讓他投降。他哀嘆一聲，把她推向沙發，將她旋轉半圈，從後面要她。他一次又一次進入她時，她愉悅地喊出聲來，他的需求太迫切了，沒有溫柔的餘裕。這是不顧一切的性交，也正是她想要的、渴望的。當他想著自己征服她時，她卻掌握了所有的權力，而當她達到高潮，發出的是勝利的喊聲。他是她的。他是她的。

他們垮下來，倒在沙發上喘息，兩人赤裸的肉體交纏。她臉頰貼在他胸部，聽著那逐漸減緩的心跳聲。他屬於這裡，而且他心知肚明。不是跟那個再也無法令他興奮的妻子在一起，而是跟她。這就是為什麼他會來這裡，為什麼他無法不接近她。她一直很確定，他會出現在她門口的。

他起身離開沙發時，她正在半睡半醒之間。直到他坐下來綁鞋帶，她才完全醒來，看到他已經穿好衣服，準備要離開了。

「你為什麼要走？」她問。

「我非走不可。我已經約好要跟我岳父碰面吃晚餐的。」

「只有你岳父，還是你太太也會去？」

看到他臉上那種內疚的神色，她就知道答案了。他伸手撫摸她的臉，然後轉身要走。

「我愛你，傑克。」

她的話讓他動不了。一時之間，他站在那裡，在離開與留下之間天人交戰。他沒說她想聽到的話，沒說情人之間該說的，只有沉默。

「岱倫，」他終於開口。「你知道我關心你。但是我們之間發生的——從來就不應該發生的。」

「你為什麼這麼說？就在我們剛做愛之後？」

「因為這樣對你不公平。你比我年輕太多，眼前有大好人生等著你。我會像個生鏽的老錨，拖慢你的速度。」

「這不是你真正的意思。」

「是，這就是我的意思。」

「不，你在想的是你自己。想著我們的關係會怎麼影響你。」

他一副挫敗的表情，沉坐在沙發上。「開始有人在注意，開始在談論了。」

「那又怎樣？隨他們去。」

「我有可能失去工作。你申請研究所也可能受到影響。」

這一點她倒是沒想到：要是傑克．多里安完蛋，也有可能拖累她的。他一直是她最有力的擁護者。沒有他的支持，沒有他的推薦信，她還能有多少機會？

「那我們就一定要小心，」她說，「我們可能——我們可能得保持距離一陣子。」

他抬頭看著她，她不喜歡他眼中那種如釋重負的神情。「我贊成。」

「但是只要幾個星期就好。直到安全了，對吧？」

他又起身，沒有回答，只是走向門。

「傑克？你知道我會等著你的。要多久都沒關係。」

他沒回頭看她。「我會再打電話給你。」

之後

25

法蘭琪

布蘭達．摩爾坐在沙發上，周圍放著那些裝了她死去女兒衣物的箱子，她看起來衰弱而老邁得就像這張沙發一樣。她才四十一歲，而且一度或許就像岱倫一樣充滿魅力，但人生對待這個女人並不仁慈。她的皮膚有那種大夜班工作者的病態蒼白，而且從她灰色髮根的長度來判斷，她已經好幾個月沒去找美髮師了。她破爛的牛仔褲和法蘭絨襯衫——去清理死去女兒的公寓，穿這樣的服裝非常務實——不成形地掛在瘦骨嶙峋的身上，她的雙手粗糙而龜裂，無疑是在安養院工作時頻繁洗手的後果。她全身的一切都顯得很挫敗，也難怪。人生中最具毀滅性的打擊，還有什麼比得過自己的子女死去呢？

「下個星期之前，這個地方得清理和打掃完畢。」她說，疲倦地嘆了口氣。「十五日。否則我就又得再付一個月房租了。」

「以現在的狀況，我相信房東會破例的。」法蘭琪說。

「或許吧。但是我不敢指望。」她低頭看著裝了她女兒衣服的箱子，伸手撫摸一件毛衣，彷彿那種輕柔的觸感可以撫慰她。「我根本還沒開始打掃。或者你們希望我不要打掃？我的意思是，我看過那些ＣＳＩ犯罪現場的影集，所以我知道警方會希望東西都保持原狀，直到他們完成所有的檢驗。」

「不，我們檢查過這戶公寓了。你要做什麼都沒問題。」

「謝謝，」那女人喃喃說。她沒有理由謝他們，但她好像是那種對任何善意都很感激的人。「我真希望我可以告訴你們更多資訊。但是我女兒和我，我們不像以前那麼親了。我其實有點傷心，你知道？你把小孩撫養長大，你愛她，你希望一直參與她的人生。但接著他們長大了，然後把你推開……」她抓住女兒的那件毛衣，拚命在手裡扭絞著。

法蘭琪無法想像這女人有多痛苦，無法想像收拾自己死去小孩的衣服、折疊好、貼在臉上的那種心碎。這些衣服很難丟掉，因為上頭還有她女兒的氣味。

「你最後一次跟岱倫講話是什麼時候？」麥克問。

「我想是幾個星期前。她有一陣子沒打電話給我了，所以我只好打給她。」

「你們多常通電話？」

「不常。自從我們一月那回吵架以後。」

「吵什麼？」

「我希望她畢業後搬回緬因州家裡住。我跟她說家裡的錢有多緊，我實在沒辦法再繼續給她錢了。啊，她很不高興。我們因此好幾個星期都沒說話。」

「她都不替你想一想嗎？」

「她沒辦法。她唯一想的就是跟他在一起。」

「你是指她的男朋友，連姆．萊利嗎？」

布蘭達嘆氣。「我早知道不可能有結果的，他們兩個。我一直跟她這麼說，說了好幾年了，但是她從來不相信。」

「你為什麼覺得他們在一起不會有結果？」法蘭琪問。

布蘭達看著她。「你說你見過他。」

「是的。岱倫剛死時，我們去找他談過。」

「你認為他會娶一個像我女兒這樣的女孩嗎？」

法蘭琪不曉得要如何回答，也很驚訝居然有母親對自己小孩的評價這麼殘酷。「岱倫很可愛啊。」她說。

「沒錯，她很漂亮。是我們鎮上最漂亮的女孩。而且她很聰明，聰明得不得了。但是這對他們來說還不夠好。他母親很清楚這樣跟我表明。」

「他母親這樣跟你說？」

「她不必。在我們鎮上，有一些家庭是不會互相通婚的。即使你們的小孩讀同一所學校，而且你們去同樣的雜貨店買東西，但是有一些界線，是你絕對不會越過的。我就是這樣告訴岱倫，因為我不希望她把最美好的幾年浪費在期望和等待中。把你的心押寶在錯誤的男孩身上，你一輩子都會付出代價。」她又低頭看著那件毛衣，輕聲說：「我就付出代價了。」

「跟我們談談他吧。」麥克說。

「連姆？為什麼？」

「我們知道他們在一起很久了。」

「從兩人都還是小孩的時候。她申請聯邦大學的唯一原因，就是因為他要來讀這所學校。她做的每件事情，都是為了他。」

「他傷害過你女兒嗎？」

「什麼？沒有。」布蘭達顯然被這個問題嚇到了。「至少，她從來沒提過。」

「如果他傷害她的話，她會告訴你嗎？」

她輪流看著麥克和法蘭琪，想搞懂為什麼他們要問這些問題。「我不曉得她會不會告訴我，」最後她終於回答。「過去幾個星期，她完全沒跟我通話過。我真希望當初能幫她，真希望我無論如何能支持她。我可以想辦法弄更多錢，我可以——」

「這不是你的錯，布蘭達。」法蘭琪柔聲說，「相信我，她的死跟你一點關係都沒有。」

「那跟連姆有關係嗎？」

「我們正在查。你知道他們分手了嗎？」

布蘭達搖搖頭嘆氣。「我不意外。」

「所以她沒告訴你他們分手了。」

布蘭達又低頭看著她摸個不停的那件毛衣。「她好像有一大堆事都沒告訴我。」

「連姆說他們分手好幾個月了。」法蘭琪說，「他說岱倫很不高興，一直難以接受。」

「那他有不高興嗎？」布蘭達兇巴巴地說，「我女兒死了，他有一丁點不安嗎？」

「這個消息似乎讓他很震驚。」

「但是他會繼續過他的日子。男人都是這樣的。」

「摩爾太太，」麥克說，「你女兒的生活裡，除了連姆之外，還有其他人嗎？或許另一個男朋友？」

「沒有，他是唯一的。」

「你確定嗎？」

布蘭達皺眉。「你們為什麼要問另一個男朋友？你們知道了什麼我不知道的嗎？」

麥克和法蘭琪交換一個眼色，兩個人都不願意說出這個消息。

「我很遺憾要告訴你這件事，」法蘭琪說，「但是你女兒懷孕了。」

布蘭達說不出話來。她一手摀嘴忍住啜泣，但是那聲音還是洩出來了，一個高而尖銳的哀號，讓法蘭琪聽得心碎，因為她也是母親，而這是一個母親的尖叫。布蘭達抱著自己前後搖晃，她的身體隨著低聲的啜泣而顫抖。那一幕讓人不忍看，於是麥克別開臉，但是法蘭琪沒有。她逼自己見證這個女人的傷痛，安靜而耐心地等待，直到布蘭達的啜泣終於逐漸停止。

「所以你不知道。」法蘭琪說。

「她為什麼不告訴我？我是她母親啊！應該要讓我曉得的！不管她想要什麼，我都可以幫她的。我們可以一起撫養那個寶寶。」她忽然抬起頭望著法蘭琪。「那他聽了怎麼說？」

「我們還沒問連姆。我們想先跟你談。」

「我只能想像他當時聽到這個消息的反應。還有他的父母？他們的寶貝兒子要娶一個女孩，只因為他讓她懷孕了？如果是我的女兒，那當然不行。」布蘭達坐直身子，憤怒讓她的脊椎挺直。「所以這就是她自殺的原因了。因為那個男孩不肯跟她結婚。」

法蘭琪沒有立刻回答，那段沉默讓布蘭達皺起眉頭。

「盧米思警探？」

「有很多事情我們還不知道。」法蘭琪終於說。

布蘭達看著麥克，然後又轉回來看著法蘭琪。這個女人並不愚蠢；她知道還有一些關鍵的事情他們沒告訴她。「稍早，你問我有關連姆。有關他是不是傷害過岱倫。為什麼？」

「我們在查每個可能性。」

「他傷害過她嗎？有過嗎？」

「我們不曉得。」

「但是你們會查出來的，對吧？告訴我你們會查出來。」

法蘭琪注視她的眼睛，以母親的身分對著另一個母親說：「我會的。我保證。」

26

法蘭琪

金牌男孩連姆今天早上看起來不那麼金牌了。才一個星期前，法蘭琪還覺得這個未來的律師是任何人心中的理想女婿。現在他坐在椅子裡挪動著，避開她的目光，證明他跟她女兒帶回家的每一個男孩同樣不完美。或許甚至更差勁。

「我發誓我講的是實話。我真的在去年十二月就跟岱倫分手了，」他說，「但是她不肯接受。我給你們看過我的手機。你們也看到她一直打電話給我，傳簡訊給我。有時候她甚至沒講就突然出現，不管我在哪裡。我一轉身，她就在那裡。她一直在偷偷跟蹤我，直到我們在餐廳大吵那回，我跟你們說過了。」

「你跟我們說過，你跟她去年十二月分手，」法蘭琪說，「但是你最後一次跟她上床是什麼時候？」

這個問題，由一個他母親年齡的女人問出口，搞得他臉紅了。他看著麥克，好像希望另一個男人可以解救他脫離這個尷尬處境，但是麥克只是面無表情看著他。

「我不記得了，」連姆喃喃說，「就像我之前說過的，我們聖誕節那陣子就分手了。」

「那你最後一次跟她上床呢？」

「唔，大概就在那陣子吧。我想。」

「你的口氣不太確定。」

「這有什麼關係呢？」

「相信我，有關係。而且我們要聽實話，連姆。你是聰明人，而且你要去讀法學院了。所以你知道跟警察撒謊是什麼罪名。」

至少他似乎注意到這個狀況的嚴重性。當他終於回答時，他的聲音小得幾乎聽不見。「或許是在，唔，一月。」

「一月的什麼時候？」

「就在聖誕假期剛過之後。」

「當時你已經交了新的女朋友，對吧？她叫莉比？」

他朝書櫃看了一眼，那裡有一張裱框照片，裡頭是一個很漂亮的褐髮美女，雙唇朝鏡頭誘惑地皺起。他很快轉開目光，好像連看那張照片都覺得羞愧。「我本來不想跟她上床的。」他說。

「怎麼，是岱倫逼你的？」

「我對她覺得抱歉。」

「所以那是同情的分手炮。」麥克說。

「我想算是吧。她有天夜裡跑來這裡，完全出乎意料。我們已經分手了，我本來沒有打算跟她上床的。」

「因為你已經開始跟莉比交往了。」

他垂著頭，往下看著自己的鞋子。很貴的運動鞋，是醫師的小孩會買的那種牌子。「你不曉得當時岱倫是什麼樣。她就是不肯放棄。無論我跟她講多少次說我們結束了，她就是不相信。她還是照樣傳簡訊給我，騷擾我。到處跟蹤我。持續了好幾個星期。」

「她知道你交了別的女朋友嗎？」

「一開始不知道。我沒跟她說莉比的事情，因為我知道她會抓狂。她大概以為可以挽回我，這就是為什麼她那天跑來這裡。」他的目光終於抬起來迎上法蘭琪的。「她走進來，就脫掉襯衫。脫掉所有衣服。解開我的皮帶。我不想，但是她好飢渴。」

他的意思很清楚：我才是受害人。無疑地，他是真的這麼相信，相信岱倫制伏了他。相信他意志太薄弱，無法抗拒她的求愛。軟弱有很多種表現形式，法蘭琪現在可以在這個年輕人的臉上看到那種軟弱。

「你是什麼時候發現岱倫懷孕的？」麥克問。

連姆猛地抬起下巴。「什麼？」

「她是什麼時候告訴你的？」

「她懷孕了？」

「你的意思是，你不曉得這事情？」

「對，我完全不曉得！」他輪流看著法蘭琪和麥克。「你們是說真的？」

「再說一次你最後一次跟岱倫上床是什麼時候，」法蘭琪說，「另外記住，跟警察撒謊絕對不是好事。等我們拿到驗屍報告，我們就會知道真相了。」

「我沒撒謊！」

「你之前跟我們撒過謊，有關你最後一次跟她上床的時間。」

「因為聽起來很差勁。我當時已經跟莉比在一起了，而且——」

「而且一個懷孕的前女友會造成你的一大問題，對吧？」麥克說，「我想你那位很辣的新女友聽了不會高興的。事實上，莉比大概會氣得把你踢出她的人生。」

「我原先不曉得，」連姆喃喃說，「我發誓我原先真的不曉得。」

「而且也太倒楣了，在你這個年紀就要當爸爸。你才二十二歲，對吧？要是有個小孩要養，怎麼去上法學院？那就毀掉你所有偉大的事業規劃了。」

連姆沒吭聲，被麥克描繪的這個夢魘劇情給嚇傻了。

「你有提議要出錢讓她拿掉嗎？其他年輕男人大概會這麼處理，年輕男人會想要有光明的前途。這就是為什麼你星期五夜裡跑去她公寓嗎？去勸她拿掉小孩？」

「我沒有。」

「我猜想她拒絕了。我猜想她想要留下這個寶寶。」

「我根本不曉得什麼寶寶的事情！」

「當時她就要毀掉你的人生了，連姆，更別說你的新戀情。再見，莉比。再見，史丹佛法學院，」麥克毫不留情地繼續說，「岱倫阻擋了你的前途。她絕對不會讓步的。她會狠狠抓住你，因為你是她美好人生的門票。我懂，小子。我很清楚為什麼你會這麼做。任何男人都會懂的。」

連姆跳起來。「我沒做錯任何事，你故意講得是我幹的！我要打電話給我爸。」

「你不如坐下來，告訴我們真相吧？」

「我知道我有什麼權利，而且我不必再說一個字。」連姆走進臥室甩上門。

「你真以為他會招供？」法蘭琪問麥克。

麥克聳聳肩。「我們當警察的，總是可以抱著希望啊。」

隔著關上的臥室門，他們聽得到連姆在跟他父親講話。「沒什麼，根本都是鬼扯，爸。不，我沒說任何顯示我有罪的話，這就是為什麼我打電話給你。我得知道我是不是應該找個律師。」

麥克看著法蘭琪。「就這樣了。接下來他什麼都不會告訴我們了。」

*那是當然，*她心想。有個富裕的老爸和花錢能雇到的頂尖律師，這帥小子搞不好還能脫身。

但是她一定會全力阻止。

連姆從臥室出來時，他的臉漲紅，緊抿著嘴唇。「我要請你們離開了。」他說。

「為了你自己，別搞得那麼複雜嘛，小子，」麥克說，「跟我們說發生了什麼事就好。」

「我被逮捕了嗎？」

麥克嘆氣。「沒有。」

「那我就什麼都不必告訴你們。現在，我正在等律師的電話，請你們離開。」

他們沒辦法，只好站起來朝門走去。但走到門邊，麥克停下來轉身。

「如果孩子是你的，連姆，你知道我們還會再回來找你的。」

「不是我的！那——那不可能。」

「那不然是誰的？」

「我不曉得！」他吐出一口氣，幾乎像是啜泣。「或許——或許那個胖子知道是誰的。他老是跟她在一起。」

「他叫什麼名字？」

「我不知道他的名字。或許她的Facebook或哪裡可以查到。」

「我們已經查過她的Facebook了，」法蘭琪說，「她上頭有幾打朋友。幫我們縮小範圍吧。」

連姆搔著頭。「或許……等一下。」他掏出手機，查著自己的來電紀錄。「我封鎖掉岱倫之後，她有回利用別人的手機打給我。那個手機號碼應該還在我的來電紀錄裡頭。這裡。」他把手機遞給法蘭琪。「她就是用這個號碼打給我的。有可能是那個胖子的電話。」

法蘭琪掏出她自己的手機，撥了連姆手機螢幕上的那個號碼。

響了三聲，然後一個男性聲音接了：「喂？」

「我是波士頓市警局的法蘭西絲・盧米思警探。可以請問你是哪位嗎？」

「唔，什麼？」

「我得知道你的名字，先生。」

對方沉默好一會兒，然後是嘆氣。「寇迪。我叫寇迪・艾特伍德。」

27

法蘭琪

雖然寇迪．艾特伍德努力讓自己鎮定下來接受這次訪談，但顯然他哭過了。他的雙眼浮腫，臉頰是鮮粉紅色的，像個嬰兒剛被打過耳光。旁邊的垃圾桶裡有一堆揉成團的衛生紙。他垮坐在沙發上，在那些膨脹的抱枕之間像個扭曲變形的團塊，而且麥克拿著這小鬼的iPhone查簡訊時，他半個字都沒說。他是心甘情願交出手機的，不必法院令狀，於是法蘭琪認為這小子要不是無辜的，就是蠢到極點。也或許他只是太難過了，根本沒多想。他當然不笨；他的智力一定夠高，才能在聯邦大學讀到大四，法蘭琪還注意到他書桌上放的英國文學和微積分課本。

他的公寓比岱倫．摩爾的大，而且像樣許多。裡頭有一台新的不鏽鋼冰箱，剛漆過的牆壁，書架上有一台佳能相機，上頭裝著一個大砲筒似的望遠鏡頭。對寇迪．艾特伍德的家庭來說，錢絕對不是問題。儘管這小子顯然家境不錯，他身上卻散發出一種渴求的氣息。寇迪抱住身子，好像想讓自己縮小到看不見，但是當你塊頭這麼大，根本沒辦法隱藏的。

「你和岱倫彼此通了不少簡訊。」

寇迪點頭。一手抹過鼻子。

「你們兩個很熟，嗯？」

他聲音小得幾乎聽不見，「是啊。」

「是男女朋友的那種熟法嗎？」

寇迪垂著頭。「不是。」

「那你和她的關係是什麼？」

「我們常在一起混。」

「什麼意思。」

「我們會一起讀書，一起修某些課。另外有時候，我會幫她做一些事情。」

「一些事情？」

「比方她沒辦法上課的時候，幫她記筆記。她缺錢的時候借她一點。她的手頭很緊，我想幫她。」

「你人真好。很少男生願意借錢給不是女朋友的女生。你認為她該回報嗎？」

寇迪抬起頭，法蘭琪終於看到他的眼睛，再也不是藏在棒球帽底下了。「不！我絕對不會——」

「你希望有任何回報嗎？」

「我只希望她——她——」

「喜歡你？」麥克說。

寇迪的臉頰變得更粉紅了。「你講得好像我是什麼魯蛇似的。」

事實上，這正是麥克在做的，法蘭琪覺得很替這男孩遺憾。遺憾他必須在一個由連姆・萊利這類享盡特權、從不懂得被拒絕滋味的男人所主宰的世界裡頭摸索。

麥克還沒來得及問他的問題，她就不動聲色加入談話。「你真的很關心岱倫。對吧，寇迪？」她柔聲說。

她的體貼讓他放下武裝。他擦著眼睛別過臉。「是啊。」他低聲說。

「她有你這樣的好朋友，真是幸運。」

「我盡力。我討厭看她受到傷害。而且我很遺憾被她說服去監視他們。」

「監視誰？」

「連姆和他的新女友。我用相機偷拍他們，後來我看到他們在一家餐廳裡，就告訴岱倫。她就是從那個時候開始崩潰的。」他擦了一下濕濕的鼻子。「她本來可以來找我的啊。要我做什麼，我都願意的。」

「是的，我相信。」

「但是她好像連看到我都不願意。我隨時在她身邊，準備要幫忙。我絕對不會佔她便宜，像他那樣的。我認為她就是因此傷透了心，所以才會自殺。」寇迪厭惡地搖頭。「我不懂他為什麼沒被解雇。」

法蘭琪搞糊塗了。她看著麥克，然後又轉回來看寇迪。「我們還在談連姆嗎？」

「不。是多里安教授。」

「他是老師？」

「對。我們都有修英語文學的課。我看得出他們兩個之間有什麼。她看著他的樣子，還有他看著她的樣子。我跟校方投訴過，但是他什麼事都沒有，還在繼續教書，而岱倫——岱倫……」

寇迪緩緩吐出氣，垂下頭。「媽的從來沒有人把我的話當回事。」

麥克已經開始在他的手機上打字，尋找資訊。「這個教授，他的名字是什麼？」

「唔……傑克。」

「他在英語系？」

「對。」

「寇迪，」法蘭琪說，「你剛剛說，你跟校方投訴過他。」

「我跟第九條辦公室的一位女士講了。她說——她保證——她會追查的。」

「你到底跟她說了麼？」

「我說他們之間有曖昧。我認為他佔了岱倫便宜。班上每個人都看得出來，教授特別注意她。光是想到這件事，我就覺得想吐。她居然跟一個這麼老的男人交往。」

「有多老？」

麥克從手機上抬起頭。「四十一歲，根據他的介紹是這麼說。還真老呢。」

「你認為他們之間真的有曖昧嗎？」法蘭琪問寇迪。

「我很確定。我就是這樣告訴那位第九條的女士。」

「你有什麼證據嗎？」

寇迪猶豫了。「沒有，」他承認。「但是我從她每回提到他的那些話聽得出來。說她的人生因為他就要改變了。說她認為他們可以有共同的未來。那傢伙的年紀是她的兩倍大耶。」

那我簡直就太老了，法蘭琪心想。但是四十一歲的多里安，其實正是在人生的巔峰。麥克給她看他的手機螢幕，裡頭是傑克．多里安的照片。她看到一張智慧的臉，一頭茂密的頭髮。沒錯，他絕對夠有魅力，可以吸引女人的目光。

「以他對她做的事，根本就該被開除的。」寇迪說。

但是傑克．多里安到底做了什麼？只是老師和學生之間的調情嗎？他們的關係轉向某種危險的領域嗎？或者寇迪．艾特伍德太迷戀岱倫，因而無法容忍任何人對她表現出興趣——即使這種興趣是完全無涉私情的？

「你認為多里安教授，有可能傷害女人嗎？」麥克問。

聽到這個問題，寇迪全身僵住了。「你為什麼問這個問題？」

「或許你可以回答就好？」

「學校說她是自殺的。新聞上也這麼說。」他看著法蘭琪。「你的意思是，其實不是自殺？」

法蘭琪沒回答，因為她自己也還不確定真相。他們對岱倫的死挖得愈深，發現的相關人物陣容就愈龐大。現在他們又加上了另一個名字：傑克．多里安。

「她是我的好友，」寇迪說，「我想知道真正的死因！」

法蘭琪點頭。「我們也想知道。」

之前

28 傑克

有三個星期，岱倫．摩爾都跟他保持距離，但是傑克持續在自我厭惡中掙扎。那天他去她公寓，本來是要終止這段出軌的，但是片刻的盲目，他就再度屈服於自己該死的本能之下。沒錯，她很想要。沒錯，她開門時已經脫得只剩下內衣。沒錯，她愉悅地呻吟，說她愛他。然而，他仍不禁覺得自己是佔她便宜、攻擊她的那個人。

從那天開始，他就只在上課時才見到她，而且從來不會單獨碰面。再也沒有去他研究室私下討論，或一起走出教室。上課時，她只是僵硬而沉默地坐在那裡，寫著筆記，目光嚴厲地看著他，讓他內疚得膽戰心驚，彷彿自己背叛了她。但是他不愛她，從來不曾暗示他們會有共同的未來。他也絕對不會為了她而離開瑪姬。他決心下次單獨見面時，要直截了當這樣告訴她。他帶著她誤入歧途了，他會負起全部的責任。

他只是得找到機會——以及勇氣——去說出來。

他生日那天，和瑪姬特別出門吃晚餐時，他對這段談話的恐懼使得任何歡慶之感都罩上陰影。他們兩夫妻向來都去哈佛廣場的班奈迪托小館慶祝生日，兩人的傳統包括點一杯法國凱歌香檳舉杯，還有點一份章魚前菜分享。今夜之後，他發誓，他會開始回到常態，再度成為一個好丈夫。查理的健康逐漸惡化，一直是他們夫妻兩人的負擔，他們需要這個機會暫時跳脫那個狀況，只有他們兩人。好記住他們曾有的模樣。

他點了平常的香檳，聽到瑪姬只點了義大利氣泡水，覺得很驚訝。

「怎麼？不點凱歌香檳？」他問。

「今晚不行。接下來七個月都不行。」她微笑，遞給他一個信封。「生日快樂，蜜糖。」

他一頭霧水地打開信封，本來以為會是一張生日卡片，但拿出來的那張卡片卻裝飾著氣球和漂浮的嬰兒。根本不是生日卡，而是別的。他逐漸恍然大悟。

她滿面笑容。「你準備好要當爸爸了嗎？」

他瞪著他，不確定自己沒聽錯。「啊老天。真的？真的？」

瑪姬眨掉淚水。「沒錯，真的。我想完全確定一切都沒問題再告訴你。超音波、血液檢測都做過了。預產期是十月，剛好來得及過萬聖節。」

隨著他的視線模糊，瑪姬的臉忽然發光且失焦。一個寶寶。他擦掉自己的淚水。我們的寶寶。

「想想看，傑克。今年聖誕節我們就是三個人了。我們一家三口的第一個聖誕節！」

他猛然站起來，椅腿刮過地板。然後他匆忙繞過桌子，張開雙臂擁住她。「我愛你。老天，我愛你。」

「我也愛你，」她啜泣著。一時之間，他們忘了自己身在餐廳裡。忘了一切，只知道他們彼此相擁，而且這個奇蹟就要永遠改變他們的生活了。

「這回，」瑪姬說，「一定會平安的。我感覺得出來。一切最後都會平平安安的。」

❖

但是一切並不是都平平安安。

星期一上午，他發現辦公室信箱裡有一個信封，上面只寫著傑克。裡頭是一張卡片，畫著阿伯拉和哀綠綺思熱情相擁，卡片裡手寫著哀綠綺思寫給阿伯拉的第四封信裡的一行：上天命令我放棄那結合你我的致命熱情；可是，啊！我的心永遠無法同意。

卡片上沒有簽名，也沒有必要。

狂怒中，他把卡片拿到男性洗手間，撕成碎片，丟進馬桶。他站在洗手間的小隔間裡，看到那些碎紙被沖走，想讓自己顫抖的手穩定下來。他真希望這個問題能自行消失，希望岱倫會對他失去興趣，或者為她的愛情找到新的對象。現在他明白，問題不會自己不見。他得現在就終止這段外遇，免得人生被毀掉。

那天上午，他走進研討課的教室，岱倫還是坐在平常的老位置，這回穿著一件鮮紅色的毛衣。她迎上他的目光時，雙眼發亮，那個眼神是在說：小心了，你最好多注意我。他沒跟她招呼示意，只是掃視了全班一眼，假裝一切正常，恨不得自己能在其他地方，而不是這個教室。

那個星期的指定閱讀作品是《羅密歐與茱麗葉》，他立刻開始談他準備好的評論，有關蒙太古與凱普萊特兩個家族的世仇，如何導致子女的悲劇性死亡，以及愛情如何能超越最頑固的敵對狀況。他講完評論之後，目光掠過岱倫，腦中突然閃現出她喘息著高潮的臉。

他別開目光，趕緊問道：「這個悲劇是命運註定的嗎？在這個故事中，自由意志發揮了什麼作用？」

讓他鬆了口氣的是，傑森接口了。「開場詩說，這對戀人是命運多舛（star crossed），暗示他們的命運已經被決定了。」

「好吧。」

「接著在第一幕，羅密歐說他擔心夜晚的狂歡，會帶來某些不幸的厄運。所以莎士比亞似乎是在說，命運主宰他們的人生，一切都是早已註定的。」

他看了一眼牆上的時鐘，真希望能走得快一點，但他也害怕接著會發生的事情。今天，他要告訴她。今天，這件事必須結束。但是他不曉得岱倫會作何反應。

貝絲舉手。「羅密歐說他是『受命運玩弄的愚人』。他知道他很倒楣。所以這齣戲裡頭所發生的很多事情，似乎都是命中註定的。」

岱倫開口。「所以你們都認為羅密歐的行為，沒有一件是出於個人的自由意志？我無法想像莎士比亞真的會這樣相信。」

「那你認為他相信什麼？」貝絲問。

「莎士比亞可能相信某些事情是本來就會發生的。相信這兩個人是註定要相愛的。」她看了他一眼，害他胃往下一沉。

岱倫，不要。

「但是如果你完全相信命運，」岱倫說，「那麼你就相信我們對自己的未來完全無法掌握。相信某些更高的力量替我們決定一切，無論好壞。那就表示人生裡面沒有巧合，沒有意外，沒有自然法則，也沒有自由意志。」

潔西卡無聊地嘆口氣。「我們在討論的是一齣戲。不是真實人生。」

「但是戲劇是反映真實人生。即使戀人是註定相遇的，即使他們註定要相愛，但是接下來他們的所作所為，就是出於自己的自由意志。人們要對自己的行為負最終的責任。」她目光直視著傑克。「而且也要為自己的行為承受痛苦的後果。」

❖

「你為什麼要約在這裡碰面？」岱倫問，兩人一起走在芬威區結凍沼澤間一條蜿蜒的小徑上。現在接近傍晚了，冰冷的風吹來，附近空無一人，也就沒有人會聽到他們的談話。對他來說，這裡是個完美的地點，終於可以對她說出痛苦的真相了。

「我想跟你私下談。」他說。

「可以在你的研究室談。至少那裡溫暖多了。」

「我研究室的私密性不夠。」因為即使把門關上，也無法掩蓋任何喊叫或啜泣。他不曉得她會冷靜地接受，或者他還得忍受她歇斯底里地大鬧。不，他要說的這些話，必須遠離任何認識他的人。

「怎麼了，傑克？」

他指著一張長椅。「我們坐下吧。」

「哎喲，聽起來好嚴肅啊。」她說，但那打趣的口氣表明她完全不曉得這段話會變得多麼嚴肅。她坐下，期待地露出微笑。她以為他會說什麼？以為他會跪下來跟她求婚？以為他會發誓永遠愛她？他怎麼會讓一段單純的調情變成這麼一個失控的惡魔？

他坐在長椅上她旁邊，嘆了一口氣，氣息在冰冷的空氣中凍成一團白霧。她看著他，他設法回想自己原先打算講的那番話，但在她期待的目光下，所有的美麗辭彙都消失了。於是他只是說出他必須說的，也不管有多殘忍了。

「我必須結束這件事，岱倫。我們不能再繼續下去了。」

她搖搖頭，好像不確定自己聽到了。「你說這些話不是真心的，傑克。我知道。」

「我是百分之百真心的。」

「這不是你的意思，是你太太，對吧？你跟她說了我們的事，現在她逼你——」

「這完完全全是我的決定。」

「我不相信。我不相信你會選擇拋棄我們之間的一切。她威脅要告訴校方嗎？你怕失去你的工作——是這樣嗎？」

「這跟我太太完全無關。我什麼都沒告訴她。我們兩個之間就是不可能。」

「可以的。」她伸手抓住他的袖子。「我已經準備好要完全配合你。我們可以很幸福的！我可以讓你幸福的。」

「岱倫，你漂亮又聰明，有一天你會找到配得上你的男人，你將會讓他快樂的。但那個人不是我。不可能。」

「為什麼？」她的嗓門抬高，變成一種歇斯底里的高音調。「為什麼？」

「因為我太太懷孕了。」

29
岱倫

他繼續說著，但是她已經聽不見了，只除了那句話。

我太太懷孕了。

她想著這是什麼意思，腦中浮現他們兩人的畫面，在床上做愛。他太太受孕多久了？是在這個學期初、他認識岱倫以後嗎？過去這幾個星期，她一直以為他婚姻不幸，娶了一個再也不能讓他興奮、讓他有慾望的女人。她一直以為他幻想著她，想要她，然而從頭到尾，他都一直跟他太太同住，跟他太太上床。即使他娶了那個女人，但對岱倫來說，這感覺上像是一種背叛。

「……你和我之間的一切很美好，但也是大錯特錯的。從一開始就不該發生。我要負全部的責任，我很抱歉。」

她忽然盯著他。「你很抱歉？」

「因為讓事情失去控制，因為傷害你。我是個已婚男人，岱倫。我太太需要我。」

「可是你說過，我才是你想要的。」

「我從來沒這麼說過，絕對不可能。總之，一切都改變了。」

「只因為她懷孕了？這怎麼會改變一切？」

「這改變了一切，你難道不明白嗎？」

「可是我愛你，而且你想要我。我知道你想的。」絕望之際，她朝他伸出手，但他抓住她的雙腕，不讓她動。

「我會永遠關心你的，但是我們得放下這一切了。你有大好前途等著你。你會進入研究所。你會跟沃格爾博士合作寫那篇論文——」

「我才不在乎那篇論文。我只在乎我們！」

「根本沒有什麼『我們』。從現在開始，我們就只是老師和學生，如此而已。你必須接受。」

她掙脫他的手。「接受我只是你玩玩的對象？接受你上過我就要忘掉我？」

「我永遠不會忘掉你的。」

「但是我沒好到值得你愛，是嗎？是嗎？」

他被她聲音裡的怒氣嚇得瑟縮。一時之間，他只是瞪著她，彷彿她變形了，成為某個他從沒見過的東西。最後他終於開口時，他的聲音冷靜而絕望。「你漂亮又有才華，有一天你會碰到一個男人，會給你所有你該得到的愛。」

「但那個人不會是你。」

「是的，不可能。」

「我沒……」她哽咽著，忍住一聲啜泣。「我沒讓你快樂嗎？」

「這跟快不快樂無關。而是接下來該怎麼做的問題。我之前所做的是錯的。」

「當時我也想跟你上床的！」

「但是我已婚了。而且我是你的老師，所以我錯得更離譜。我得結束這件事，免得搞得更為難。」

「你指的是，讓你為難。」

「對我們兩個人來說都是。」

「你才不在乎我。你利用我，傑克。你就像你課堂上談的那些所謂的英雄。傑生和阿伯拉和那個該死的埃涅阿斯。」

「拜託，岱倫。我們不要用這個方式收場。」

「什麼方式？」

「你這麼生氣的方式。讓我們理智面對這件事。」

「啊，我可以理智的。」她站起來，但他沒有。他還是坐在那張冰冷的長椅上，抬頭看著她。她從他眼中看到恐懼，那一刻她明白誰才是真正主宰大局的人，誰握有一切權力。這回她開口時，她冷靜得令人膽寒。「接下來你就會發現我可以多麼理智。」

她離開時，他沒在後頭喊她，也沒跟著。她過馬路時，可以感覺他盯著她的背影，她繼續走，一路走回校園。她不會回頭看他最後一次，免得讓他稱心。她完全拒絕回顧，只肯向前，只想下一步。

等她來到學校圖書館，她知道自己接下來要做什麼了。她不會像悲劇裡的狄多女王一樣，用劍刺死自己，或像哀綠綺思那樣被關在修女院裡枯萎臭爛掉。她坐在圖書館的一部公用電腦前，進入她幾個星期前才查過的一個網站：劍橋市的奧本山醫院。

她掏出自己的手機，開始撥號。

30 岱倫

那個門診的等候室充滿老人。她左邊是一個咳個不停的銀髮老男人；右邊是一個雙手因為關節炎而指節腫大的女人，腫得她差點拉不上皮包的拉鍊。岱倫是最年輕的，她乖乖在那邊填寫健康調查表、每個問題都勾選「否」時，她注意到其他病人朝她看的眼神，顯然是搞不懂這麼健康的人為什麼要來看醫生。

她填完調查表，簽了名，遞給接待員，然後坐下來等。

咳嗽的老男人是第一個進入診間的，接著是一個拄手杖的男人，然後是那個有關節炎手指的女人。等到護士終於出現喊道：「岱倫？」她是等候室裡最後一個病人了。那個護士帶著她經過一條短廊，進入檢查室，然後遞給她一件拋棄式的病人袍。「除了內褲之外，其他全部脫掉。」她說。

岱倫寧可不要在半裸狀態下和她的對手見面，但她還是按照吩咐脫掉衣服，又坐了下來。牆上掛著一張裱框的波士頓大學醫學院畢業證書，下頭是美國內科醫學會授予的證書，證明瑪格麗特・多里安是一個受重視的女人。

但是她丈夫渴望的卻是岱倫。

有人敲了一下門，多里安醫師走進來，拿著一個寫字板，上頭夾著病人的健康調查表。雖然現在快要下午五點了，她大概已經看了一整天的病人，但她模樣輕鬆而從容，頭髮整齊地往後梳成一個馬尾，脖子上繞著聽診器。

她微笑著招呼病人。「哈囉，岱倫。我是多里安醫師。你是來做體檢的？」

「是的。」

她轉向水槽洗手。「是求職用的嗎？」

「是學校。我希望今年秋天能進入研究所。讀英語文學。」

「好厲害。」她擦乾雙手，看了寫字板上的調查表一眼。「從我在這裡看到的，你似乎非常健康。目前有任何問題嗎？還是哪裡不舒服？」

岱倫聳聳肩。「只是壓力有點大。你知道，大四了。」

她微笑。「花點時間享受吧。我跟你保證，等到你年紀大些，你會很懷念這一年的。」

多里安醫師湊近，檢查她的眼睛和耳朵，觸診她的脖子，於是岱倫也有機會近看她，注意到她的紅髮中夾雜了少許銀絲，眼角有笑紋。雖然她三十來歲後段，但她還是很漂亮。在她二十來歲的時候，一定是美得懾人。要是真的像傑克所說的，她懷孕了，那也還看不出來。他跟她撒謊嗎？那只不過是他編出來甩掉她的藉口嗎？

多里安醫師的聽診器貼在岱倫的胸部。「深吸一口氣。」

岱倫吸入了另一個女人的肥皂和消毒水氣味。那絕對不是會燃起熱情的氣味。原來這就是傑克每天回家會聞到的，無菌和檢驗室的氣味。這個女人白天都在按壓衰老的皮肉、檢視人體的各種孔洞。比起岱倫可以給他的，傑克為什麼會選擇眼前這個女人？

岱倫躺在檢查台上，好讓醫師檢查腹部。她感覺到一對溫暖的手按壓著她的肚子，同時心裡想著現在瑪格麗特．多里安肚子裡面正在長大的寶寶。傑克的寶寶。傑克和他太太都不年輕了，岱倫很好奇為什麼他們之前沒有小孩。是因為沒辦法，還是他們選擇不要？這個小孩是傑克離開她的原因，即使現在還只是一個大概不會比她大拇指更大的細胞球，但是她已經開始恨它了。多里安醫師用手感覺著她的肝臟和脾臟時，岱倫望著她的腹部，很希望裡頭的寶寶乾縮起來死掉。要是它不存在，傑克就還會跟她在一起。

「一切似乎都很正常，」多里安醫師直起身子說，「你是完全健康的二十二歲女性。往後要不要繼續保持健康，就看你自己了。你有抽菸或是使用藥物嗎？酒精？」

「我偶爾會喝杯酒。」

「沒有保護的性行為呢？」

要是你知道就好了。

「我盡量小心，」岱倫回答，「但是有時候，你也知道怎麼回事。就是會控制不了。」

「我可以讓你做懷孕測試。如果你覺得需要的話。」

岱倫根本沒想過。「不用了，」她說，「我不需要。」

「唔，那就繼續小心一點吧。」多里安醫師說，然後捏了岱倫的肩膀一下。她還沒當媽媽，但是母性的手勢對她來說似乎很自然。「好了，你有什麼學校的表格要我填的嗎？」

「我會寄來給你。」

「沒問題。」她寫著病歷。「你要去讀哪個學校的研究所？」

「聯邦大學。」

她抬頭看了一眼。「哦？我先生也在那裡教書。」

「是的，我知道。我修了他的一門研討課，叫作『命運多舛的戀人』。」

「世界真小！」

「可不是嗎？」

「所以你進了研究所是要研究什麼？」

「英語文學。要不是你先生的幫忙，我絕對沒辦法進入研究所的。他幫我寫了超棒的推薦信，非常有用。」

多里安醫師笑了。那不是禮貌的假笑；不，她真的很開心她丈夫做了好事。「他只要發現很有才華的學生，就會很高興。」

「我找醫師時，注意到你姓多里安。這也算是我找你檢查的原因。」

「真的？那我得謝謝他的介紹了！」

「請務必代我跟他問好。跟他說我永遠不會忘記他教我的所有課程。」

「一定。」她輕揮一下手，走向門。「先祝你在研究所順利，岱倫。我們說不定不會再見面了。

啊，你會見到我的。而且比你料想的更快。

31 傑克

查理出現在他們家，看起來就像他被診斷出罹癌前那樣硬朗，很難相信他來日無多了。他冰河藍的眼珠依然閃著寒冷銳利的光芒，可以讓罪犯們投降。雖然因為放射線治療而掉了一些體重，但是多年來在金牌健身房規律的訓練，打造出他結實的體格，充滿肌肉，而且傑克在其他癌症病人身上所看過的皺縮模樣，在查理身上完全看不到。

而今夜，他精神高昂地抵達，揮著手裡那瓶十六年拉格弗林（Lagavulin）酒廠的蘇格蘭威士忌——他最愛的牌子，也是傑克的最愛。

趁著肋眼牛排還在廚房裡炙烤，查理倒了威士忌，把杯子遞給瑪姬和傑克。「要慶祝活著，再沒有比現在更好的時間了。」他說，「從現在開始，我只享受昂貴的東西！」

查理和傑克都喝了一口威士忌，但瑪姬沒動，悄悄放下酒杯，觀察力向來很敏銳的查理沒錯過這個細節。

「不跟我們一起喝嗎，親愛的？」他問。

「其實呢，爸，我有很好的理由不喝。傑克和我有消息要告訴你。」

「是大消息，」傑克咧嘴笑著說，「真的很大。」

「唔，我希望不會有那麼大。」瑪姬笑著說。她站起來面對著父親，「爸，我們就要有個寶寶了。」

查理緩緩放下酒杯，一時之間說不出話來；他只是注視著女兒，他美麗的女兒。

「預產期在十月。我的醫師說懷孕狀況看起來不錯，而且我感覺很好。爸，你不打算說什麼嗎？」

「啊老天。我的瑪姬，是真的嗎？」

「是真的。」瑪姬同時又笑又哭，握住查理的雙手。「是真的，是真的！你終於要當外公了！」

傑克認識查理這些年來，只看過他哭一次，就是在瑪姬的母親安妮的葬禮上。但眼前，他的臉皺起，忽然間，他們三人抱在一起流淚。那是喜極而泣。他們哭，是慶幸這個家庭能再度獲得機會；他們哭，是希望這回他和瑪姬有個孩子可以愛，即使查理即將面對自己人生的終點。傑克也知道，自己的反應有一部分是源於整個岱倫事件所帶來的壓力——對瑪姬不忠的毀滅性罪惡感，謊言和欺瞞，他沒阻止自己去利用岱倫、為她遭到男人拋棄的傷疤再添一道。再加上，他擔心這一切會曝光的潛在恐懼感。

傑克退入廚房，好讓他們父女私下相處一會兒。他從烤箱裡拿出牛排，拌好沙拉，然後開了一瓶葡萄酒。查理的心臟健康飲食原則現在完全拋到腦後了；在他剩下來的幾個月，可以盡量吃他想吃的牛排。傑克回到客廳時，發現他們父女坐在沙發上，查理手臂攬著女兒的肩膀，他的臉頰興奮得發紅。

「你現在要考慮好多事情，對吧，傑克？」查理問。

「我才剛開始意識到，我們有很多事情要做。空房要粉刷和裝窗簾。要買家具，嬰兒服裝。要命，我根本就沒抱過嬰兒。整件事對我來說有點可怕。」

「但願我的安妮還在這裡，她就會教你們所有事。拍背打嗝，穿衣服包緊，隔多久要餵奶。看看她把我們瑪姬養得這麼好。現在她一定在天上朝我們微笑。」

瑪姬頭靠在查理肩膀上。「我知道她一定在看我們，爸。」

「所以你們打算幫他取什麼名字，希望不要考慮什麼太花俏的名字，比方伊森或奧利佛。」

「伊森或奧利佛有什麼不好？」傑克問。

「最好挑一個可靠的好名字，給一個可靠的好小子。喬或山姆沒什麼不好。」

「那如果是女孩呢？」

查理搖頭。「不，會是個男孩。我有很強烈的預感。」他手掌輕輕放在瑪姬的腹部。「而且我一定會活得夠久，親眼看他來到這個世界。」

「那我們真是再高興不過了。」瑪姬說。

「接下來，你知道什麼也會讓我高興嗎？」查理看著傑克。「弄點食物來款待我女兒。她現在可是替兩個人在吃飯，所以我們一定要讓她和我的孫子吃得飽飽的。」

傑克彎腰，手舉向餐室，「老爺和小姐，五分熟的牛排正在等著兩位享用。」

查理護送女兒走到餐桌旁，彷彿全家最脆弱的人是她，而不是他自己。事實上，瑪姬懷孕的消息似乎讓查理產生了新的活力，傑克記憶中從沒見過他笑聲這麼大，胃口這麼好。等到傑克幫大家倒好葡萄酒、分好沙拉，查理已經吃掉了他那份肋眼牛排的三分之一，而且在他的焗烤馬鈴薯上頭加了好多奶油，搞得馬鈴薯好像浮在一片融化的奶油池裡。

瑪姬開心地看了丈夫一眼。今晚查理好像根本不可能病了。*但願這一刻能持續到永遠，*傑克心想。*我們所有人都快快樂樂活著。我們的世界一切都美好。*

他切著自己的牛排。就連牛排都烤得很完美。

「啊，傑克，我差點忘了告訴你，」瑪姬說，「你的一個學生今天來看我的診。」

「哦？是誰？」

「一個女生，叫岱倫．摩爾。」

傑克猛吸一口氣，吸入了嘴裡的葡萄酒。在那刺痛的一刻，他無法呼吸，無法說話。

「你還好嗎？」瑪姬問。

他搖頭，比劃著表示葡萄酒往上進入他的鼻子。他的鼻竇感覺上像是被燒灼，他想設法吞嚥，但結果同時又咳又嗆。

淚水流下他的臉，他揮手趕走瑪姬。

「傑克，呼吸。呼吸。」

他終於設法吸了一口氣。「把酒吸進氣管了，」他猛喘氣，往後坐，用餐巾擦了臉。「碰到了就好難受。」

查理把一杯水推向他。傑克伸手去拿時，發現查理在觀察，冰藍的雙眼緊盯著他的眼睛。

傑克喝了一口水，覺得喉頭的痙攣舒緩了。「對不起。」

「你嚇到我了。」瑪姬說，「好消息是，你吸進去的只是葡萄酒，不是牛排。」

是啊，真是大好消息。岱倫．摩爾在跟蹤我太太。

他往後靠坐在椅子上，拿起牛排刀，但是已經失去胃口了。現在他只希望離開餐桌，離開查理警覺的目光。

「所以你剛剛在說什麼，瑪姬？」查理問，又切下一口牛排。「有關傑克的學生？」

「啊，對了。岱倫．摩爾。她要我幫她跟你打聲招呼。你記得她嗎，傑克？」

他點頭，想表現出冷靜的模樣。岱倫．摩爾不會是隨便挑到他太太看診的。她是刻意挑選瑪姬，好讓他知道他們之間還沒結束，還會有更多麻煩找上他。

他喝了水。「是啊，我想她在我的研討班上。」

「你想？你那個研討班才十五個學生而已。」

「是啊，岱倫……嗯……摩爾。我知道她是哪一個了。」

「我本來以為你記得，她漂亮得像個時裝模特兒，很難讓人忽略。」

「是嗎？」查理問，雙眼盯著傑克。

傑克含糊地聳了一下肩。「我想她是長得不難看吧。平常很安靜。」他又喝了些水。

「真的？我對她的印象完全不是這樣，」瑪姬說，「事實上，她好像很活潑。而且你聽了一定很高興，她認為你是她碰到過最棒的教授。」

他伸手去拿自己那杯葡萄酒時，忽然有個可怕的想法。「她不會成為你的固定病人吧？」

「不。她只是來做體檢。說是進入研究所要用的。」

據傑克所知，校方並沒有規定申請研究所要做體檢，所以她沒有理由去找瑪姬。*她唯一的理由就是我。她是在折磨我。*

「說到寶寶的名字，你不認為岱倫這個名字很美嗎？男孩或女孩都適用？我查過了，這在威爾斯語裡的意思是雷聲。」她一手摸著肚子。「或許我們就幫這個寶寶取名為岱倫吧，你覺得呢？」

是啊，好極了！

「我不太喜歡這個名字。」傑克說。事實上，那會是一輩子的懲罰：以他情婦的名字給他的孩子命名。他忽然想到，儘管他和岱倫的肉體已經親密到極點，但他其實對她所知甚少。她可能精神不太正常。她可能很危險。

有一點他很確定：只要她想，就可以毀掉他。

32
傑克

「多里安教授嗎？」電話裡的那個聲音說。

「是的。」

「我是第九條辦公室的伊麗莎白．薩柯。不曉得我們是不是可以很快再談一次。」

「又要談？」他的音調忍不住提高八度。「這回又怎麼了？」

「恐怕又有人投訴你了。你今天或明天有時間可以過來討論嗎？」

他覺得自己的臉緊張得發熱起來。「什麼樣的投訴？」

「我想我們最好當面再談。」

是岱倫。一定是她。

現在是八點半，他的研究室離薩柯的辦公室只隔了幾棟樓，但是他需要時間消化這個新的狀況，準備好面對各種可能性。「我今天有空，大約十點可以到你那裡。這樣可以嗎？」

「這樣很好。這回應該不會花太多時間。」

是啊，他心想。不必花太久時間，就可以說你被開除了。

離十點還差五分時，他這個學期第二度踏入他希望再也不要進的那扇門：大學平等與包容辦公室，伊麗莎白．薩柯博士，第九條協調員。

他慢吞吞走進去，刻意表現得輕鬆自在，但其實他的神經繃緊了。同樣那個女性接待員一臉平靜的微笑迎接他，帶他進入裡頭的私人辦公室。薩柯跟他握手，在辦公桌後頭坐下，他則坐在她對面。沒有寒暄閒聊，沒有談最近一次暴風雪或塞爾蒂克隊目前的戰績。

「我知道你大概會嫌煩，」她說，「又要跑來跟我談。」

「沒問題。」他說，想裝出滿不在乎的樣子。「你說又有另一次投訴？」

「是的。我只是想跟你談一下，得到你的回應。」她的口氣很通情達理，完全沒有敵意。她會是故意讓他放輕鬆，好設下陷阱嗎？

「好的。」

「我們昨天接到一通匿名電話。來電者宣稱你跟一個學生有性關係。」

他覺得好像有一枚手榴彈在他胸口爆炸。他盡量保持聲音平穩地回答：「哇，好嚴重的指控。來電者有說任何細節嗎？」

「我沒有其他細節，只有來電者說的話。」她看了一下她的筆記。「原話是：『我認為多里安教授跟一位大學女學生搞外遇。』全部就是這樣，沒有別的，沒有細節，沒有名字，沒有地點。講完這句話，對方就掛電話了。」

「像這種事情，要我怎麼回應？」

「但是這種投訴我無法忽視。老實跟你說，我不確定該怎麼做。」

「那麼或許你應該置之不理。」

「不過，我還是得把你的回應記錄下來。」

「你說那是匿名電話？」

「對。我們偶爾會接到匿名投訴，來電的人不願意表示身分。但是沒辦法，我們必須遵照規定的程序，通知被指控的人。所以告訴我，教授，這個投訴有任何真實性嗎？」

他的嘴巴發乾。上回他坐在這裡時，那些針對他的指控完全是假的，可以輕易駁斥。但這回不是了。這回他的確確是有罪，而和學生有性關係的後果會是立刻停職。

「多里安教授。」

「我想這一定又是某個不滿的學生想報復我。或許是我給了低分，她想反擊。」

薩柯博士審視著他好一會兒，似乎是要尋找他臉上是否有任何控制不了的抽搐或細微表情。

「所以這就是你的回應。」她說。

「是的。」他痛恨必須撒謊，痛恨自己盲目地跟岱倫陷入這段外遇關係。他痛恨自己認識她的那一天，痛恨自己不是更好的人。他痛恨自己不是配得上瑪姬的好丈夫。上回坐在這張椅子上，他被指控為一個虛構老師與一個虛構學生有染的故事而辯護。那就像是下一檔強片的預告。他的人生模仿藝術，具備了所有悲劇性的愚蠢特色。

「那麼，除非以後還有其他證據出現，我們暫時就這樣了。」她說，「很遺憾造成你的不便。」

除非以後還有其他證據出現。

這表示她會留意他。這表示他會永遠在這種懷疑的陰影下，絕對不能犯錯，絕對不能放鬆警戒。

他站起來要離開，但到了門邊暫停下來。「你剛剛說，那是匿名來電者。有任何線索顯示她是誰嗎？」他問。

她瞇起眼睛，忽然間他很後悔問這個問題。「你為什麼想知道這個？」她問。

「如果我要被指控這麼嚴重的罪名，我會想知道她是誰。」

「我想我可以告訴你，不是女性。」

他很震驚。「來電者是男性？」

「是的。」

他立刻知道電話是誰打的：寇迪．艾特伍德，老是黏著岱倫的那個男孩。這小子顯然愛慕她，似乎沒有其他朋友。對他來說，岱倫一定就像是炫目的太陽，而他是繞著她旋轉的行星。是岱倫唆使他這樣做的。她還打算使出什麼折磨他的招數？

33
傑克

大概是他太神經質了，但是次日他走過校園時，感覺好像每個看到他的人都曉得他的秘密。好像他額頭上刺了一個鮮紅色的字母A。就像小說《紅字》裡面犯了通姦罪的女主角海絲特・白蘭。

其他早晨，當他走進研討課的教室時，都會聽到嗡嗡的交談聲和「嘿，教授」的招呼聲。但這天早上，教室裡籠罩著一種共謀的奇怪沉默。岱倫平常坐的位置只剩一張空椅子，彷彿一個黑洞吸盡了所有的亮光。不過寇迪出席了，傑克看向他時，寇迪就別開了目光。

所以打電話去第九條辦公室的，的確就是寇迪。這個小混蛋去跟全班嚼舌根了嗎？這就是為什麼他們全都瞪著他看嗎？

傑克拒絕讓他們知道他有多麼緊張。他只是如常跟他們說「早安」，然後拿出筆記。他打算照往常一樣講課，儘管那股焦慮像個齧齒動物般正在啃噬著他的胃。至少他不必對付岱倫。他希望她退掉這門課，免得這學期最後幾週，他們還得隔桌面對彼此。或許他脖子套著的那個繩圈鬆開了。只是稍微一點點，只是讓他可以重新呼吸而已。

但是到了下午，他坐在蓋瑞森大樓的當肯甜甜圈店裡時，那個繩圈卻忽然變得比之前都更緊了。

他正在邊喝咖啡、邊閱讀他《人性污點》的筆記，要為他「當代美國小說」那門課備課。一抬頭，忽然看到岱倫像一隻老鷹朝他撲過來。她不發一語，拉了一把椅子到他對面。她今天穿得一身黑，厄運的顏色，她的臉僵硬得像是用花崗岩鑿出來的。

「岱倫，」他說，「我正在想為什麼你今天沒來上課——」

「今天由我說話，」她厲聲說，「你只要聽就好。」她坐下來，身體前傾，像個掠食動物要動手那般。

他看了坐在幾桌之外的那些學生一眼，擔心其他人會聽到，但是好像沒有人在注意。他們全都在自己的小泡泡裡，對於幾呎外展開的這齣險惡小戲劇渾然不覺。

「我們可以出去談嗎？」他問。

「不行。就在這裡。」

「那麼拜託，可以小聲一點嗎？不要鬧得很難看吧。」

「我才不在乎是不是鬧得很難看，傑克。從各個方面來看，我想我已經他媽的夠冷靜了。」

他又朝周圍看了一圈。低聲說：「你想要什麼？告訴我你想要什麼就好。」

「我來講給你聽吧，一個個列舉出來。第一，我不會回去上你的研討課了。我知道你上課不必再看到我，大概會鬆了一口大氣，不過這不表示我退掉這門課。啊，這門課我是修到底了。

「第二，你要給我一個A，因為我有資格拿這個分數，而且因為你害我經歷的所有痛苦。

「第三，你要動用一切可能的力量，讓我得到我想要的。首先，我要一個支薪教學助理的職位，你要幫我寫一封媲美哀綠綺思的推薦信。如果你不寫，我就要去找伊麗莎白・薩柯，跟她說你怎麼上得我死去活來。」

「那就會是我們各說各話，岱倫。你要怎麼證明——」

「我會告訴你我要怎麼證明。你在我的公寓留下了一個小紀念品。」她拿出自己的手機，遞給他看。

他瞪著她手機上的那張照片，完全摸不著頭腦。他唯一看到的，就是一張深綠色布料的特寫。「這是什麼？」

「你不認得了嗎？這是我公寓裡的沙發。」

「這跟任何事有什麼關係？」

「你都忘了我們在那裡做過什麼？或許你看不到你留下的那塊小小白色污漬。但還是在那裡的，在布料上。」

他的胃抽緊。*精液。她在說的是精液。*

「我想那是很好的證據，」她說，把手機塞回自己的口袋。「我另外還有一個證人，就是漢娜・葛林瓦德博士。她在研討會的飯店看到我們在一起。早餐的時候，記得嗎？另外你傳給我的所有簡訊，我都存起來了。就算你從你的手機裡刪掉，我也還是有那些訊息。我有證據，傑克，太多證據了。」

是的，他傳過簡訊給她，但他不記得自己寫了什麼，也不記得裡頭是否有任何顯示他有罪的證據。他後來刪掉了這些簡訊，但她已經有太多證據，足以毀掉他的工作、他的婚姻、他的人生。而她那張堅定又冷酷的臉，讓他毫不懷疑她做得出這麼狠心的事。

「這是勒索。」他說。

「隨你怎麼說。我只是要拿我應該拿到的。」

「好吧。好吧。」他想讓自己的呼吸穩下來，想說服自己不要恐慌。「要是我給你A，要是我做了一切你想要的，那接下來呢？我們能不能結束這件事？我們能不能回頭各自過自己的生活？」

「我還沒決定。」

「還沒決定什麼？」他的嗓門抬高，忽然間，他覺得店裡其他人的視線都匯聚在他們身上。還好他在這裡沒看到認得的人。

「我還沒決定我還想從你那裡得到什麼。」她說。她椅子往後刮過地板，她站起來。「等我想到的時候，我會跟你聯絡的。」

「但是離我太太遠一點。」

「什麼？」

「你去看她的門診，不是為了體檢。我不要你再接近她。」

「不然怎麼樣？」

「總之不要就是了。」

她戴上深色太陽眼鏡，走出去。

他看著她推開門，走入外頭冷冷的灰色細雨中。他想著菲利普・羅斯小說裡核心的隱喻，普遍的人性污點——種種不完美所形成的混亂道德情結，污染了一個人所觸碰的一切。

最後我們都會為此付出代價。

34 傑克

「你的得意門生正式錄取博士班了！」雷．麥魁爾宣布道。他站在傑克的研究室門口，咧嘴笑著，頑皮地歪著腦袋。「我剛剛簽了錄取通知信，今天就會寄出去。她應該會很高興。至於教學助理的職位，還要等秋天的預算才能決定。不過她穩上了。」

「她絕對是掙到這個資格了。」傑克說。不止一個方面。

「研究所入學委員會已經把候選人縮小到只剩兩個。你的推薦信幫她在最後脫穎而出。我們對她期望很高，傑克。你一定也覺得很光榮吧。」

傑克真正的感覺是放心。放心他按照承諾交貨了。整件事應該到此結束了，因為岱倫現在也承擔不起揭發他的後果；要是事情鬧出來，他的推薦信就無效，也會危及她在學校的前途。之前他們是犯下罪孽的夥伴，而現在他們是欺瞞的夥伴。他們現在永遠拴在一起，以岱倫這樣的聰明人，不會不懂得的。

這件事絕對是結束了。

又過了一個星期，完全沒有岱倫的消息，他才終於可以喘口氣。當查理去他們家吃飯時，傑克甚至又有辦法大笑了。查理帶著自己的髒衣物過來，讓他們幫忙洗，免得他要處理這些雜事。

傑克拿著髒衣籃進屋時，查理跟在後面，一手高舉著他最愛的拉格弗林蘇格蘭威士忌，另一手是紙盒裝的有機全脂牛奶。

「一種給我們男人喝的，另一種是給未來媽媽喝的。」

「啊，爸，你明知道我不愛喝牛奶的。」瑪姬說。

「你最好學著喜歡，親愛的。你肚裡的小腫塊需要鈣質。」

現在查理都說瑪姬肚裡的寶寶是小腫塊，比瑪姬的首選要好太多了──無論是男是女，她老是念念不忘又回到岱倫，這個名字完全就是傑克的夢魘。

「小腫塊真正需要的，是媽咪坐下來放輕鬆，」傑克說，「爹地會負責處理一切的。」

事實上，他很樂意讓他們父女兩人在客廳裡單獨相處。他拿著查理的髒衣服到地下室，放進洗衣機，然後又上樓繼續做晚餐。畢竟，瑪姬跟她父親還能相處幾個月？他們都痛苦地意識到時間的進展。當癌細胞在查理體內惡性轉移，現在是女兒懷孕和癌細胞撂倒他的兩種速度在競爭。但是查理向來鬥志高昂，而且現在他有了一個真正可以奮戰的目標：親眼看到他的第一個孫子。

那天的晚餐桌上，看著他紅潤大笑的臉，傑克很相信查理會贏得這場戰鬥。他在盤子上放了一堆義大利麵，幫自己倒了一杯威士忌，然後像是快餓死似地埋頭大吃。傑克和瑪姬微笑著互看一眼，因為在那一刻，他們的世界再完美不過了。雖然她父親快死了，但是另一個新生命即將到來。而且他們擁有彼此，他一定會好好珍惜，再也不會危及這樣的福分了。

地下室傳來乾衣機的鈴響聲。傑克站起來。「我最好下樓去把衣服拿出來，免得都皺了。」

「你會成為一個非常好的妻子，傑克。」查理說。

「唔，你不能娶他，老爸，」瑪姬說，「他是我的。」

全都是你的，傑克心想，走下樓梯。我永遠不會忘記這一點的。他把查理的衣服取出乾衣機，聽到瑪姬在樓上廚房裡磨咖啡豆、把髒碗盤放進洗碗機的聲音。以前一度視為理所當然的日常家務聲音，他差點就全部失去了。現在，他折疊著查理的床單，剛從乾衣機裡取出來還暖洋洋的，光是這個動作就讓他覺得好幸福。很快地，他就得洗嬰兒衣服和嬰兒床的床單了，還要換尿布、溫奶瓶。他期待著這一切——沒錯，連尿布都很期待。

他提著那籃折好的衣服上樓到廚房，瑪姬正把咖啡杯碟擺上托盤。她沒聽到他走近，當他從後頭擁住她時，她輕輕尖叫一聲。

「嘿，你。」她笑著說。

「你聞起來好香。」

「大概有乳酪和番茄醬汁的氣味。」

「我喜歡乳酪和番茄醬汁。」

瑪姬轉身面對她。「老天，我真希望我們可以停留在這一刻。你和我和爸爸。我真希望我們可以凍結在此時，不要——」

清嗓子的聲音讓他們轉身。查理站在廚房門口，看起來有點不好意思撞見他們在擁抱。

「一切都還好吧，爸？」瑪姬問。

「開始下雨了。我想或許我該回家了，趁著天氣還沒變得更糟。」

「你不留下來喝咖啡、吃冰淇淋？」

「反正我一口都吃不下了。就留給你們小倆口吃吧。」他從廚房料理台上拿起洗衣籃。「謝謝你幫我洗床單，傑克。我永遠沒辦法像你這樣，把床單折得這麼整齊。」

「你女兒把我教得很好！」傑克說，看著瑪姬陪她父親走到前門。

她回來時，一臉憂慮。

「怎麼了？」他問。

「真的開始下大雨了。或許我們應該開車送他回家。」

「他沒有病倒，瑪姬。」

「還沒而已。我很擔心他倒下來的那一天。」

「但是你也看到他吃晚餐的樣子。真的很難相信他生病了。」

「總是可以期盼有奇蹟發生。」她轉向托盤上的咖啡杯。

「我來拿咖啡吧。你去舀冰淇淋怎麼樣？」

傑克把托盤拿進餐室。放下來時，他的手機響了。他之前把手機放在窗台，這會兒過去拿，看了螢幕上的來電顯示：可能是垃圾來電。

當然了，他晚餐時間接到的電話有一半都是垃圾。他按掉電話，正要放下時，看到了那則簡訊。是岱倫傳來的，只有短短幾個字。

我懷孕了。

一時之間，他無法動彈，甚至連呼吸都沒辦法。他的雙腿忽然撐不住，於是跌坐在一張椅子上。瑪姬拿著兩盤冰淇淋走進餐室時，他還坐在那裡。她坐在他對面，但他不敢看她。而是看著客廳，望著壁爐裡嗶剝燒著的爐火。那一刻，他真想跳進壁爐，讓火焰吞噬他。這是他活該得到的下場。

「你不想吃冰淇淋嗎？」瑪姬問。

「我——我馬上回來。」他抓起手機站起來。

「你還好嗎？」

「只是有點，呃，胃不舒服。」

他衝上樓到浴室，忽然覺得腦袋暈眩，不得不扶著洗手台穩住自己。他又看了一次那則訊息：**我懷孕了。**

他刪掉了。

她不可能懷孕。這一定是撒謊，只是又一個折磨他的方式而已。他心慌地回想著他們性交的那兩次，他都沒戴保險套，真是該死的白痴。他只是假設她應該固定在服避孕藥，但要是她沒有呢？他往回計算看有幾星期，於是赫然發現，沒錯，的確是夠久，現在以家用驗孕棒可能驗得出是陽性了。

老天，有可能，非常有可能。

他跪下來，對著馬桶嘔吐。然後他按了沖水鈕，但還是跪在那裡，等著那嘔吐感過去。但是這個夢魘不會過去的。他就活在裡頭，困在裡頭。他渴望著懦弱的逃避方法：剛好心臟病發，讓他此時此地就死掉，免得瑪姬得知真相。

我得想辦法脫離這個困境，他心想。一定有辦法的。

35

岱倫

美蒂亞的臉從課本封面往上盯著她，雙眼燃燒著憤怒，長髮在頭頂化為火焰。那張臉屬於一個被深愛男人背叛的女人，她即將要讓對方為背叛付出代價。不同於可憐的狄多女王，美蒂亞才不會爬上自己的火葬柴堆，拿劍刺入自己的胸部。當她的丈夫傑生為了另一個女人拋棄她時，她不允許自己崩潰、被擊敗。不，美蒂亞擁抱她的憤怒，沉浸其中。

她根據憤怒行事。

岱倫把課本放在廚房料理台上，在那裡，美蒂亞兇狠的模樣將會提醒她要保持堅強，奮戰去爭取自己應該得到的。今晚她會需要這個力氣，但她已經覺得自己的決心動搖了。片刻間，廚房似乎傾斜了，她伸手扶著料理台好穩住自己。她之前喝了一杯金芬黛紅葡萄酒，現在覺得胃不舒服。這就是為什麼她會暈眩，當然了；都是因為空腹喝酒。她知道她一滴酒都不該喝的，但是今晚她需要能讓她神經鬆弛下來的東西。

她打開冰箱，拿出一盒乳酪通心粉，放進微波爐裡。趁著加熱的時候，她想著等他到達時要跟他說些什麼。她會提醒他們屬於彼此的各種原因，要是他不選擇她、他會終身後悔的各種原因。她懷的是他的寶寶，雖然還小得讓她感覺不出來，但是當她一手按著肚子，她幾乎相信有隻小手也在往外按，伸手要找媽媽。她想到瑪姬．多里安，三十八歲，也懷孕了。那個年紀的女人，懷孕期有可能出事的。如果真是如此，對每個人都簡單多了。寶寶有可能死掉，瑪姬有可能死掉。別的女人也出過這種狀況，所以為什麼不可能發生在她身上？岱倫不恨她，但那個太太是岱倫得到幸福的障礙。她把傑克從她身邊拖走。使得他拋棄她，就像她父親那樣。就像她人生中的每個男人一樣。

今晚他必須選擇。她決心要讓他選擇她。

微波爐的計時器發出叮聲，但是剛剛喝的那杯紅酒依然讓她反胃，想到要吃任何東西都受不了。她沒拿出微波爐裡的乳酪通心粉，而是走進客廳，然後又走回廚房。這樣等實在是受不了。感覺上，她一輩子好像都在等。等待愛，等待成功，等待某個人能看到她，任何人都好。她不該在那邊踱步、苦惱，而是應該去寫那篇一星期後要交的報告：〈地獄怒火也不及：暴力與被蔑視的女人〉。她停在書桌前，往下看著印出來的草稿，紙頁邊緣有手寫的修改。啊沒錯，她可以寫一整本書談被蔑視的女人。談男人和他們任意的殘酷，談愛他們的女人，被他們背叛的女人。選擇反擊的女人。

像她這樣的女人。

忽然間她覺得房間裡好悶。她走到客廳，打開通往陽台的門。當她走出去，望著下方的街道時，大雨被風吹到她臉上。在這樣的時間，在這樣的暴風雨中，下頭沒有經過的車子，沒有半個行人。在她陽台之外，滂沱大雨落下，夾著凍雨，但她還是流連在陽台上看著，等著。最近她已經受不了太熱的室內，只有現在，站在冷風中，她才終於覺得自己可以呼吸。

當她望著下方無情的水泥地時，忽然很好奇翻過這道欄杆、往下墜落會是什麼滋味。穿過黑暗，筆直落下，風呼嘯吹過她的臉，抓著她的頭髮。恐怖的幾秒鐘之後，就結束了，什麼都沒有了。但如果她死了，那也不會是另一個狄多女王，溫順地向悲慟屈服。不，她會讓她的死產生重大影響。那不會是一種屈服，而是緩慢折磨的開始，一路無情地施加壓力，最終壓垮傑克．多里安。她會勝利地死去，知道因為自己生命的結束，將會永遠毀掉他的人生。

啊沒錯。她會確定這一點。

之後

36

傑克

致聯邦大學全體師生：

我懷著深深的悲傷，在此通知大家一個不幸的消息：本校學生岱倫．摩爾在上週末猝逝。岱倫是主修英語的大四學生，學業表現非常出色，並計畫於今年秋天進入我們的英語博士班。我們對岱倫的家人和朋友致上衷心的慰唁，同時我們要告訴各位，面對這個可怕的打擊，本校的諮商中心隨時為各位需要的人敞開大門。

岱倫．摩爾。

這封電子郵件是那個星期一早晨六點十分由聯邦大學校長寄出的。本來夾在其他每天湧入傑克收件匣的幾打郵件裡，要不是信件標題的那個名字，他本來可能會完全錯過沒看。

他滿懷驚懼地打開那封電子郵件，準備好要面對最糟糕的狀況。一個控訴，要求他辭職，或甚至更糟糕。但結果，他看到的是一封通稿信件，寄給全校師生。裡頭沒提到她死亡的種種狀況，也沒有推測她的死因。

他點了《波士頓環球報》的網站，在搜尋框裡輸入她的名字。一篇短文出現了。

波士頓警方正在調查一名聯邦大學女學生的死因，她星期日凌晨被發現死於波士頓。死者岱倫．摩爾現年二十二歲，家住緬因州何巴特，她被發現躺在住處艾許佛街三二五號公寓大樓外的人行道上，警方相信她是從高樓層墜樓而死。

岱倫住在五樓。

他設法不要去想從那麼高的地方墜樓，會對身體造成什麼損害。那個身體，曾經那麼溫暖而活生生，在他的身體底下扭動，現在只是一塊冰冷而沒有生命的死肉。

幸好瑪姬已經離家去上班了，所以他可以單獨坐在那裡，消化這個資訊。他一個小時前醒來，安定文的藥效還是讓他腦袋一片糊塗，擔心著新的一天。他想著過往行為的種種後果正迅速朝他逼近，他本來很確定，自己熟悉的生活將在今天告終。

但這則新聞改變了一切。

他點了其他新聞網站，都沒提到岱倫的死亡。不過在Facebook上，他發現了一張岱倫滿臉燦笑的照片，配上標題：*我的心已碎*。是寇迪．艾特伍德貼的。傑克凝視著那張照片，糾結在飽受折磨的內疚和反常的解脫感之間。還有哀傷；這麼一個年輕而活潑的生命逝去，他怎麼可能不感到哀傷？然而他無法否認，自己曾一直希望有某種上天的干預，而眼前正是如此。

從陽台跳下去是她自己的決定，這是無可辯駁的。儘管這麼想很惡劣，但是責任不在傑克身上。即使讓她跳樓的原因，是因為他們的外遇。

這段外遇，不需要讓別人知道。

他茫然地開車到學校，真希望自己今天不必面對那個研討班的學生，但現在是這學期的最後一星期，他沒有取消上課的好理由。校長的電子郵件已經發給全校，所以到現在，傑克的學生應該都已經得知岱倫的死訊了。他上課時必須提到這件事，表達他的悲慟。雖然她不是研討會裡最受歡迎的學生，但畢竟還是其他人的同學，如果他不提她的過世，就未免太冷漠了。

而且會引發學生的好奇。

他走進教室時，本來以為會看到一張張沮喪的臉。但結果，他的學生似乎與往常沒有什麼不同。傑森垮坐在他的位置，如常在看他的手機。貝絲則是打開筆電，準備做筆記。潔西卡和凱特琳又是腦袋湊在一起，密謀似地低聲交頭接耳。

但是寇迪缺席了。以往寇迪和岱倫慣常坐的那兩張椅子，現在成了一個大洞，從桌尾瞪著傑克。

他設法不要去看那兩張空椅子，而是專注在出席的十三個學生。「想必你們都聽說那個新聞了。有關岱倫的。」他說。

大家都點點頭。最後，終於有少數幾個人露出適當的凝重表情。

貝絲說：「我真不懂她為什麼要自殺。看起來她好像擁有一切了。」

「沒有人是擁有一切的，貝絲。」傑克柔聲說。

「可是她那麼聰明。又長得漂亮。」貝絲看著那兩張空椅子，搖搖頭。「老天，寇迪一定很難受。」

「有誰看到他，還是跟他說過話嗎？」傑克問。

大家都聳聳肩。

「跟他不是很熟。」傑森承認。

當然了，因為他從來不想。受歡迎這件事的本質就是如此；人人都會避開其貌不揚的人，唯恐他們的污漬沾到自己身上。但是岱倫並不是如此，這點很難得。

「你知道她為什麼自殺嗎，教授？」潔西卡問。

傑克聽了僵住了。「為什麼我會知道？」

「不曉得。我只是以為你可能知道。」

他注視著她，很好奇這個問題背後的用意。她知道些什麼？她在玩什麼遊戲？十三雙眼睛看著他，等著他的答案。

也或許是等著他的自白。

「我不知道她為什麼要這麼做，潔西卡，」最後他終於說，「我不認為有任何人會知道。」

37

法蘭琪

儘管大學畢業三十幾年了，此刻法蘭琪隔桌坐在一名大學教授對面，還是感覺到大一新鮮人的那種焦慮。傑克．多里安的書架裡塞滿了令人生畏的厚厚教科書，有些上頭印的作者名字就是他。他書桌上有一疊學生報告，最上方的那份劃著一個醜醜的「C⁻」。法蘭琪可以想像，一個學生坐在這張椅子上，面對著一個有權力當掉你——或者協助你事業開展——的男人，會是什麼樣的感受。

但今天，這個權力的天平傾向書桌這端的法蘭琪了。雖然他可能還不明白，但傑克．多里安才是有可能失去一切的人。

眼前，多里安看起來很鎮定，雙手輕鬆地放在桌面，注意力放在麥克身上。男性受訪人總是假設最難纏的對手是另一個男人，他們往往只把法蘭琪當成一個附屬品，幾乎不值得看上一眼。被忽略有不少好處；這讓法蘭琪可以不被留意地觀察，專注在肢體語言和非口語的線索。她注意到四十一歲的多里安依然清瘦而健壯，太陽穴的頭髮才剛開始有悅目的點點銀斑。他在教授評分網站得到學生給了四根辣椒的火辣指數，以他的魅力絕對當之無愧。

「岱倫的死，不光是她朋友和家人的損失，也是學術界的損失，」多里安說，「她是個優秀的學生，也是個非常有才華的寫作者。我可以給你們看她在我這堂課最近交的報告。你們就曉得她多麼有前途。我們聽到她自殺的消息，全都很震驚。」

他還不曉得現在這個案子已經變成兇殺案的調查了，這是他們的優勢。他們不想打草驚蛇。他們希望他放鬆而健談，麥克也露出他最討人喜歡的笑容。

「你剛剛說，你是岱倫的指導老師？」麥克說。這是個很簡單的問題，沒有挑釁意味，完全不會讓他警戒。

「是的，我是她大四研究計畫的指導老師。」

「什麼樣的研究計畫？」

「她在寫一篇有關古典文學中女人被如何看待的論文。」

「那會不會是，呃……」麥克看了一眼他的筆記。「〈地獄怒火也不及：暴力與被蔑視的女人〉？」

多里安驚訝地眨著眼。「為什麼……事實上，沒錯。你怎麼會知道？」

「我們在她的公寓裡看到了一份論文草稿。」

「原來如此。」

「身為她的大四指導老師和其他一切，你對她有多了解？」

多里安暫停了三秒鐘才回答。「我了解我的每個指導學生。岱倫夢想在學術界發展，但她的起步有點吃虧。我知道她很急著要克服這點。」

「什麼樣的吃虧？」

「她父親在她小時候就拋棄家人離開了，她是由單親媽媽撫養長大的。另外我推斷，她們家經濟很拮据。」

「你跟她母親談過話嗎？」

多里安皺了一下臉。「我知道我應該打電話給她。但是這個會是，唔，一場痛苦的談話。我不曉得自己能說什麼，讓她比較好過。」

「岱倫的母親很想知道她女兒為什麼自殺，我們還沒有任何答案。你有嗎？」

多里安在椅子上挪動著，皮革的吱嘎聲似乎大得嚇人。「我不確定我有答案。」

「你工作的一部分，就是對付她這個年紀的小孩，所以你一定多少曉得他們腦袋裡是怎麼想的。她很漂亮，而且她很期待要進入研究所。大好前途正在等著她。所以是什麼出了錯？」

多里安的目光轉向窗子，冬日的光線照得他臉上一片寒冷的灰。「誰曉得那個年紀的小孩腦子裡在想什麼呢？我工作上碰到過夠多學生，足以知道他們就像情緒的雲霄飛車。前一分鐘他們還開心到不行，下一分鐘他們就覺得自己的人生變成一場大災難。」

「她為什麼要自殺？」麥克問。

「這個問題應該由心理醫師回答，而不是一個英語教授。」

「即使這個教授很了解她？」

又是暫停，但是這回更久了。法蘭琪看到他臉上的肌肉抽動，左手的手指忽然緊按著桌面。

「我不曉得她為什麼會自殺。」

法蘭琪終於加入談話。「她有提到過她的男朋友嗎？」

他皺眉，好像突然間才意識到她的存在。「來自緬因州的那個男孩？你的意思是指那位？」

「所以你聽說過他了。」

「是的，他叫連姆什麼的。」

「連姆．萊利。岱倫的母親說，他們高中時期一直在交往。」

「那麼，他當然有可能是她自殺的原因。他們分手時，她非常煩惱。」

「你之前不認為這個細節應該提起？」

「我剛剛聽你們講，才想起來的。」

「談談有關這個分手吧。」

他聳肩。「有一個星期，她沒來上課。然後她來我辦公室，說她想申請研究所。我想那是為了向自己證明，也向他證明，證明她是值得他愛的。」

「她當時有自殺傾向嗎？」

「沒有，只是很……堅定。」

「她提到過有其他男朋友嗎？交往了什麼新男友？」

多里安的目光又轉向窗子。「我不記得她提到過這類事情。」

「你確定嗎？」

「我是她的學業指導老師，不是她的心理諮商師。或許她母親可以回答這個問題。」

「她沒辦法。不過父母通常是最後一個知道的。」

麥克說：「你知道有什麼人可能會傷害岱倫嗎？」

多里安的目光忽然又轉回麥克身上，法蘭琪看到了他雙眼中的一絲警戒。「傷害她？我以為她是自殺。」

「我們在探索所有的可能性。這就是為什麼我們會來這裡，要確定我們沒有忽略任何事。」

多里安吞嚥著。「當然了。我真希望能幫忙，但是我只知道這些了。要是我想到什麼，會再打電話給你的。」

「那麼，這樣應該就可以了。」麥克闔上筆記本，露出微笑。那微笑並不和善，倒是比較像鯊魚張嘴即將咬下時的牙齒一閃。

法蘭琪就是那牙齒。

多里安已經站起來了，但她問他：「你認識一個叫寇迪．艾特伍德的學生嗎？」

多里安又緩緩坐下。「認識，是我研討課的學生。」

「哪個研討課？」

「命運多舛的戀人。有關神話和古典文學裡的悲劇愛情故事。」

「岱倫．摩爾也修了這門研討課嗎？」

「是的。你們為什麼問起寇迪？」

「因為他一直在談岱倫，還有談你，教授。」

多里安一個字都沒說，也不必說。他蒼白的臉色已經讓法蘭琪得知她必須知道的事情了。

「寇迪說，岱倫非常迷戀你。」

「有可能。」他承認。

「你有感覺到嗎？」

「她可能有，呃，跟我調情。女學生會這樣並不稀奇。」

「你和女學生單獨一起到外地過夜，也不稀奇嗎？」

他僵住了。「你指的是阿默斯特？比較文學年度研討會？」

「當時你們住在同一家飯店。」

「那是大會指定飯店。大部分參加會議的人都住在那裡。」

他的注意力已經離開麥克，現在完全集中在法蘭琪身上了。到現在，他才恍然大悟真正負責的警探是誰。沒錯，教授，我從頭到尾都在這裡，觀察著，注意著。但是你根本沒把這個穿著大號藍色長褲套裝的中年女性放在眼裡。

「寇迪．艾特伍德非常擔心你和岱倫，甚至還打電話到第九條辦公室投訴過。」法蘭琪說。

「對我的指控已經全部撤銷了。」

「沒錯，我們跟薩柯博士談過。他說你否認了。」

「是的。那件事應該結束了。」

「不過，我們還是必須問。有關你和岱倫的關係，你有什麼還沒告訴我們的嗎？」

四拍沉默過去了。他挺直身子，看著法蘭琪的雙眼。「我沒有其他什麼可以告訴你了。」

她起身離開，但是走到門邊停下來。「我差點忘了問。岱倫提到過她的手機搞丟了嗎？」

「她的手機？沒有。為什麼？」

「我們搜索過她那戶公寓，但是沒找到手機。看起來似乎是消失了。」

他搖搖頭。「對不起。我不曉得會在哪裡。」

「喔，還有最後一個問題。」

她看到他雙眼裡閃過一抹氣惱。他急著要把他們送出研究室，只勉強擠出了緊張的微笑。

「沒問題。」

「你星期五夜裡在哪裡？」

「星期五？你是指……」

「岱倫死的那一夜。」

「你在問我？是認真的？」

「這只是例行的問題。我們會問每一個認識她的人。」

「我整夜都在家，」他說，「跟我太太在一起。」

❖

法蘭琪和麥克坐在她停下的車上，凍雨滴答敲著擋風玻璃，他們看到一個穿著迷你裙的長腿小姐走過，冷得抱著自己。

「現在這些年輕女孩是怎麼回事？」麥克說，「看看她穿的衣服。她那個地方會被凍傷的。」

法蘭琪想到自己的雙胞胎，還有她們有時候頗欠考慮的衣服。很透明的襯衫，夜裡零下十幾度還穿著迷你裙，裙子的開衩露出大半截大腿。她很納悶，如果小孩的生物本性就是要冒險，這時父母要怎麼保護他們？好好活著，保持安全是每一個母親的祈禱詞，每當她的雙胞胎女兒去市區玩，深夜未歸時，她腦袋裡就會暗自祈禱。好好活著，保持安全。

岱倫．摩爾母親的這個祈禱，卻沒能如願。

「你覺得那個教授怎麼樣？」麥克問。

「他在隱瞞某些事情。」

「一點也沒錯。」

「或許在隱瞞謀殺。也或許只是在隱瞞外遇。」

「她生前已經是成人了，就算他跟她上床，也不犯法。」

「但那是動機。跟學生搞婚外情會毀掉他的事業，更別說他的婚姻了。」她看著麥克。「你剛剛有看到桌上他老婆的照片嗎？長得很漂亮，但是一個辣妹學生一定是個誘惑。」

「好吧，所以他有動機。但是要證明他殺了她，還差得很遠。」

法蘭琪發動車子。「我們才剛開始而已。」

38
傑克

有關你和岱倫的關係，你有什麼還沒告訴我們的嗎？

他躺在床上，法蘭琪・盧米思警探的話就像印在一圈莫比烏斯帶（Mobius strip）上，持續在傑克的腦子裡轉個不停。他這輩子唯一另外一次被警方偵訊，是他十二歲那年，當時他在商場順手牽羊偷了一只廉價手環，要當母親節禮物。那個警察嚴厲警告過他之後就放了他。他被那次經驗嚇壞了，再也沒有順手牽羊過。

現在他已經多了三十歲，但是被警察嚇壞的程度，還是跟當年沒有兩樣。

拜寇迪，艾特伍德之賜，他們知道岱倫愛上他了，也知道阿默斯特的學術研討會了。他們問的問題還不算什麼，真正讓他恐懼的是他們該死的空白表情。他看過查理也會換上那種模樣，那是無情的撲克臉，可以讓任何嫌疑犯侷促不安。那種死盯著你的目光，好像直透你的靈魂。而盧米思警探令人害怕的注視，也流露出同樣的權威。

有關你和岱倫的關係，你有什麼還沒告訴我們的嗎？

盧米思說，他們是在「探索所有的可能性」，其中一個可能性就是謀殺。這就是為什麼他們會去研究室找他。他們去那裡，是想嚇得他自白，承認一件他根本沒犯的罪。

或者，他其實有犯？

他躺在床上時，忽然想到這個恐怖的可能性。要是真的是他幹的呢？岱倫死的那一夜，他喝了葡萄酒，後來又吃了安定文好幫助自己入睡。上次聖誕節他也是喝了酒又吃安定文，結果半夜開車出去，事後卻完全不記得，從此以後，他就盡量不把這兩者加在一起。但是那一夜，岱倫傳簡訊跟他說她懷孕了之後，他實在太渴望睡著了。他會不會又深夜開車出去，事後卻完全不記得？在他的腦幹深處，會不會其實是有謀殺的能力？

次日早晨，瑪姬一下樓去沖咖啡，他就抓起放在床頭桌的iPad。他很快瀏覽了一下波士頓的新聞媒體網站，找尋這樁調查的更新報導。

那些報導的標題依然說岱倫的死大概是自殺，另外有一些相關文章談到年輕人的自殺數字愈來愈高，五個大學生裡就有一個壓力大到曾考慮結束自己的生命。其中一篇還列出可能的自殺原因：學業壓力、身心健康問題、失戀、孤單。

他們漏掉了一個原因：被教授搞到懷孕且被拋棄。

看到岱倫的手機還沒被找到，他鬆了一口氣，但早晚警方會申請到傳票給她的手機電信公司，查出她的簡訊——以及他的。

他看了床頭桌一眼，裝著安定文的藥瓶還是放在那裡。他那天夜裡吃了幾片？他不記得了。

他上Google搜尋安定文（Ativan），然後點入一個用藥建議的網站。

安定文（勞拉西泮）是一種抗焦慮劑（苯二氮平類，鎮靜劑），用於緩解焦慮、煩躁與易怒，以及失眠，並可平撫躁狂症、精神分裂症、強迫症患者……

不良反應：安定文可能引發以下反應：笨拙、暈眩、嗜睡、不穩定、焦躁、失去方向感、抑鬱、異睡症、失憶……

異睡症。夢遊。夜間出外，卻不自知也不記得。

岱倫死去的那一夜，他獨自坐在黑暗的客廳裡，喝著黑皮諾白葡萄酒，好讓自己的緊張鬆弛下來。等到他終於爬上二樓要去睡覺時，那個葡萄酒瓶已經空了。但即使如此，他還是睡不著，只好吃安定文幫助入眠。次日早上他獨自醒來，宿醉頭痛得要命，而瑪姬已經出門去上班了。

他往下拉動螢幕，點了另一個有關安定文的連結。那是一個報導犯罪實錄的網站，他所看到的內容，像是一根垂冰插進他的心臟。

被告對殺人前那幾個小時完全沒有記憶。他只記得他吃了十毫克的安定文，無法入睡，於是又多吃了一顆。「接下來我記得的，」他宣示作證時說，「就是醒來時雙腕被上了手銬。」

他刺了他太太二十幾刀。

❖

他下樓時，發現瑪姬坐在廚房的料理台旁，正在看電視。她抬頭看他，皺起眉頭。

「你看起來好累。」

「我昨天夜裡很慘，都睡不著。」他倒了一杯咖啡，顫抖著喝了一口。「你在看什麼？」

「新聞。是有關你的學生，岱倫．摩爾。就是來找過我做體檢的那位。」

他又緊張地喝了口咖啡，盡量讓自己的聲音保持平穩。「新聞怎麼說？」

「新聞說不曉得她為什麼要自殺，說她已經錄取博士班了，也非常期待。你一定幫她申請了。我的意思是，你是她的指導老師，對吧？」

「對。」

「所以你一定相當了解她。」

他的胸口發緊。「所以呢？」

「你有看到任何徵兆嗎？她一定透露過一些私人生活的事情。新聞說她最近跟男朋友分手了。你看得出她有多煩惱嗎？」

「她啊，唔，可能提到過跟男友分手的事情。但是我覺得她好像已經往前走了，因為就要進入研究所什麼的。」

瑪姬說：「她非常健康。聰明，漂亮，眼前有大好的未來等著她。真是難以理解。」

他故作輕鬆地走向咖啡壺去續杯咖啡。「警方怎麼說？」

「記者說他們沒有排除他殺的可能。」

「他殺？他們這樣說？」

瑪姬用遙控器瀏覽頻道，然後停在新英格蘭有線新聞台，正在播報這則新聞。看到那張岱倫燦爛笑容的照片，他有點震驚，她的雙眼明亮而勇敢，頭髮被陽光照亮了。鏡頭轉到法蘭西絲・盧米思警探，一個記者正在問她：「所以現在調查還沒結束？有可能不是自殺的嗎？」

「死因還是要等法醫判定。」盧米思回答。

瑪姬按了靜音。「你認識這個女孩的男朋友嗎？跟她分手的那個？」

「不。我的意思是，她跟我說過他們分手了。」

「她說過他什麼？」

「這有什麼重要的？」

她看了他一眼。「你幹嘛這麼不耐煩？」

「聽我說，這整件事讓我有點心煩。我們可不可以不要談了？」他看了一下手機，瀏覽著剛收到的那些電子郵件，但是沒看到任何不尋常之處。沒有新的指控，沒有匿名威脅。

電視螢幕再度出現了盧米思警探的撲克臉。瑪姬調高音量，此時記者正好問：「有任何跡象顯示這不是自殺嗎？」

「目前我沒有其他可以奉告的了。」

瑪姬關掉電視，看著他。「那個警探講話含糊得奇怪，你不覺得嗎？這個案子有可能是謀殺吧？」

「你為什麼這麼想？」

「只不過是因為她回答問題的方式。非常狡猾。啊糟糕，」瑪姬拿起咖啡杯到水槽邊沖洗。

「我相信警方會去查清楚三大項的。」

「三大項？」

「就像那些犯罪實錄電視節目裡頭講的。警方偵辦謀殺案時，向來會先查三項核心問題：動機、方法，以及機會。」

動機、方法，以及機會。傑克已經確定有一項，而且可能還有別項。

39 法蘭琪

雙胞胎女兒晚上又要出門玩了，法蘭琪坐在廚房裡，面對著她的筆電和一堆紙張，聽得到她們兩個在臥室裡吱喳討論著要穿哪件裙子、配哪雙鞋，口紅該塗紅色還是粉紅？她們十八歲了，已經年紀夠大，可以選擇自己的衣服和男朋友，就算法蘭琪不贊成她們的選擇，她也還是盡量不說出來。禁止吃的果子是最甜美的；羅密歐與茱麗葉的家族悲劇，教會了每個父母這一課。法蘭琪不去聽雙胞胎談頭髮要紮起還是放下的無聊爭執，轉而專注於攤在廚房餐桌上那些打了字的紙。那是岱倫．摩爾死前幾星期寫的文章。裡頭可能會有她自己生命中騷動的蛛絲馬跡嗎？這份報告還只是草稿，上頭還有岱倫手寫的修改字跡。

〈地獄怒火也不及：暴力與被蔑視的女人〉

希臘神話與古典文學裡，有許多女人遭到男人背叛的故事（亞莉阿德妮、狄多女王），常見的收尾是這些女人的死亡，而且往往是她們自己動手，完成這些淒慘的自我毀滅行動。不過還有一些女人，比方美蒂亞，則是選擇了另外一條道路：復仇……

美蒂亞。法蘭琪想起自己在岱倫的廚房料理台上看到的那本教科書，封面有個女人的臉，張嘴形成一個嚇人的吼叫，頭髮是火焰形成的憤怒頭冠。她不記得這個神話的細節，也不曉得是什麼驅使美蒂亞復仇的；她只知道這個名字本身帶著暴力的回音。

她在Google搜尋美蒂亞這個名字，點了第一筆搜尋結果。螢幕上出現的不是岱倫教科書上那張駭人的臉。這個美蒂亞是個金髮美女，穿著飄逸的長袍。

美蒂亞，許多故事中描述她是一個女巫，在傑生與阿果號英雄的神話中是個重要角色。

「嘿，媽，我們要出去了。」

法蘭琪轉頭看到她女兒蓋比，她對著她的短裙和領口開得很低的大膽上衣皺眉。「你真的要穿那樣出去？」

「我發誓，你每次都這樣講。」

「因為你每次都穿得像那樣。」

「結果我們也沒出過什麼事。」

「是還沒而已。」

蓋比大笑。「你永遠不會放下警察身分，對吧？」她朝母親揮了手。「我們不會有事的，不必等門了。」

「你知道，我見過那些不當回事的女孩發生了什麼事。」

「我們有兩個人，媽。」

「對方也有兩個男孩。」

「我們向來會彼此注意的。而且我們知道那些很酷的自衛招數，你教過我們的，記得嗎？」

蓋比兇狠地使出一記空手道的空劈。「別擔心，這些男生沒問題的。」

法蘭琪嘆氣，摘下眼鏡。「你怎麼知道他們沒問題？」

「你別再抱怨那些音樂人了。他們完全專注在自己的音樂事業上，而且你該去看看，他們今年已經排了一堆精采的演出。」

「啊，蜜糖。你們兩個可以找到比那些男孩好得多的對象。」

「哈！我敢打賭外婆也是這樣跟你說老爸的。」

你要是知道就好了，法蘭琪心想。要是當年有人能針對她要嫁的這個男人提出警告，那就好了。法蘭琪從沒告訴過兩個女兒有關她們父親的真相，而且永遠不會。讓她們繼續相信她們深愛的爸爸，而且這個爸爸自從三年前去世後，在她們心目中的地位只是愈來愈高。儘管法蘭琪很想抓住兩個女兒的肩膀警告她們，不要犯下我的錯誤——不要愛上一個會讓你心碎的男人，但有關她們父親的真相，只會害她們傷心。

蓋比注意到筆電螢幕上的東西，問道：「你為什麼要查美蒂亞？」

「是為了我在偵辦的案子。」

「希望這案子跟美蒂亞所做的事情完全不像。」

法蘭琪驚訝地看著女兒。「你知道這個神話？」

「啊，當然了。我們在資優英語課上讀過那齣戲劇，我就一直忘不掉，你知道？一個女人為了復仇，可以做到什麼地步。」

「發生了什麼事？」

「你知道傑生和阿果號英雄的故事吧？唔，美蒂亞愛上了傑生，幫他偷到金羊毛。她甚至殺了自己的兄弟，好讓傑生可以逃走。後來他們一起搭船離開，結了婚，生了兩個小孩。但接著傑生變成一個大混蛋。他拋棄她，娶了另一個女人。美蒂亞氣得謀殺了他的新婚妻子。然後為了真正報復傑生，她把他們的兩個小孩刺死。」

「嘿，蓋比？」西碧兒在門廳喊。「快點，我們要遲到了。」

「好，我馬上來。」

「等一下，」法蘭琪說，「後來美蒂亞怎麼樣了？」

「沒事。」

「沒事？」

蓋比停在門口，回頭看著母親。「有個神接她搭乘天上一輛有魔法的雙輪戰車，把她帶到安全的地方。」她揮手。「晚安，媽。」

法蘭琪聽到兩個女兒踩著高跟鞋出了屋子，前門砰地一聲關上。她再度看著電腦螢幕，金髮的美蒂亞是個穿著飄逸長袍的美女。此時她才注意到美蒂亞一隻手裡抓的東西。一把刀，滴著她自己小孩的血。

手機的響聲害她驚跳起來。她看了一下來電者，接了電話：「嘿，麥克。」

「你準備好要聽好消息了嗎？」

「那當然。」

「威訊電信公司剛把資料送來。岱倫．摩爾的手機他們無法定位，所以手機不是被毀掉，就是關機了。不過他們給了我們她的通話清單，還有她的手機簡訊。全都有了。」

「然後呢？」

「然後你會愛死那份清單的內容。」

40

法蘭琪

傑克・多里安教授面無表情，但是法蘭琪看得出他很緊張，也是應該的。要是他知道他們曉得了什麼，他現在就該在逃往墨西哥的途中了。他勉強笑了一下，迎接兩名警探進入他的研究室，關上門。

「沒想到你們這麼快又來找我，」他說。「我還以為你們調查完畢了。」

「結果呢，我們其實才剛開始調查。」法蘭琪說，和麥克都坐下來。

「哦？」多里安放在桌上的手指微微抽動一下，彎成爪子狀。只抽動了幾分之一秒，但這種線索她不會漏掉的。

「新出現的線索指向了另一個方向。」法蘭琪愉快地說。很享受對他施加壓力，看到他眼中閃出恐懼。

「新證據？」他終於開口問。

「我們之前沒跟你說過她驗屍的發現。有個小意外。岱倫・摩爾懷孕了。」

他沒反應，但他的臉色道盡一切。那是恐慌的死灰。

「你知道她懷孕了嗎，多里安教授？」

他震驚地搖了一下頭。「為什麼我會知道？」

「我們認為你可能會知道，因為你是她的指導教授。而且根據寇迪．艾特伍德的說法，你和岱倫的關係非常密切。」

「那是學業上的關係而已。不表示她會把私人生活的細節告訴我。這些孩子有他們自己的朋友圈。大部分時候，我們大人只是在他們世界的邊緣。他們很少注意到我們做什麼、說什麼、想什麼。」

他在東拉西扯，沒事找話講，好掩飾他的害怕，但法蘭琪看到他前額起了一層薄汗，聽到他的音調變高。她說：「我們想查出父親是誰。還在等DNA檢驗的結果，但是我們早晚會知道的。」

「她，呃，有那個男朋友。」

「連姆．萊利堅持孩子不是他的。」

「你能確定他說的是實話嗎？」

「他說他們幾個月前就分手了，她是很後來才懷孕的。」她讓沉默延長，讓他焦慮一會兒。「你知道父親會是誰嗎？」

多里安無奈地聳聳肩。「我不明白你們為什麼會來問我。」

「因為她的懷孕可能跟調查有關。」

「上星期，你們好像相信她是自殺。」

「上星期，我們還沒有她的手機簡訊紀錄。」她暫停一下，讓他消化，然後她看到他的臉忽然繃緊。他一個字都沒說，整個人驚呆了，無法阻止這輛朝他直衝過來的貨運列車。

「我們知道你和岱倫．摩爾的外遇。」她說。

他呼出一口氣。往前垮下，頭埋進雙手裡，然後手指像爪子似的耙過頭髮。一時之間，法蘭琪很擔心，怕他會在他們眼前心臟病發而暴斃。

「多里安教授？」她說。

「那是個錯誤，」他哀嘆道。「一個可怕的大錯誤。」

「我同意。」

「我跟你發誓，我從來沒跟其他學生發生過這種事。她是唯一的一個。我真的是沒辦法。」

「你的意思是，她勾引你？都是她的錯？」

「不。不，我沒有任何藉口，只除了……」他抬起頭，一副淒慘的模樣看著她。「她需要有人關心她，有人重視她。我成了她求助的對象。她很聰明，又美麗。而且這麼渴望愛。」他暫停。「我猜想我也需要有人關心。」

「那你太太呢？你把她放在哪裡？」

他的臉痛苦得扭曲。「瑪姬不該受這種罪。這是我的錯，全都是我的。」

「所以你承認有外遇了。」

「是的。」

「你是岱倫肚裡小孩的爸爸？」

他嘆氣。「是的，有可能是我的。」

「不管是不是，DNA會證明的。就像DNA也會證明你去過被害人的公寓，跟她有過性關係。」看到他一臉困惑，她說：「我們在她的沙發上發現了精液。我想是你的吧？」

他皺起臉，但是沒否認。

法蘭琪滿意地看著麥克。你可以從這裡接手了。

「你上星期五晚上在哪裡，多里安教授？」麥克問。

「星期五晚上……」

「岱倫．摩爾死去的那一夜。」

片刻之間，談話的方向改變了，不光是因為問話的人是麥克而已。多里安的腦袋猛地抬起。他知道情勢就要對他更不利了。不利非常多。

「我上次已經回答過這個問題了。我告訴過你們，我那天晚上在家。」

「你在家做了什麼？」

「瑪姬的父親過來我們家吃晚餐。」

「你還記得你們吃了什麼嗎？」

「記得，因為是我做的。我們吃了義大利麵配小牛肉醬汁。」

「那晚餐後呢？你做了什麼？」

「查理離開後，我就提早上床睡覺了，因為我累壞了。而且我，呃，胃不太舒服。」

「你一直待在床上？」

「是的。」他毫不猶豫地回答。

「一整夜？」

「是的。」

「或者你那天夜裡，趁你太太睡著時，中間起床了？你是不是溜出屋子，開車到岱倫・摩爾的公寓？」

「什麼？不——」

「但是你那天夜裡的確計畫要去她公寓，跟她碰面。這就是她為什麼在等你。她讓你進入她的公寓。」

「這太扯了。我那天夜裡根本沒出門。」

「那你寫的這則簡訊是怎麼回事？」麥克從口袋掏出一張折起來的列印資料，打開來唸出聲。「星期五下午六點三十分，岱倫・摩爾發給你這則簡訊：『我懷孕了。』兩分鐘後，她又發了另一則：『你知道是你的。』」

多里安沉默盯著麥克，很震驚。

「三分鐘後，她又發了第三則給你，」麥克繼續無情地說。「六點三十五分她這樣寫：『我要告訴瑪姬。』於是你終於回覆了。」

「不，那不是真的。我沒有回答她。我始終沒有給她回覆。」

「白紙黑字就在這裡，教授。你寫給岱倫的。下午六點三十七分，你的簡訊說：『今晚，你家。等我。』」麥克看著多里安。「星期五夜裡，你說到做到，開車到她公寓，對吧？然後你處理了問題。」

讓法蘭琪驚訝的是，坐在椅子上的多里安突然猛往前傾，氣得臉色發紅。「這是鬼扯！你在撒謊。你們都是這樣逼無辜的人自白嗎？你們編出這類狗屎，以為我們會乖乖在任何供述上簽名？」

「這是你自己的簡訊，你賴不掉的。」

「我從來沒寫過這樣的簡訊。」

「是從你手機發出去的。」

「你們這樣做是沒用的。」多里安的聲音忽然變得非常平穩，目光毫不畏縮。他伸手到書桌抽屜，拿出他的手機，放在桌上推給麥克。「你自己查。我的手機上根本沒有這樣的訊息。」

麥克查了那些簡訊，冷哼一聲。「這裡頭沒有，是因為你已經把所有對話刪掉了。但是你知道這些簡訊不會真正消失吧？你可以刪掉，但是電信公司的伺服器上還是有紀錄。」他把手機推回去給多里安。「現在告訴我們，你上星期五夜裡人在哪裡。」

「在我家。跟我太太睡在床上。」

「你一直這麼說。」

「因為這是真的。去問瑪姬。她沒有理由撒謊。」

「她知道你的外遇嗎？」

這個問題似乎狠狠朝他胸口打了一拳。多里安挫敗地往後垮坐。「不知道。」他輕聲說。

「等到她發現了，我想她就不會有心情幫你作證了。所以你不如就告訴我們實話吧。」

「我已經告訴你們實話了。」他直直盯著麥克。「我沒發那則簡訊。而且我絕對沒有傷害岱倫。」

法蘭琪知道麥克已經準備要逮捕了，但是她開始有了第一絲疑慮。她坐在那裡審視多里安，對他的回答非常困擾。怎麼有人會否認簡訊這種無可否認的事情呢？以他們手上的這些證據，他一定知道撒謊是沒有用的。

如果他是撒謊的話。

她站起來。「我們會再找你談的，教授。」

麥克驚訝地看了她一眼。不情願地拖了幾秒鐘後，他也站起來。他一路沉默地走出多里安的辦公室，下樓梯時也一直沒說話。直到他們推門出了大樓，麥克才終於衝口而出：「搞什麼鬼啊，法蘭琪，我們已經釘死他了。我們手上的證據夠多了。」

「我不確定是這樣。」

「你真相信他的鬼扯？『我沒發那則簡訊！』是喔，就跟小學生撒謊說作業被狗吃掉了一樣。」

「那天夜裡，電信公司的資料顯示他的手機始終沒靠近岱倫．摩爾的公寓。我們不能證明他當時在那一帶。」

「他不笨。他出門要去殺她的時候，把手機留在家裡了。」

「不，我認為他非常聰明。」他們上了車，她坐在駕駛座上想了一會兒。

「我要怎麼樣才能說服你？」麥克問。

她發動引擎。「我們去找他老婆談吧。」

41 傑克

接電話，瑪姬。拜託接電話。

他坐在書桌前，心跳加速地聽著瑪姬的手機響。三聲。四聲。

然後她接了。「嘿，我正想打給你。」

她已經從警方那邊聽說了嗎？這就是為什麼她要打給他嗎？他開口時，忍不住恐慌地拉高尖嗓。「瑪姬，我有事要告訴你。」

「我們晚飯時再談吧？反正我今天想出去，找一家好餐廳吃飯。你覺得呢？」

她的口氣歡快又溫暖，想跟他碰面吃晚餐，完全是正常夫妻。但今晚過後，一切都再也不會正常了。

「聽我說，瑪姬。有兩個警探現在要去找你。他們會問你——」

「警探？傑克，你還好吧？」

「我沒事。我在研究室，他們剛剛來過，現在他們要去醫院跟你談。」

「為什麼？怎麼回事？」

「他們會問你有關上星期五夜晚。問當時我在哪裡，你在哪裡。」

「上星期五？我不懂你的意思。發生了什麼事？」

他暫停一下，穩住呼吸。「你知道上星期過世的那個學生，岱倫．摩爾？警方不認為是自殺。他們認為她是被謀殺的。」

「啊老天。」

「他們現在正在找認識她的人談。要每個人解釋自己那一夜的行蹤。」

「他們為什麼要來找我？我幾乎不算認識她。」

「聽我說，我們碰面吧。我不想在電話裡講這件事。」

「他們為什麼想要跟我談？」

「因為我認識她，而且他們想確認我的行蹤。所以等到他們問你星期五夜晚，你跟他們說實話就好。照實跟他們說我們做了什麼，說我們跟你爸一起吃了晚餐，然後我們就去睡覺了。務必讓他們知道我們那天晚上是在一起的。整夜都是。」

「上星期五？但是我們沒有一整夜在一起。」

他暫停。在那段沉默中，他可以聽到自己的血液在耳中奔流。「什麼？可是我們是在一起的啊。」

「大約十二點的時候，我接到醫院的電話，說有個胸痛的病人，於是我就趕到醫院了。我一直到凌晨四點左右才回家。你沒聽到我爬上床嗎？」

「沒有。」因為他吃了安定文，完全不省人事。

「那你一定從頭睡到尾，沒有發現我離開過。」

半夜十二點到凌晨四點。那是四個小時他無法交代的空檔。這四個小時裡，他有可能穿好衣服，有可能開車到波士頓市區。四個小時要殺掉岱倫、回家、回到床上，時間太夠了。

「警方不必知道這些，」他說，「你甚至不必提。」

「為什麼我不能告訴他們實話？」

「那只會把狀況搞得更複雜而已。」

「傑克，他們只要查一下我病人的醫院病歷，就曉得我當時人在醫院裡的。他們會知道我凌晨三點在病歷上寫了紀錄。」

他想讓自己的聲音平穩，但恐慌搞得他呼吸急促。現在警方隨時會敲她診間的門。而且幾乎可以確定，警方會告訴她有關岱倫跟他的事情。有關他怎麼背叛了妻子。

不能讓她從警方那裡聽到這事情。

「瑪姬，我要你放下手上的事情，現在就離開診所。跟我碰面，在……」

他們不能在家裡碰面，或其他警方一定會去找的地方。他們已經申請到傳票，取得了岱倫的電話紀錄；要是他們正在監聽這通電話呢？

「瑪姬，」他說，「我的電話可能被監聽了。」

「為什麼？」

「我會解釋一切的。但是我得在他們之前先跟你談。」

她暫停好久，思索著他的話。「傑克，你嚇到我了。」

「為我做這件事吧，拜託。我們在……」他想了一會兒。「在我跟你求婚的那個地方碰面。

現在就出發。」

他掛斷電話，他想不出能說什麼讓她安心，沒有辦法保證到頭來一切都會很好，因為一切都不好。

而且很快就要變得更糟糕了。

❖

他站在雷諾瓦的《布吉瓦的舞會》前，真很不得自己之前挑了別的地方，但是講電話時，他腦中只想得到這個場所。十二年前，就在波士頓美術館的這個展覽廳，他跪下來，把一枚鑽石訂婚戒指交給瑪姬。就在這裡，他們相吻並承諾要廝守共度一生。現在他看著這件雷諾瓦的作品，祈禱這裡不會是兩人之間的終點。祈禱瑪姬不會趕走他，跟他離婚。祈禱他們的寶寶出世時，他可以陪伴在瑪姬身邊。儘管他即將向她坦承自己的外遇，但一定有個辦法，讓他們依然能相守在一起的。

他只是想不出自己要說什麼，可以讓這樣的事情發生。

二十分鐘後，瑪姬走進展覽廳，身上裹著翻毛大衣和喀什米爾羊毛圍巾。「我們來這裡做什麼，傑克？」她問。

他一言不發，握著她的手臂，想帶她到比較安靜的地方，中間經過了阿伯拉和哀綠綺思相擁熱吻的海報。那是個該死的提醒，讓他想到自己怎麼會落到這步田地；以描繪地獄景象聞名的波希（Hieronymus Bosch）的作品，會更符合他的處境。他帶著她來到展覽廳另一頭的一張長椅，兩人都坐下來。

瑪姬的臉被凍得蒼白，他可以感覺到她的衣服透出傍晚的寒氣。「怎麼回事？」她低聲說，「為什麼警方會要來找我？」

他暫停一下，等著一名警衛慢吞吞經過。那警衛看了他們一眼，繼續走進下一個展覽廳。等到他走遠了聽不到，傑克說：「我有件事情要告訴你。這件事情很難啟齒。事實上，這是我這輩子最難啟齒的一件事。」

「你嚇到我了。說出來就是了。」

他深吸一口氣。「那個學生，岱倫．摩爾。你知道我是她的指導老師。我幫她申請進入了博士班。」

「是的，我知道。」

「她聰明得不得了，是非常優秀的學生。但是她男朋友跟她分手後，讓她受到了很大的打擊。她沒有其他人可以傾訴，於是我們……我們變得很親近。」

「多親近？」瑪姬湊近他，雙眼盯著他的。「你有什麼要承認的嗎？」

他嘆氣。「是的。」是的，我願意。就像他在婚禮上發誓要廝守一生所說的話一樣，但是這份誓詞，因為一時情慾驅使，他短暫背棄了。「我跟她上床了，瑪姬。對不起，我真的非常、非常的抱歉。」

她瞪著他，彷彿一個字都聽不懂。

「那根本沒意義。我沒愛過她，」他說，「我愛過的人只有你。」

「這事情持續了多久？」瑪姬的聲音陌生而冷靜得嚇人。

「一開始就結束了。只有一次。」其實真相是兩次，但他說不出來。而且反正也沒差別了。現在不能說。「對不起。」

「是在哪裡發生的？這個短暫的小外遇？」

「阿默斯特。那個研討會。我喝了太多酒，事情就一發不可收拾……」

「啊老天。」她一手摀住嘴。「我不敢相信。」

「對不起。」

「別再說那句話了。」

美術館的內部廣播系統傳出一個聲音，宣布美術館三十分鐘後就要關閉了。

「但是我真的覺得很抱歉。」

「現在那個女孩死了。你上過床的那個女孩。」

「大概是自殺。但是為了確定，警方會訊問每個認識她的人。」

「而你需要那一夜的不在場證明。」

「是的，」他低聲說，「對不起。」

「如果你再說一次，我就他媽的要尖叫了。」她猛地站起來，開始往外走，然後又走回來站在他面前。「我們結婚十二年了。我們有個小孩就要出生了。結果你跑去跟一個學生上床？」

剛剛那個警衛被她的嗓門吸引，又回到這個展覽廳，站在另一頭觀察他們。

「拜託，瑪姬。他們會聽到的。」

「我不在乎。為什麼你是嫌疑犯？為什麼警方會去查你？」

傑克揉揉臉，然後抬頭看著她。「因為她懷孕了。」他低聲說。

瑪姬忍不住猛吸一口氣。「我不敢相信。」

「她才剛跟她男朋友分手。大概是他的。」

「也可能是你的。耶穌啊。」她閉上眼睛，重新鎮定下來。「警方知道你跟她有外遇嗎？」

「他們知道我們關係密切。」

「是怎麼會知道的？」

「有一些簡訊。我們兩個之間的。」

她點點頭，一臉厭惡。「她死的那一夜，你到底人在哪裡？」

「我跟你說過了。我在家裡，睡著了。」

「可是你希望我跟警察說，我整夜都跟你在一起。」

「是的。」

「但是我沒有。我剛剛也說了，當時我得去醫院看一個病人。」她暫停一下，忽然有了個念頭，然後低聲問。「是你幹的嗎，傑克？」

「我幹了什麼？」

「你殺了她嗎？」

「沒有！我不敢相信你居然會這樣問。」

「但是你的確有動機。」

而且我喝了一大堆葡萄酒，又吃了安定文。

瑪姬沒再說一個字，轉身要離開。

他跳起來抓住她一隻手臂。「瑪姬，拜託。」

她掙脫了。他不想跟在她後頭，免得場面更難看，於是就往後坐回去，呆呆看著對面牆上阿伯拉和哀綠綺思的廣告布幕。

「先生？美術館要關門了。」

傑克抬頭，看到那警衛站在他面前。

「今天過得很辛苦？」那警衛問。

傑克嘆了口氣，站起來。「你不知道有多辛苦。」

42

法蘭琪

「如果他老婆證實他的不在場證明呢？」麥克說，此時車子開進醫院門診處外的停車場，正要停入一個停車格。

法蘭琪關掉引擎，看著麥克。「如果你老婆殺了她的情人，你會證實她的不在場證明嗎？」

「看狀況。」

「拜託，麥克。把你自己放在瑪姬·多里安的位置想一想。當她發現丈夫背著她偷吃，她絕對不會想要保護他的。」

「你是假設她還不知道這段外遇。或許她曉得了。或許她還是願意保護他。」

「保護一個背叛你的老公？」

「不曉得。女人會容忍各式各樣瘋狂的爛事。為什麼她們要繼續跟揍她們的老公在一起？愛上一個人，就會讓人變得愚蠢，或是盲目。」

法蘭琪坐在那裡，注視著門診處的入口，想著她自己的婚姻，她自己的盲目。她想到她丈夫喬被發現心臟病發、死在情婦公寓大樓裡樓梯間的那一天，那棟大樓，法蘭琪似乎就是沒辦法不去，一再執迷地造訪。喬當時五十九歲了，外遇的情緒壓力一定是造成他心臟太大的負擔。也或許是因為爬三層樓梯到他女友家，加上超高的膽固醇，以及他那個沙包似的、十來公斤的大肚腩。

他死去兩天後，她去了那個樓梯間。那趟令人沮喪的造訪是麥克一直勸她不要去的，但是她得看看喬倒地的地方。或許是骨子裡的警察性格，想要看看死亡現場，想要了解一切是怎麼發生的。當她低頭看著那些水泥樓梯，看著那有凹痕的樓梯間門，還有污漬處處的牆壁，她覺得出奇地超然，幾乎是無動於衷。此時她已經知道那個情婦的事情；因為之前她堅持要搞清楚，喬本來應該出差去費城了，為什麼會死在那棟公寓的那個樓梯間？於是麥克很不情願地告訴她了。結果她沒有生氣或悲慟，也沒有任何正常狀況下應該要有的情緒，而是只覺得不知所措，自己竟然沒注意到他出軌的各種跡象。她是兇殺組警探；她怎麼可能不曉得有另一個女人？

直到後來，幾個星期後，她心底的憤怒才終於爆發，但此時她已經什麼都沒辦法做了，因為喬已經死了。對著一具屍體尖叫也沒用。

這會兒，她可以感覺到同樣的那股怒氣在她心中冒出來，為了瑪姬．多里安而打抱不平。她很氣傑克．多里安背叛他老婆。也氣他在岱倫．摩爾的死所可能扮演的角色。

啊沒錯，法蘭琪已經準備要摺倒這個男人。她只是必須證明他有罪而已。

和麥克走進門診處擁擠的等候室時，她腦中已經在排練要怎麼跟瑪姬．多里安說這個消息。多里安醫師是整件事情裡頭最無辜的人，一無所知的老婆，她的生活和婚姻就要被毀掉了。要告訴一個女人她丈夫背叛她，沒有簡單的方法，而法蘭琪已經準備好要面對那個女人的反應。她也希望他們加以利用，成為自己的優勢。一個憤怒的老婆，可能會是他們最有力的同盟。

門診接待員推開櫃檯上的玻璃小門，朝他們微笑。「有什麼需要幫忙的嗎？」

「我們是來找多里安醫師的。」

「你們有預約嗎？」

「沒有。」

「很抱歉，但是這個門診不收沒預約的病人。我可以幫你們預約另一位醫師，幾個星期後就可以輪到。」

顧忌著坐在附近的那些病人，法蘭琪把她的警徽推向那接待員，然後低聲說：「波士頓市警局。我們得跟多里安醫師談。」

那接待員看著警徽。「啊，恐怕她不在這裡。」

「她什麼時候會回來？」

「我也不確定她什麼時候會回來。或許明天？她要我取消她今天剩下的預約，說家裡有急事，必須離開。」

法蘭琪看了麥克一眼，發現他臉上有跟自己同樣的警覺。她保持聲音平穩，面無表情，問那名接待員：「多里安醫師是幾點離開這裡的？」

「大概半個小時前。然後我就開始忙著聯繫所有病人，要重新預約時間。現在他們隨時都會到了，以為——」

「你知道她家裡有什麼急事嗎？」

「不曉得。她接到一通電話，幾分鐘後，她就離開了。」

「她去哪裡?」麥克厲聲問。

那名女接待員看了等候區裡的病人一眼，現在每個人都轉過頭來看著他們。「我不曉得，她不肯告訴我。」

43 傑克

傑克走回學校，要去立體停車場開他的Audi車，途中他打了兩次電話給瑪姬。她沒接，傑克不怪她。白天的課程已經結束了，冰冷的風吹過空蕩的校園，直撲他的大衣。他早餐後就沒吃東西，現在真恨不得自己倒地昏迷，永遠不要再醒來。他聽說過失溫不是太糟糕的死法。你只會睡著，同時體溫迅速下降，你的器官就會停擺。他不配得到這種慈悲的收場。不，他應該要為自己行為的後果受苦。離婚。失去工作。或許甚至去坐牢。

他走向自己的車時，幾乎沒注意到另一輛車的引擎轟隆響起。

他離自己的Audi車只剩十二呎，抬頭看到一輛黑色休旅車朝他隆隆駛來，車頭燈照得他目盲。傑克踉蹌後退，往後靠著他車子前方的水箱罩，但那輛休旅車沒有轉彎駛向往下的斜坡，而是繼續朝傑克駛來，近得他都能聽到距離感測器的嗶嗶聲。車子沒有煞車，直到他緊貼著自己的Audi車，卡在那邊。

「嘿！」傑克大叫。

沒有人回應。

隔著擋風玻璃，他可以勉強看到駕駛人的剪影：一個戴著棒球帽的男人。擋風玻璃上貼著學生停車證貼紙。

「寇迪！」傑克喊道。「你在搞什麼？」

還是沒有回應。

「寇迪，倒車。」

那輛休旅車只是引擎轉得更大聲，廢氣嗆得傑克眼睛刺痛。他想設法擠出去，但寇迪不肯踩煞車，那輛休旅車又往前，把他推得更緊。

「拜託不要這樣做！」傑克說，「寇迪？」

隔著擋風玻璃，他看到寇迪一手摸著臉。他在哭。所以傑克就是要這樣為自己的罪孽付出代價，被一個單戀的小孩撞死，那小孩太悲慟了，根本沒法講道理，也不在乎後果。只要再輕輕踩一下油門，三千磅的金屬就會壓碎他的骨盆。即使他大叫求助，在這個時間，在將近全空的立體停車場裡，誰會聽得到？

我再也看不到瑪姬，以及我的孩子了。

「你不是這樣的人，寇迪！你不會殺人的！」傑克懇求道。

車門突然打開，寇迪下車來，哭濕的臉發紅。他隔著車門上方瞪著傑克。「你根本沒有愛過她，」他說，「你利用她。然後又拋棄她。*你殺了她。*」

「我沒做過這樣的事。」

「我是愛她的人。」他狠狠拍著自己的胸部。「我是唯一陪著她的。不是你，也不是連姆。甚至不是她自己的父親。」

「寇迪，我沒殺她。她死的時候，我根本沒在那附近。我在家裡睡覺。」

「其他人不會希望她死，只有你。其他人都沒有理由。」

「那你呢，寇迪？你沒有理由嗎？」

「什麼？」

「你愛她，但是她愛過你嗎？」

傑克這一招很危險，但是他想不出別的辦法，或任何懇求寇迪的方式。把罪過歸給岱倫，讓她成為要為他心碎負責的人。她利用他、欺負他。根本不在乎他。

「或許你才是殺了她的人。」傑克說。

正當他結巴著要回答時，一對車頭燈朝他們閃著。傑克聽到有車從下方的斜坡接近，然後一輛黃色工具車繞過轉彎。

寇迪趕忙爬回他的車，倒車離開。傑克忽然脫身，踉蹌往前，他雙腿麻痺且搖晃不穩，同時寇迪的車迅速掠過那輛維修車，尖嘯著下了斜坡。

「嘿，教授。你沒事吧？」那個駕駛人喊道，傑克認出他來，是校園維護處的一個雇員賴瑞．華許。

傑克驚魂甫定，只能勉強點頭。

「剛剛這裡是怎麼回事？」

「只是——只是個小事故。」

「看起來不像事故。他把你卡住了。」

「我沒事，賴瑞。謝了。」他雙腿的麻痺褪去，於是拖著腳步繞過車子，來到Audi車門邊，解了鎖。

「你認識那個駕駛人嗎？」

「不認識。」

「我看到他車上有學生停車證貼紙。」

「拜託，就算了吧，好嗎？」傑克上了駕駛座。

「我看到了他車牌號碼的一部分。賓州的車。」

狗屎。他大概會去報警。傑克得趕緊離開這裡，而且要快。

他開下斜坡，輪胎一路發出尖響，然後駛出停車場。他研究室那棟大樓後方有個停車處。他可以先回研究室暖暖身子，想一想接下來該怎麼辦，同時繼續打給瑪姬試試看。然後他看到那輛波士頓市警局的巡邏車停在他那棟大樓的入口外頭，計畫立刻改變。他開過去沒停，繼續往前。他關掉他的手機，免得被追蹤。

但是要去哪裡？

回家。他好想看到瑪姬，她會在家裡的。

他刻意繞了路，開過劍橋市和貝蒙特鎮的一堆偏僻小街道。快到家時，他沒減速，而是繼續開過去，注意到窗子是暗的，而且沒看到瑪姬的Lexus車。

他看到馬路上停著兩輛熟悉的車子。沒標示的警車？

他逐漸遠離，還不時看一下後視鏡，等著會看到有一輛車的車頭大燈追在後頭。但他後方的街道始終是一片黑暗。

他得找到瑪姬。他得彌補他們之間的關係。要是她不在家，那只可能在另一個地方。

44

法蘭琪

「是啊，我完全確定那個人是多里安教授。我在校園維護處工作二十八年了，所以我認得大部分教授，也認得他們的車。我認為，隨時留意校園裡面的狀況是我的責任。」

賴瑞．華許是這所大學的設施主管，從他興奮的聲音判斷，他任內很久、很久沒有發生過這麼刺激的事情了。他身上的各種特徵，顯然就是很想當警察的：平頭，穿著靴子的雙腳以稍息姿勢站立，工具腰帶上垂掛著鑰匙，外加一部對講機和一把大得滑稽的手電筒。他有一本線圈筆記本，裡頭寫了他所謂「那個事件」的各種相關細節，現在他繼續把上頭的內容唸給法蘭琪和麥克聽。「那輛車是黑色的豐田休旅車，新款的。擋風玻璃上貼著學生停車證貼紙，我沒機會看清車牌號碼，因為那輛車好快就開走，但是我知道是賓州車牌，第一個字母是F，接著是一個2。」他闔上筆記本，看著兩名警探，好像覺得自己的表現該得到一顆金星。

「你剛剛說，狀況看起來像是在攻擊多里安教授，而不是交通事故？」法蘭琪問。

「啊，那絕對是攻擊。那個瘋小子把教授夾在兩輛車之間，好像就要把他夾扁。要不是我剛好繞過那個轉彎，誰曉得最後會發生什麼事。說不定我會發現他的屍體躺在這裡。」

「談談這個小子，」麥克說，「你剛剛說，你到的時候，他是在車子外頭？」

賴瑞點頭。「我一出現，他就趕緊又上車開走了。我不曉得他的名字，不過以前在校園裡看過他。白人男性，偏向壯大。」

「你說壯大是什麼意思？」

賴瑞低頭看著自己鼓起的腹部，嘆了口氣。「好吧。他很肥。」

法蘭琪和麥克互相看了一眼，兩個人都有同樣的想法。

「我會去查寇迪・艾特伍德是不是開黑色休旅車。」麥克說，然後走到一旁去打電話。

「華許先生，一個學生為什麼要攻擊他？」法蘭琪問。「你知道他們在爭執什麼嗎？」

「不曉得。但是你知道，這些學生有的被家長給慣壞了。他們不曉得怎麼處理真實世界，也不懂得接受批評。只要給他們一個爛分數，傷害了他們的小小感情，他們就像核彈爆炸似的。在這個時代，我可不想教書，去容忍這些玻璃心。可憐的多里安教授，他看起來真的被那個攻擊嚇壞了。」

「但是他不願意報案。」

「說不定他不好意思，或是不想害那個小子惹上麻煩。但是我覺得我還是應該要報案，而且我得說，沒想到你們回應得這麼快。我打去波士頓市警局的電話才掛斷沒幾分鐘，一輛巡邏車就開上這條斜坡了。」

「我很高興你報案了，華許先生。其實呢，我們剛好一整個下午都在找多里安教授。」

「你們為什麼要找他？他沒做錯什麼事情吧？」

「這就是我們想釐清的。」傑克・多里安表現得的確像個有罪的人。他不接電話，現在又避免跟警察有任何接觸。法蘭琪看了立體停車場一圈，腦中浮現出賴瑞剛剛描述的那些狀況。她想像多里安教授被卡在自己的車和寇迪．艾特伍德的黑色休旅車之間，只要用力一踩油門，就可以輕易輾碎骨頭、壓爛皮肉。那男孩為什麼要攻擊他？是有關岱倫．摩爾嗎？一個人愛她，另一個人希望她死，是這兩者之間的爭鬥嗎？

「法蘭琪，」麥克喊道，揮著他的手機。「你一定猜不到剛剛誰走進市警局總局裡頭，想要找我們談。」

「傑克．多里安？」

「不。他老婆。」

❖

在正常的日子裡，瑪姬．多里安醫師會被視為美女，但是今天一點也不正常。她垮坐在偵訊室的桌前，一頭紅髮凌亂，苦惱的雙眼凹陷。她年近四十，臉頰再也沒有青春的粉紅色亮光；她要怎麼跟他她丈夫教室裡一批又一批臉孔永遠清新的女孩競爭呢？法蘭琪和瑪姬屬於同一個婦女團體，被丈夫背叛，所以完全可以體會她的痛苦，但是同情有可能害她看不清真相。當她拉出一張椅子坐下，法蘭琪保持面無表情，沒有一絲同情的痕跡。麥克就在隔壁，隔著單向鏡窗看著他們，法蘭琪和瑪姬都看不到他。在這個房間裡，只有兩個人隔桌面對面坐著，女人對女人。

「我們一整個下午都想聯絡你，多里安醫師。」法蘭琪說。

「我知道。」

「你為什麼沒回我的電話？」

「我當時不想跟任何人談。我需要時間。」

「需要時間做什麼？」

「思考。決定要怎麼處理我的婚姻。」

瑪姬垂著頭，法蘭琪注意到她的紅褐色頭髮裡已經有一些灰絲。這個女人奉獻多年給婚姻，奉獻給一個她信賴的男人，她完全有理由憤怒。但是從她垂垮的雙肩和低著的腦袋，法蘭琪沒看到怒氣，只看到悲傷。

「如果他是我丈夫，我知道我想從他那裡得到什麼，」法蘭琪說，「我想知道真相。」

「真相？」瑪姬抬起頭，憂傷的大眼睛看著法蘭琪。

「有關他和岱倫·摩爾的外遇。你知道了嗎？」

「是的。他告訴我了。」

「什麼時候？」

「今天。他說你們去問他有關那個死去女孩的問題。他說反正早晚都會曝光，他想自己告訴我。」

「那他說了什麼？」

「說她懷孕了，而且……」瑪姬暫停，忍住淚水。「孩子的父親可能是他。」

「你聽了一定很難過。」

瑪姬一手擦過臉。「尤其因為我們努力了好多年想要有孩子。然後，才幾個星期前，我們發現終於要成真了。」

法蘭琪皺眉。「你懷孕了？」

「對。而且我們當時好高興。我好高興。」瑪姬深吸一口氣。「但是現在……」

面對這麼悲慘的狀況，法蘭琪很難鼓起勇氣問下一個問題，但是她非問不可。「你之前曉得你丈夫外遇嗎？」

「不曉得。」

「他以前出軌過嗎？跟其他女人有曖昧關係？」

「沒有。」

「你確定嗎？」

一時之間，瑪姬帶淚的雙眼注視著她。就是從這個時候開始，一切都可能變得有趣起來，法蘭琪心想。這個女人本來以為她曉得丈夫的所有事情，但現在她開始質疑一切。她在想她是不是一直太盲目了，才沒有察覺到其他的秘密、其他的出軌。

「多里安醫師？」

瑪姬發出一聲嗚咽。「現在我再也不確定任何事了！」

「所以他可能有過其他外遇。」

「他跟我說這是唯一的一次。」

「那你相信嗎？」

「或許我瘋了，但是我相信。我甚至可以理解這是怎麼發生的。為什麼會發生。」

「你指的是這段外遇。」

「是的。」瑪姬又擦掉淚水。「老天，婚姻實在太複雜了。我知道很多東西非常容易失去新鮮感，變得單調乏味。但即使在我們最糟糕的日子裡，我也從來不曾認為他不再愛我，一次都沒有這麼想過。我知道他還是愛著我。沒錯，一部分的我想掐死他。但是另外一部分的我又想要原諒他。」

「你會原諒一個謀殺犯？」

瑪姬呆住了。「你不是真認為傑克會殺人吧？」

「我把幾件事實告訴你吧，多里安醫師。我們知道岱倫・摩爾是被謀殺的。我們知道她公寓裡有過打鬥，她倒下時腦袋撞到茶几，頭骨破裂。接著兇手把她拖到五樓陽台，丟到下頭的人行道上，把她的屍體像一塊廢棄的垃圾似的丟掉。這樣你還是考慮要原諒他？」

瑪姬搖頭。「他不可能這麼做的。就是不可能。」

「不但有可能，而且很可能。」

「我了解我丈夫。」

「但是你原先不知道他有外遇。」

「那不一樣。是的，他犯了一個錯。是的，他很蠢。但是殺害一個女孩？」她再度搖頭，這回很有力。「他絕對不會傷害任何人的。」

法蘭琪看了一眼單向鏡窗，想知道麥克是不是跟她一樣挫敗。現在該揭開她眼前的面紗，逼這個女人面對她丈夫的殘酷真相了。

「多里安醫師，」法蘭琪說，「我們可以證明的有這幾件事。你丈夫跟他的學生岱倫・摩爾有外遇。她懷孕了，打算要揭露這件事。她威脅到他的聲譽、他的事業，還有他的婚姻。他會失去一切。我認為這是謀殺的好動機。」

「但還是不代表他殺了她。」

「星期五晚上——她被殺的那天——他去她的公寓。」

「不，他沒有。他待在家裡。」

「你打算上法庭發誓作證嗎？」

「他跟我說——」

「你願意發誓說他那天夜裡跟你在家，一整夜？」

瑪姬又往回垮坐。「我沒辦法。」她輕聲說。

「為什麼？」

「因為我沒有整夜在家。大約十二點的時候，我被叫去醫院看一個病人。我四點回到家時，傑克還在床上，睡得很沉。就跟我離開的時候一樣。」

「所以你有四個小時不在家。這些時間完全夠他溜到岱倫的公寓了。他有動機，也有機會殺她。」

「你有什麼證據可以證明他真的去她公寓了？有目擊證人嗎？還是監視影片？」

「我們有他的手機簡訊。」

瑪姬眨眼。「什麼簡訊？」

「他傳給他女朋友的，」法蘭琪說，注意到瑪姬聽了那字眼瑟縮了一下。女朋友。「岱倫的手機電信公司提供了她傳送和收到的每一則簡訊。哎呀，真想不到，你老公的手機號碼一再出現。在她死的那一夜，他們約好了要去她公寓見面。」

「但是傑克那一夜待在家裡。他跟我說過他在家裡的。」

法蘭琪掏出岱倫簡訊的列印稿，放在桌上推向她。「那你要怎麼解釋這個？」

瑪姬注視著她丈夫傳給情婦的簡訊。就在眼前，印成白紙黑字，是他對老婆撒謊的證據。

今夜，你家。等我。

「他在星期五傍晚傳了這則簡訊。同一天夜裡，岱倫．摩爾就死掉了。你在醫院忙著當醫師、救人性命的時候，你的老公偷偷溜下床——你的床。他開車到他女朋友的公寓，這個女朋友給他造成了這一切麻煩，於是他解決了問題。他擦乾血跡，好讓一切看起來像是自殺，然後他回家。等到你回去的時候，他已經躺在床上了。」

「不。這一切都不對。」

「你丈夫現在人在哪裡？」

「這不可能——」

「告訴我他在哪裡。」

「大概在家吧。」

「不在。我們一直在監視你們的房子。」

「那就是在學校。」

「他也不在那裡。」

「啊老天，這不是真的！」瑪姬兩手扶頭，往下看著桌子。「我了解我丈夫。我知道他是什麼樣的人，他連一隻該死的蜘蛛都沒辦法殺掉的。他怎麼可能……」她停下，目光盯著簡訊的列印稿。「或許這簡訊不是他發的。」她輕聲說。

「啊，拜託。你可以看到，這是從他的手機發出去的。星期五，下午六點三十七分。」

「星期五，」瑪姬喃喃說。一時之間，她坐著完全不動，瞪著那張紙。「那天晚上雨下得好大。那天晚上我們吃了晚餐，而且……」她猛地抬起頭，站起身。「我想我知道傑克在哪裡了。」

「多里安醫師！你要去哪裡？」

瑪姬頭也不回地走向房門。「我要去救我丈夫。」

45

傑克

他開到查理的房子時，已經快十一點了。車道上只有查理的車，沒有銀色的Lexus。讓他鬆了一口氣的是，也沒有警車。

客廳透出來的泛藍亮光顯示電視開著，這表示查理在家。但是瑪姬跑到哪裡去了？

他走向前門時，掏出自己的手機，很想開機看瑪姬是不是傳了簡訊給他。不，壞主意。要是他開機，警方就可以追蹤到他的位置。他正要把手機放回口袋，忽然頓住，思索著。他回想起那天傍晚，他收到岱倫的簡訊：**我懷孕了**。他想起之前他去地下室折疊查理洗好的衣物，同時瑪姬在樓上的廚房裡，把髒碗盤放進洗碗機，磨咖啡豆，在托盤上擺杯碟。查理單獨坐在晚餐桌邊多久？五分鐘？十分鐘？

夠久了。

一時之間，他站在查理的前門外，感覺整個世界好像忽然間傾斜了。他應該立刻離開，只不過他也沒別的地方可以去。警方正在追捕他，他的人生崩潰了，但是他必須知道真相。

他掏出鑰匙開門，走進客廳。「查理？」

「在這裡。」查理朝外喊。

傑克進入廚房，查理正坐在中島旁的一張吧檯凳上，喝著一杯威士忌。他穿著長袖運動衫和睡褲，空氣中有消毒劑的臭味和一個充滿癌細胞男人的酸味。

查理舉起他的杯子。「要跟我喝一杯嗎？」

「不，不用了。」傑克站在中島的另一端，面對他。他無法把眼前這個快死掉的男人跟他腦袋裡現在閃過的影像連在一起。

「一切都還好嗎？」查理問。

「還好。」

「你看起來不太好。坐下來；休息一下吧。」查理朝一張空吧檯凳點了個頭。

傑克皺眉看著查理臉上的抓傷，以及左眼的瘀青。「你發生了什麼事？」

查理不當回事地聳聳肩。「在淋浴間裡滑倒了。」

「我們不是幫你裝了那些扶手嗎？」

「我動作不夠快，沒抓住。」

「其實呢，我想我要喝一杯。」傑克在那張吧檯凳坐下。

查理起身，蹣跚地走到放酒的櫥櫃，然後又到靠近爐台旁的櫥櫃去拿玻璃杯。傑克緊張地看著查理打開櫥門。查理有一把史密斯威森點四五口徑手槍，平常就收在那個櫥櫃的上層架子。但是查理沒去動手槍，只拿出一個玻璃杯。

「要冰塊嗎？」

傑克終於有辦法吸氣。「我純喝就可以了。」

查理倒了威士忌，把杯子放在他面前。「有什麼事嗎？」

「你有沒有看到瑪姬？她不在家。」

「打電話給她試試看？」

「她沒接。」

查理又蹣跚地走到料理台前，幫自己多倒一些酒。

「你走路瘸著腿。」傑克說。

「剛剛跟你說過了。我在淋浴間滑了一跤。」

「是喔。」

查理轉身看著傑克。「你為什麼那樣看我？」

「你知道上星期死掉的那個聯邦大學學生？岱倫．摩爾？」

「知道，新聞一直在播。說是自殺的。」

「警方改變想法了。他們認為可能是謀殺。」

「是嗎？」查理又喝了一口威士忌。「有什麼根據？」

「根據一則從我手機發出去的簡訊。」

「你說什麼？」

「警方認為我殺了岱倫．摩爾，因為有一則從我手機發出去的簡訊。上頭說我當天夜裡會去她那裡。好笑的是，我從來沒發過那則簡訊。我根本沒去她那裡。而且我當然沒有謀殺她。」

查理鎮定地看了傑克一眼。「好吧。」

「但是你去了。對吧，查理？」

「見鬼了，你為什麼這麼想？」

「那個星期五，你來我們家吃晚餐。我去樓下收你洗好的衣服時，把手機留在餐室窗台上。你的座位就在那旁邊，岱倫一定是當時傳了簡訊給我。你看到了。你知道我的密碼就是瑪姬的生日。是你回覆了她的簡訊。」

查理又喝了一口威士忌，放下玻璃杯，擦了嘴。然後他看著傑克，那表情惡毒得讓傑克瑟縮了。「我幾個星期前就知道你們兩個之間不對勁。瑪姬當時說有個女生去找她做體檢，她講出那個女生的名字時，我看到了你的反應。岱倫．摩爾。我不是瞎子。我對這些事情的直覺很準，傑克，向來如此。我希望對你、對她的判斷是錯的。然後我去查了她的Facebook網頁，看到她的照片。」他厭惡地搖頭。「讓一張漂亮臉蛋毀掉人生的男人，你不是第一個。不過我原來對你的評價更高的。」

「可是我不是謀殺她的人。我不是發那則簡訊給她的人。你去她公寓殺了她，查理。你把她從陽台丟下去。」

「三個對了兩個？」

「什麼三個對了兩個？」

「沒錯，我發了那則簡訊，然後刪掉了，免得你知道。另外沒錯，我去了她公寓。我根本不必查她的地址，你手機的通訊錄裡頭就有。但是我去那裡不是為了要殺她的。」

「你發了那則簡訊，要嫁禍給我。」

「不，我這麼做，是為了要收拾你搞的這個爛攤子！該死，我這麼做是為了你！也是為了我女兒，還有我孫子。我這麼做，是為了挽救你的家庭。但是我去那裡，絕對不是為了要殺她的。」

「那她最後怎麼會死掉？」

「我去那裡，是為了幫你道歉。我跟她說我對她的一切問題很遺憾，等等等。說我願意付錢讓她做人工流產。她拒絕了。」他站起來，走到冰箱前，在冷凍食物之間翻找，拿出一個信封，啪一聲放在傑克面前的料理台上。

「這是什麼？」

「打開來看。」

傑克打開信封，裡頭厚厚一疊用帶子紮住的現金滑出來。他望著料理台上那疊五十元的鈔票。

「五千元，」查理說，「我平常放在冷凍庫裡，以備急用。」

「你去那邊，要把這個給她？要收買她？」

「她叫我去死。她不想要我的錢。我跟她說我不曉得那是誰的小孩，我也不在乎。但是我就姑且相信那是你的。我跟她說，我愛我的女兒，不希望你的外遇毀掉她的婚姻，她的幸福。」查理的表情沒有任何顯示撒謊的跡象，他眼中沒有不自覺的閃動，臉上也沒有掩不住的抽搐。那張疲倦的老臉上只有堅定。

「然後呢？」傑克問。

「那個笨妞就抓狂了。說她不想要我封口的臭錢。說我不能收買她，一百萬也不行。於是我問她想要什麼，她就在這時變得兇惡起來。她說她想要把你搞垮，摧毀你。還說她才不鳥還有誰會受到傷害。」

「然後發生了什麼事？」

「我打了她一巴掌。我實在忍不住。她那樣談我的瑪姬，好像她一點也不重要。好像我的孫子根本只是個討厭的麻煩。我一巴掌打過她的臉，她就像個瘋子似的朝我撲過來。我想要躲開她，但是她抓了書架上的一個雕像，朝我揮過來。」

「她打你？」

「要不是我往後閃，腦殼都會被她砸破。她跌倒，腦袋撞到茶几。我看她沒有動，以為她可能死了，但接著我看到她還有呼吸。啊，我想過要打九一一的。然後我又想到她醒來後，要是告訴所有人我做了什麼，你做了什麼，會有什麼樣的後果。最重要的是，我想到瑪姬，還有那個——那個賤貨有可能毀掉瑪姬的幸福。那個女孩很堅持，絕對不會放棄的，所以我沒有別的選擇。我得結束掉這件事。

「我把她拖到陽台，猜想摔下去會讓她身體摔爛，隱藏她腦袋撞上茶几的痕跡。我處理了你的問題。然後我把所有的血跡清掉。」

「你真的以為真相不會曝光？」

「我當過警察，傑克。我知道他們的工作量有多重。我猜想，他們就會判定是自殺，結掉案子，然後就不管了。」

但是法蘭西絲．盧米思警探沒有這麼做。她從來不打算袖手不管。

傑克搖搖頭，被查理的自白搞得目瞪口呆。「她當時還活著。而你殺了她。」

查理吸了一口大氣，突然間看起來好虛弱，好像就站在自己墳墓的邊緣。「我反正快死了，沒剩多少時間，而且我才不在乎自己會怎麼樣。但是我在乎瑪姬。我在乎她肚裡的寶寶，所以我也在乎你。我得做點事情。」

「但是你把罪名嫁禍給我。」

「我設法不要。我拿走了她的手機，好隱藏那些簡訊。我砸爛了手機，這樣警方就沒辦法追蹤了。我真的以為警方不會費事去查的。」

「他們拿到了簡訊。他們認為是我幹的。」

「不要怪到我頭上。這個禍是你自己闖出來的。」那對冰藍的眼珠緊盯著傑克。「你愛那個女孩嗎？」

「不。」

「那為什麼？為什麼要冒著失去一切的風險，去跟她上床？」

傑克瑟縮了一下。「那是個錯誤，」他低聲說，「如果時間能倒轉……」

「瑪姬知道嗎？」

「知道了。」

查理深呼吸幾次，傑克聽得到他胸中的癌細胞呼嚕響。「好吧，你可是徹底清理了自己的人生。你搞砸了自己的婚姻，搞砸了那個女孩的人生，而且你永遠不能教書了。幹得好啊，傑克小子。」

另一個房間傳來一個聲音，前門打開又關上。傑克驚跳起來。「瑪姬？」他喊道，很放心她終於來了。

但是當傑克走進客廳，發現站在那裡的不是瑪姬。他停下，望著逼近的那個闖入者，棒球帽陰影下的雙眼像燒紅的煤炭般發亮。

「寇迪，」傑克說，「為什麼——」

「我愛他。你根本不愛。」

「你不該跟蹤我的。我要報警。」傑克掏出手機，這才發現還在關機狀態。他慌忙按了開機鍵。

「現在我要結束掉這件事了。」

此時傑克才注意到寇迪手裡的東西：一根鐵撬棍。即使傑克意識到寇迪接下來要做什麼，即使寇迪揚起武器，傑克都無法移動、無法開口。

那鐵撬棍朝他腦袋猛揮過來。

在最後一刻，傑克往右一撲，衝向一把扶手椅的椅背，兩邊手肘狠狠撞上去。他聽到鐵撬棍擊中茶几的木頭碎裂聲。

寇迪朝他轉身，動作快得讓傑克完全料不到。傑克還沒來得及爬起身，寇迪那根鐵撬棍就像打棒球似的揮過來，擊中了傑克的肋骨。他四肢大張倒在地上，嚇呆了。當他躺在那裡，設法呼吸時，他胸部剛剛被擊中的地方劇痛，他聽到寇迪沉重的腳步聲接近。

那腳步停下，傑克看到寇迪的雙腳就在他腦袋右邊。在那一刻，他看到寇迪在上方舉起鐵撬棍。然後他心想：我就是這樣死的。從他讓岱倫·摩爾進入他的生命開始，往後所發展出來的一切，都有了個恰當的收場了。

「放下武器，不然我就把你的腦袋轟掉。」查理站在廚房門口，他的點四五口徑手槍瞄準寇迪。

寇迪僵住，手裡還抓著他的鐵撬棍。

「我叫你放下武器！」

寇迪低頭看著傑克，然後看向查理。

傑克拖著身子站起來，踉蹌走向查理。「不要傷害他，」他說，「他只是個孩子。」

「孩子？」寇迪憤怒地抬高嗓門。「你混蛋，這個就是你的想法？認為我只是個孩子？」

此時傑克背對著他，但是可以感覺到寇迪渾身充滿怒氣的力量衝過來，像死亡一樣無可避免。他看到查理的槍在手中搖晃不穩，槍管抖動著指向傑克，又轉開，然後又轉回去。槍開火，擊中他胸部。傑克踉蹌後退，靠著牆壁。他低頭，看到紅色滲出襯衫，血漬愈來愈大。

「啊不，」查理哀號。「老天，不！」

狂怒之中，查理從寇迪手裡硬搶走那根鐵撬棍，使勁朝他膝蓋後方打過去。那小子尖叫，倒在地板上啜泣。

電燈似乎閃爍著，一明一滅。傑克的雙腿慢慢往下滑。他聽到查理湊近，發出潮濕而呼嚕響的呼吸聲。

「你會沒事的，傑克，」他喃喃道。「你一定會沒事的。」

傑克想說什麼，但是吸不到氣。他怎麼會躺在地板上的？為什麼他的手腳沒感覺？一股寒氣擴散到他全身，像冰水打進了他的血管裡。

他聽到遠處傳來門被撞開的聲音，圈著一輪光環的那張臉是他最想看到的，天堂送來的臉。瑪姬。

「他不會有事的！」查理堅持。

傑克聽到衣服被撕開，然後感覺到瑪姬溫暖的雙手按著他的胸部，想阻止那些流個不停的血。

「傑克，寶貝，你要為我撐下去，」她懇求，然後轉身大喊，「盧米思警探！跟他們說，請胸腔外科團隊待命！」

他想跟她說他很抱歉，說他愛她。但是他發不出聲音。而且光是要吸氣就好難好難。他看著瑪姬沾滿血的手，按著他的胸部，然後目光盯著她的鑽戒。那戒指是他十二年前幫她戴上的。我願意跟你再結婚一次。再一次，再一次，再一次。

但願他可以說出聲來，但願他可以說好多好多事情，但房間裡逐漸轉黑。黑暗降臨，掩蓋了他深愛的那個女人的臉。

46

法蘭琪

太多事情同時發生：寇迪紅著臉雙手亂揮，被兩名警察抓著按在地上，銬上手銬。傑克四肢大張、不省人事地躺在一灘逐漸擴大的血泊中，瑪姬跪在丈夫旁邊。遠處逐漸駛近的救護車警笛聲傳來。還有瑪姬的父親查理，低頭站在那裡，臉色灰敗得像死人。他交給法蘭琪的那把槍還是溫的，還有開火後的辛辣氣味。

「我不是故意的，瑪姬，」老人哀嘆著。「我發誓我不是故意傷害任何人的。」

「別睡著，傑克，」瑪姬哀求。「拜託，別睡著！」她拉下自己的圍巾，按在丈夫的傷口上，鮮血迅速把那條米色喀什米爾羊毛圍巾染成紅色。「毛巾！」瑪姬朝她父親喊。「我需要毛巾！」

查理震驚得無法動彈。結果是麥克跑進浴室，抱著一堆小毛巾出來。瑪姬把毛巾按在傑克的傷口上，想阻止血流。她是在場唯一有辦法救他的，但是這場戰役似乎已經輸掉了。傑克的呼吸淺而急促，而且有肺部溺水的那種咕嚕聲。瑪姬抬頭看法蘭琪。「我沒辦法止血。」

「我不是故意朝他開槍的，」查理又說了一次。他搖晃不穩地走向一張椅子，跌坐下來。「從頭到尾，我唯一想的就是讓每件事情都變得正確。讓你幸福，瑪姬。」他呻吟。沒人在聽他講話。在整個房間的混亂中，他是個被遺忘的老頭，迷失在自己的悲慟中。

外頭，救護車呼嘯著停下，兩名急救人員趕進屋裡，為這一片大混亂再加上兩個人。他們撕開繃帶，插入靜脈注射管，罩上氧氣面罩。心電圖嗶嗶響，那是一顆心臟搏動著要活下去的狂亂節奏。法蘭琪只能往後站，讓其他人工作。就連瑪姬也幾乎像是被嚇昏頭的旁觀者。兩個急救人員主掌大局，她只能麻木而沉默地在旁邊看，同時她手上丈夫的血逐漸變乾。

「好了，我們準備好要帶他走了。」一名急救人員說。

「去哪裡？」瑪姬問。

「麻州綜合醫院。創傷團隊已經在等了。」

瑪姬抓了她的皮包。「我的車就跟在你們後面。」

「多里安醫師，慢著。」法蘭琪說。

「我要去醫院。」

「我們需要你在這裡——」

「滾一邊去。我得去陪著我丈夫。」瑪姬兇巴巴地說，跟著急救人員走出門。

法蘭琪讓她離開。她審視著急救人員留下的垃圾：撕開的包裝帶和染血的紗布，還有一條被遺忘的止血帶，盤繞著像一條蛇般浸泡在那灘血裡。一個無辜男人的血。

一名警察已經帶著寇迪．艾特伍德出去上了巡邏車，但是瑪姬的父親還是坐在椅子上，低著頭，垮著肩膀。他看起來虛弱得就像一袋老骨頭。瑪姬跟他們說過查理癌症末期快死了，法蘭琪從他枯瘦的太陽穴看得出來，從這個房子裡的疾病酸味聞得出來。

她拉了一把椅子坐下，跟他面對面。「路卡斯先生，」她說，「我得告訴你你的權利。」

「不用了。我知道我的權利。我當過警察。劍橋市警局的。」

法蘭琪往上看了麥克一眼，他已經掏出手銬了，她搖搖頭。不必急著上手銬，這個人不會反抗他們的。他身上的一切都顯示出挫敗的跡象，而且她覺得該給他一些表面的尊重，因為他畢竟也曾是警界的一分子。

「你殺了岱倫．摩爾。對吧？」

「我沒辦法。是她自找的。」

「我不明白。」

「她攻擊我的家人。她攻擊我。」查理抬起頭，對上她的目光。儘管他這麼虛弱，雙眼還是冷漠而傲然。「你和我，我們都是警察。我們都看過同樣的事情，所以你了解。你跟我一樣清楚，如果某些人不存在，這個世界會好得多。」

「像岱倫．摩爾那樣的人。」

他點頭。「像她那樣的女孩，完全沒有理智。你沒法跟他們講道理。他們就像野獸，需要被約束。需要被控制。」

法蘭琪凝視著查理的雙眼，明白他真的相信他剛剛所講的，相信這個世界沒了岱倫這樣的女人就會好很多。那些女人混亂的情緒和不顧一切的選擇，使得男人的生活變得複雜。她想到自己兩個活潑的女兒，那麼熱情地擁抱生命，有時也會因此惹上麻煩。她想到岱倫的報告裡所寫的那些悲劇女英雄，美蒂亞和狄多女王——這些女人愛得太深，因而飽受痛苦。

不，法蘭琪心想。沒了這類女人，這個世界不會變得更好。

「要有人阻止那個女孩，」查理說，「要有人保護我的家人。我只是做了我必須做的事情。」

「現在我要做我必須做的事情。」法蘭琪從麥克那邊接過手銬，放在查理手腕上方。

手銬俐落扣上，發出一個令人深感滿足的喀噠聲。

47
法蘭琪

瑪姬．多里安坐在丈夫的床邊，垂著頭像是在祈禱。在監視儀的嗶嗶聲和呼吸器的呼嘘聲中，她好像沒聽到法蘭琪進入外科加護病房的這個隔間。直到法蘭琪站在病床另一邊面對著她，瑪姬才終於抬頭。

「我不敢相信你還在這裡。」法蘭琪說。

「不然我還能去哪裡？」

「你應該回家睡一下。」

「不，他醒來的時候，我必須在場。」瑪姬抓住她丈夫的一隻手，又低聲補充：「如果他能醒來的話。」

法蘭琪打量著各式各樣的管線，蜿蜒著進出那具奄奄一息的身體，然後注視著心電圖，上頭的節奏急速但穩定。他還能有心跳就已經是個奇蹟了。畢竟他失血那麼多，查理的那顆子彈造成了那麼大的破壞，傑克．多里安本來應該死掉的，而他的妻子現在本來應該在籌劃他的葬禮。

但是情勢還是很不樂觀。

法蘭琪拉了一把椅子坐下。有好一會兒，兩個女人都沒說話，唯一的聲音就是呼吸器每分鐘循環二十次的呼嘘聲。面對一個人生被毀滅得如此徹底的女人，她能說出什麼安慰的話？瑪姬的父親查理幾乎確定會在獄中死於癌症。她的丈夫可能永遠不會醒來，她將會獨自撫養兩人的孩子。在這整場悲劇中，那是唯一的亮點：有個寶寶即將來到人世。

「我爸爸怎麼樣了？」這個問題問得好小聲，法蘭琪幾乎聽不見。

「查理很合作。完全合作。他知道接下來自己會發生什麼事，也都準備好了。」法蘭琪暫停。「我保證會盡一切力量，確保他可以舒適地走到最後。」

瑪姬嘆氣，好像被哀傷逼出了那口氣。「我不敢相信他真的那麼做。那不是我從小認識的父親。」

「他跟我們說，他從來沒有計畫殺那個女孩。他只是希望她不要再去煩你和傑克了。他去她的公寓，希望能花錢讓她閉嘴，但是她大發脾氣，攻擊他，他要保護自己，兩個人扭打起來。他被怒氣沖昏了頭，失去控制。結束之後，他想挽救情勢，佈置得像是自殺。至少他是這麼告訴我們的。我不曉得他講的是不是全是實話，但是我很確定他是想保護你，瑪姬。他想要挽救你的婚姻。」

「我知道。」她的手緊握著丈夫死氣沉沉的手。「現在我可能會失去他們兩個人了。」

法蘭琪沒告訴瑪姬，她打了一通電話去劍橋市警局的政風處後，得知了有關查理・路卡斯的其他事情。她沒跟瑪姬提起查理曾打裂一名囚犯的頭骨；也沒說在一次緝毒突襲行動中，查理疑似把一些古柯鹼栽贓給毒販。她沒說查理是因為把自己心目中的正義推崇得太過頭，在疑雲重重的狀況下退休的。不，瑪姬不需要知道這些；眼前她已經夠傷心了。

「拜託，傑克，」瑪姬輕聲說，「醒來陪著我。」

法蘭琪凝視著瑪姬的手，和那個對她不忠的男人十指交纏。這個男人短暫而鹵莽的出軌，導致了這麼多痛苦和流血。「如果他真的醒來呢？」法蘭琪問。「接下來會怎樣？」

「如果他是你丈夫，你會原諒他嗎？」

「現在決定的人不是我，是你。」

瑪姬凝視著傑克，溫柔地把他的頭髮往後撫。「結婚十二年後，有時候你很難記得當初是什麼理由讓你愛上他的，為什麼你最後會跟這個人在一起。有一陣子，或許我的確是忘記了。他也是。但是昨夜，當他躺在地板上，當我看到那麼多血，以為我要失去他了……」瑪姬抬頭看著她。「我又想起當初我為什麼會愛上他。我不曉得這樣是不是足以讓我原諒他。但是我的確想起來了。」

一個護士進入隔間。「抱歉，警探？麻煩你先出去一下，我得檢查病人的生命徵象。」

「反正我也差不多要走了，」法蘭琪說，站了起來。「自己保重，多里安醫師，」她對瑪姬說，「回家休息一下吧。」

「我會的。」

但是當法蘭琪走出隔間，回頭隔著玻璃窗看，發現瑪姬沒有動。她還是坐在丈夫的床邊，撫摸著他的頭髮，等著他醒來。

法蘭琪開車要回家，經過空蕩的街道，視線因為疲倦而模糊。即使現在已經四月了，這個夜晚又變得清朗而嚴寒起來，朝冬天倒退了一步。她好厭倦寒冷，厭倦穿戴著羊毛圍巾和羽絨夾克，厭倦在死亡現場發抖了。

接下來她快休假了，兩個星期，這段時間她可以躺在某個陽光沙灘上，喝鳳梨椰奶調酒，不過她太了解自己了。這種情況不會發生。她幾乎確定，自己只會待在家裡，多陪陪兩個女兒。

趁她還有辦法的時候。

她走進自己那戶公寓時，很高興看到兩個女兒的大衣還掛在門廳的衣櫥裡，很放心她們這一家人都平安在家過夜。為了確定，她去她們的臥室偷看一下，沒錯，她們在裡頭，出去玩了一晚之後，回來正躺在床上熟睡。雖然兩張床各在房間的兩頭，但她們躺著時仍面對著彼此，蓋比往左側躺，西碧兒往右側躺，像是要伸手擁抱對方，就像她們當初在她子宮裡一樣。這一幕讓法蘭琪覺得好幸福，知道她的女兒有這樣的深刻情感。要是婚姻破裂或丈夫讓她們失望，至少兩姊妹還可以依靠彼此。

她關上門，進入廚房。她累壞了，整個人像個空殼，但是她知道自己睡不著。還不到時候。在今晚的種種事件後，她需要安靜坐下來，深呼吸幾次。她從櫥櫃裡拿出那瓶蘇格蘭威士忌，然後出於習慣而檢查瓶身，找到她上回喝過、用麥克筆在上頭點的小黑點，好確定酒的高度沒有下降。結果酒的高度還是在應有的地方，所以她就知道兩個女兒沒有偷喝了。啊沒錯，當媽媽的人知道怎麼留意自己的寶寶。她倒出了大方的分量，喝了一大口，然後想著岱倫．摩爾和查理．路卡斯，想著傑克和瑪姬．多里安。

她想得最多的，是瑪姬，這個女人原先彷彿擁有一切，然後忽然間又全部失去了。然而這就是悲劇的本質。你過著日子，從來不懂得欣賞普通生活的喜悅，直到失去的那一刻。只要一個敲門聲，一個站在門外的警察通知說你的丈夫死了，被發現倒在一個陌生人的樓梯間。從此，你就再也沒有以往的普通生活了。

你埋葬了屍體，重拾生活裡的點點滴滴。你踉蹌往前，走入新的日常。瑪姬．多里安就得這麼做，不管有沒有她丈夫。

法蘭琪拿著空的威士忌杯到水槽，站在那裡，正在伸展著脖子，突然聽到自己的手機發出響聲。啊不要，她心想。她從皮包裡拿出手機時，已經準備好要聽到壞消息了。她看了來電者號碼。

是醫院。

48

法蘭琪

十四個月之後

兩塊花崗岩墓碑並排豎立著，每一塊前面都放著一盆天竺葵。那火紅的盛開花朵太誘人了，任何嬰兒都無法抗拒。七個月大的尼可拉斯．查理．多里安爬過草地，像隻動作超快的烏龜，直奔最接近的那盆天竺葵。正當他的一隻胖手要握住花時，瑪姬趕緊把兒子撈起，他懊惱地大哭起來。

「啊，甜心，我們找別的東西給你玩吧。來看看我們的大袋子裡有什麼，嗯？你看，有一隻好漂亮的小馬！」她遞給小尼可一個絨毛玩具，但是他沒興趣，把小馬扔在草地上。

「他真的很想玩那些天竺葵。」旁觀的法蘭琪說。

「小孩就是這樣，不是嗎？」瑪姬大笑。「不給他們的，他們偏偏最想要。」

「來，讓我抱他吧。我帶他去池塘邊。」

法蘭琪接過嬰兒，下坡走向墓園裡的小池塘。她從來沒來過奧本山墓園，很驚嘆此處在溫暖的六月天這麼美。池塘對面有一座新古典風格的圓形建築物，是美國宗教領袖與作家瑪麗．貝克・艾迪的長眠之所。樹上的葉子正在最繁茂的時候，麻雀在枝頭啁啾，天空是一片亮藍，一枚蒼白的月牙掛在樹頂上方。她吸入小尼可的嬰兒洗髮精香味，一陣回憶湧上心頭：她的雙胞胎女兒在塑膠澡盆裡玩水。換尿布時，胖胖的小腿不停踢著。嬰兒期那些累壞人卻又令人興奮的夜晚。她想念那些日子，尤其現在，因為兩個女兒都已經離家去上大學了。手裡能再抱著嬰兒，臉頰能再貼著那毛茸茸的腦袋，這種感覺太美好了。

走到池塘的那段路的確奏效；小尼可完全忘記那些誘人的天竺葵，注意力現在集中在水裡游的生物。

「那是鴨子，」法蘭琪說，指著划水經過的那些綠頭鴨。「牠們會叫呱、呱，你會不會講呱、呱？」

小尼可只會尖叫。

她努力回想她的雙胞胎第一次說話是多大？一歲？更大？感覺上似乎是好久以前了。她現在已經老得可以當外婆了，而在瑪姬的懷孕期間，法蘭琪很樂意去扮演這個角色，因為她不曉得要等多久，才能抱到自己的孫子。小尼可出生後的這七個月，法蘭琪不斷送去嬰兒衣服和毯子，還外加各式各樣的忠告。到現在，瑪姬・多里安就像她的女兒一樣了，法蘭琪也愈來愈欣賞這個女人的堅強和樂觀。跟法蘭琪一樣，瑪姬也挺過了人生的困境。

法蘭琪抱著小孩從池塘回來，瑪姬已經在草地上鋪了毯子，把他們的野餐拿出來。野餐很簡單：鮪魚三明治和薯條，水果沙拉和巧克力脆片餅乾。餅乾是法蘭琪做的，她上次做的時候，兩個女兒還是小孩，她的身材還要瘦好幾號。瑪姬把所有食物都攤在墓碑的幾呎之外，在這裡野餐似乎很哀傷，但是瑪姬說這是路卡斯家的傳統。每年六月，她的父親查理都會帶她來這裡，在她過世母親的墳前野餐。這種方式讓人覺得跟逝者很親近，而現在她就接續了這個傳統。

瑪姬把拉格弗林蘇格蘭威士忌倒進一個烈酒杯，跪在她父親的墓碑旁。六個月前，在監獄的安寧病房裡，查理的癌症終於擊敗了他，但至少他活得夠久，看到了他剛出生的孫子。

「我愛你，爸。」瑪姬說，把那杯威士忌倒在他的墳墓上，讓那珍貴的酒滲入草地。「喝吧。」

法蘭琪聽到一輛車子的引擎聲，轉身看到一輛藍色Audi在附近停下來。下車的是傑克，一步接一步緩緩走著。儘管歷經一年的復健，他的雙腿還是因為脊椎受傷而非常虛弱，而且他手裡抓著一根拐杖，慢慢朝他們蹣跚走來。

「抱歉我遲到了，」他說，搖著頭。「我準時離開我的公寓，但是沒考慮到週末的塞車。我的大男孩怎麼樣了？」

「他大概該喝奶了，或許你想餵他。」瑪姬說，將一把折疊椅推向傑克，好讓他坐下來。法蘭琪把嬰兒交給他，遞上一瓶嬰兒奶。

「吃午飯嘍，尼可小子！」傑克微笑，看著他兒子貪婪地喝奶。「哇，才一個星期，你好像又長了一磅！」

傑克餵奶時，法蘭琪注意到他頭髮裡又出現了新的灰絲，臉上的皺紋現在也變得更深了。他過去一年老了很多，但似乎變得比較冷靜，也接受了自己的種種損失。他被聯邦大學解雇之後，唯一教的課就是每週去一趟康科德的麻州州立監獄，為那裡的囚犯上文學課。他擔任大學教授的日子已經永遠結束了，失去了那個身分和薪水當然讓他很難受，但此刻卻看不出來。那是當然的，因為他懷裡抱著自己的寶貝兒子。

瑪姬走過去站在傑克旁邊，一手放在他肩膀上，兩人都微笑低頭看著寶寶。雖然他們現在不住在同一個家，但是兩人永遠都擁有他們的兒子。而且或許未來有一天，他們會再度共同生活。不過他們得先療傷，而在這個美好的夏日，他們似乎在朝正確的方向邁進。

在法蘭琪這一行裡，沒有快樂的結局；只有悲傷、失去，和悲劇。而傑克．多里安的餘生一定會被這三者一再糾纏。他毀掉了自己的工作和婚姻，身上永遠留下那顆子彈造成的疤痕。最糟糕的是，他間接造成一名年輕活潑女子的死亡，這個罪咎他永遠無法擺脫。不，法蘭琪心想，這不能算是快樂的結局。

但在這一刻，也已經夠接近了。

致謝

我們要謝謝東北大學的 Mark Jannoni 指引我們了解該校第九條政策的措施。

也要謝謝 Linda Marrow 的編輯專業意見，以及在本書寫作初期給我們的鼓勵。

深深感謝向來精明的 Meg Ruley 的洞見和好脾氣，她是任何作家夢想中的經紀人。另外要特別謝謝我們的編輯 Grace Doyle，她明智的指引和樂觀的精神，使得這本書更好。很榮幸能跟她，以及 Thomas & Mercer 出版公司盡責的行銷與宣傳團隊人員合作：包括 Sarah Shaw、Lindsey Bragg，還有 Brittany Russell。

Storytella 134

選擇
Choose Me

選擇 / 泰絲.格里森, 蓋瑞.布拉佛作 ; 尤傳莉譯. -- 初版. -- 臺北市 :
春天出版國際文化有限公司, 2022.08
面； 公分. -- (Storytella ; 134)
譯自 : Choose Me
ISBN 978-957-741-532-5(平裝)

874.57　　111006135

ISBN 978-957-741-532-5
Printed in Taiwan

作　者　泰絲・格里森、蓋瑞・布拉佛
譯　者　尤傳莉
總編輯　莊宜勳
主　編　鍾靈

出版者　春天出版國際文化有限公司
地　址　台北市大安區忠孝東路四段303號4樓之1
電　話　02-7733-4070
傳　眞　02-7733-4069
E－mail　bookspring@bookspring.com.tw
網　址　http://www.bookspring.com.tw
部落格　http://blog.pixnet.net/bookspring
郵政帳號　19705538
戶　名　春天出版國際文化有限公司
法律顧問　蕭顯忠律師事務所
出版日期　二〇二二年八月初版

定　價　410元

總經銷　楨德圖書事業有限公司
地　址　新北市新店區中興路二段196號8樓
電　話　02-8919-3186
傳　眞　02-8914-5524
香港總代理　一代匯集
地　址　九龍旺角塘尾道64號 龍駒企業大廈10 B&D室
電　話　852-2783-8102
傳　眞　852-2396-0050